Edmond About

Dernières lettres d'un bon jeune homme à sa cousine Madeleine

Lettres

ISBN : 978-3-98881-288-9

10 9 8 7 6 5 4 3 2 1

Edmond About

Dernières lettres d'un bon jeune homme à sa cousine Madeleine

Lettres

Table de Matières

A M. LOUIS VÉRON   7

I. POUR ET CONTRE LE JOURNALISME   7

II. LES TYRANNEAUX DE PROVINCE   14

III. LA MACHINE LENOIR   22

IV. LES PORTRAITS-CARTES   30

V. COMMENT ON PERD LA QUALITÉ DE FRANÇAIS   38

VI. UN PEU DE TOUT, UN PEU PARTOUT   68

VII   75

VIII. LE MONT-DE-PIÉTÉ   83

IX. LE JURY DE L'EXPOSITION   92

X. LA HALLE AUX ARTS   100

XI. LES SOULIERS DU SOLDAT FRANÇAIS   107

SALON DE 1861   114

CES COQUINS D'AGENTS DE CHANGE   148

A M. LOUIS VÉRON

Mon cher docteur, ceci n'est pas précisément un livre, mais un volume d'idées que j'ai publiées en divers temps, où et comme j'ai pu. Les unes ont paru en brochure, les autres à *l'Opinion nationale*, d'autres au *Constitutionnel*, durant les quelques semaines où nous avons travaillé ensemble. Quelle que soit la diversité de leur provenance, ces différents opuscules sortent tous du même fond et vont tous au même but. On écrit où l'on peut, l'important est de ne dire que ce qu'on pense, sans chercher la faveur des sacristies ou des brasseries, du ministère ou du Jardin Bullier.

En plaçant ce recueil sous le patronage d'un des esprits les plus actifs et les plus originaux de notre époque, je paye mon tribut au publiciste qui a inventé, longtemps avant moi, les *Lettres d'un Bon Jeune Homme*. Mais, en vous remerciant ici de l'amitié que vous m'avez donnée et conservée, je n'ai pas la prétention d'acquitter même imparfaitement ma dette de reconnaissante.

F. A.

DERNIÈRES LETTRES
D'UN
BON JEUNE HOMME
A SA COUSINE MADELEINE

I. POUR ET CONTRE LE JOURNALISME

Ma chère cousine,

Les collégiens sont rentrés à l'école, les baigneurs de Dieppe et les joueurs de Bade sont rentrés à Paris. La foule commence à rentrer dans les théâtres; les jeunes magistrats au menton bien rasé arrondissent en périodes savantes leur discours de rentrée. La vieille pièce de cent sous, qu'on disait partie pour les Indes, est rentrée dans la circulation. Charles Jud résiste seul à l'entraînement de cette rentrée générale. Quant à moi, j'ai senti comme une tentation invincible de reprendre nos causeries d'autrefois, et me voici en plein journal, entre mon ami Sauvestre et mon ami Sarcey, étonné et content de me retrouver devant toi et avec eux, mais absolument incapable de dire pourquoi ni par où je suis rentré.

Pourquoi? Sans doute parce qu'un malaise secret nous ramène au journal dès que nous essayons de nous en éloigner. C'est un manque, un vide, une lassitude de ne rien faire. On a beau se créer d'autres occupations; rien ne remplace cette conversation périodique avec la foule. De tous les besoins artificiels que l'homme se donne ici-bas, le plus impérieux est le besoin d'écrire à jour fixe.

Est-ce à dire que nos mains soient toujours pleines de vérités? Avons-nous dans le cœur ou dans l'imagination une pléthore d'idées et de sentiments qui demandent à se répandre? Est-ce la haine de ceci ou l'amour de cela qui nous excite et nous tourmente? Rarement. Il est bien vrai que chacun de nous a ses affections et ses antipathies; nous aimerions à persuader quelque chose à ceux qui nous lisent; il nous serait agréable de convertir tous les hommes à la justice et à la liberté. Mais nous écrivons surtout pour le plaisir d'écrire; nous sommes des égoïstes de bonne foi; la satisfaction de nous entendre prêcher nous est plus chère que le salut de nos ouailles. On dit que l'espèce humaine s'éteindrait en un rien de temps si la nature n'avait pas pris soin d'attacher un plaisir aux actes de reproduction. M'est avis que le dernier journal aurait bientôt fermé sa boutique si les journalistes n'écrivaient que par intérêt ou par devoir.

Regarde les débutants, les conscrits du journalisme; des enfants qui sortent du collége, ou qui n'en sont pas même sortis! Est-ce pour éclairer leurs contemporains qu'ils trempent leur plume et leurs doigts dans une écritoire? Eh! pauvres innocents! ils n'ont pas encore appris à penser. Est-ce un mobile d'intérêt privé qui les excite? Mais ils se ruinent à publier leur prose dans quelques petits journaux sans lecteurs! Rien ne les décourage; ils vont droit devant eux sans savoir le chemin, sans voir un but à l'horizon, emportés, incertains, trébuchant, tombant, se relevant et courant de plus belle; ivres du vin de la jeunesse! C'est la critique qui les attire: on leur a dit en classe que la critique est aisée, et ils le croient. De quel cœur ils attaquent les géants de la politique et de la poésie! «Ah! tu te crois plus fort que nous, parce que tu t'appelles Guizot, Hugo, Lamartine! Ah! Goliath, l'ombre de ton grand corps nous cache le soleil! Attends que j'aille chercher ma fronde!»

Je me rappelle le temps où M. Scribe, un grand poëte dramatique, était la cible de tous les apprentis journalistes. M. Scribe n'est plus;

mais les cibles ne manquent pas, et nos jeunes journalistes ne laissent point chômer le tir national. Ils visent à droite, à gauche, partout, sur les statues de marbre et les poupées de plâtre. Heureux âge! On se sert de son premier journal comme de son premier fusil. N'as-tu jamais rencontré, ma cousine, un garçonnet de douze ans à qui l'on vient de donner un fusil pour ses étrennes? Il a de la poudre, il a du plomb, il a des capsules; l'univers est à lui! Aucune force humaine ne saurait le retenir; il court les champs, les jardins, la maison même: avec son fusil neuf. Il s'enivre du bruit des explosions, de l'odeur de la poudre et de la joie de détruire. Il tire sur les moineaux, sur les écureuils, sur les pigeons, sur les poulets, sur le chat de la maison, sur papa ou maman, s'il ne rencontre pas d'autre proie.

Nous avons tous passé par là, et ce temps d'absurdité naïve n'est pas celui que nous regrettons le moins. Mais il vient un moment où l'on prend le journal en grippe. On s'aperçoit qu'on a perdu beaucoup de temps sans profit et joué le rôle de niais. On a travaillé dix ans et écrit toute sorte de jolies choses dont il ne reste rien. Discussions animées, articles de fond, variétés savantes, feuilletons pleins de sel, entre-filets piquants, paradoxes ingénieux, tout a passé, tout est évanoui, flétri, fondu; le travail de dix années n'a pas laissé plus de vestiges que les neiges d'antan. Si du moins on avait fait fortune! Mais non: le journal nourrit quelquefois son homme, il ne l'enrichit jamais. «Ainsi donc, se dit-on avec une mélancolie profonde, j'ai gaspillé le meilleur de ma vie pour l'amusement de quelques désœuvrés! J'ai fondé la prospérité de plusieurs journaux, et je suis pauvre! J'ai distribué l'éloge à une multitude d'auteurs, d'acteurs, d'éditeurs, de directeurs qui ont des hôtels à Paris ou des châteaux à la campagne, et je tremble tous les trois mois devant le terme à payer! J'ai bâti des réputations, personne ne m'a rendu la pareille; j'ai fait des hommes célèbres, et je ne suis qu'un homme connu. Cependant tous ces gens-là sont mes justiciables et je les vaux bien. Que de romans, que de comédies on aurait pu faire avec l'esprit que j'ai dépensé! Un vaudeville ne prend guère plus de temps que deux feuilletons, et rapporte cent fois davantage! Vingt articles de journal représentent la matière d'un roman en un volume, et coûtent dix fois plus de travail, car chaque article est une charpente, une composition, un tout à créer! Pourquoi m'obstinerais-je dans une voie qui conduit les gens à l'hôpital? Écrivons des romans! Abordons le théâtre.»

Il y a beaucoup de vrai dans ces doléances. Le journalisme est un métier ingrat, excepté pour les malhonnêtes gens, qui y sont, Dieu merci! en très-grande minorité. Mieux vaut cent fois écrire des romans qui s'impriment, se réimpriment et finissent par payer des rentes à l'auteur. Le théâtre a des profits moins certains, mais quelquefois énormes. Heureux celui qui, le matin, en ouvrant les yeux et l'*Entr'acte*, voit que les comédiens de deux ou trois théâtres de Paris s'époumoneront toute la soirée à lui gagner de l'argent! Il peut aller, venir, visiter le musée de Cluny ou l'aquarium du Jardin d'acclimatation, faire des armes chez Pons ou échanger des coups de poing chez Lecour, dîner à la *Maison d'or* ou dans la taverne de Peter; ses intérêts sont en lieu sûr. Deux ou trois artistes de premier ordre, madame Viardot ou madame Plessy, Got ou Paulin Ménier, Lafont ou Geoffroy prendront soin de ses affaires et battront monnaie à son effigie, entre neuf heures et minuit.

Voilà pourquoi les journalistes, après quelques années de stage, s'aventurent dans le roman ou dans le théâtre. Je ne parle point de ceux qui entrent à la Bourse: ils ont abdiqué. Mais comment se fait-il qu'un romancier très-lu, un dramaturge applaudi, revienne à son journal comme le Savoyard à sa montagne? Pourquoi des hommes politiques arrivés et enrichis, comme M. de Girardin ou M. le docteur Véron, se laissent-ils ramener de temps à autre sur le terrain de leurs combats et de leurs misères? C'est que les métiers et les sols les plus ingrats sont ceux qui nous laissent le souvenir le plus attachant. Le journalisme a des amertumes enivrantes comme le café, l'opium et le haschisch. On y goûte, on le maudit, et l'on y veut goûter encore.

Sans doute il est stupide de dépenser son esprit au jour le jour, pour l'ébattement de quelques lecteurs inoccupés; mais qu'il est doux de servir au public ses idées toutes chaudes, comme les petits pâtés sortant du four! Un roman chemine à petits pas; il attend six mois dans les cartons de la librairie. Imprimé, il se disperse aux quatre points cardinaux; la France et l'étranger le lisent ou ne le lisent point, les critiques le goûtent ou le méprisent; c'est une question qui se décide lentement et qui n'est jamais bien résolue, par ce temps de camaraderies faciles et de jalousies féroces.

Une comédie monte aux nues ou tombe à cent mètres au-dessous du niveau de la rampe. Mais il faut quelquefois des années pour atteindre à ce résultat heureux ou triste; tandis que l'article de journal, écrit à deux heures, s'imprime à trois, se distribue à quatre, se lit à cinq! L'auteur sort de chez lui, gagne le boulevard, et tombe au milieu d'un aréopage ambulant qui le lit et le juge, l'applaudit ou le siffle. C'est un succès argent comptant, si toutefois c'est un succès.

L'action du journal sur les personnes est immédiate, presque foudroyante. Lundi dernier, par exemple, le Constitutionnel a publié deux articles remarquables. L'un était de M. Sainte-Beuve, sur M. Guizot; l'autre de M. Fiorentino, sur mademoiselle Nelly. M. Sainte-Beuve a désigné, avec la finesse d'un écrivain de génie, certains côtés faibles de son illustre confrère. M. Fiorentino a célébré, dans un style lyrique, les perfections d'une comédienne hors ligne, qui chante un joli couplet et enfourche un beau cheval dans la féerie du Pied de Mouton. Suppose que mardi soir M. Guizot ait rencontré M. Sainte-Beuve et qu'un hasard parallèle ait mis mademoiselle Nelly en présence de M. Fiorentino. Crois-tu que M. Guizot, de l'Académie française, et mademoiselle Nelly, de la Porte-Saint-Martin, auraient abordé du même front leurs critiques respectifs? Non, sans doute. M. Guizot aurait fait la grimace, et mademoiselle Nelly aurait souri de ses trente-deux dents. Car il est certain que le Constitutionnel de lundi dernier a placé mademoiselle Nelly fort au-dessus de M. Guizot. Si telle était l'intention de l'honorable rédacteur en chef, il a atteint son but et remis chaque personne à sa place. Il a prouvé à la famille d'Orléans que, si Louis-Philippe avait eu mademoiselle Nelly pour président du cabinet, mademoiselle Nelly serait montée à cheval le 24 février 1848; ce qui aurait sauvé la monarchie constitutionnelle.

Le même jour, une feuille plus officielle encore, et qui est lue attentivement par toutes les cours de l'Europe, a dit son fait à mademoiselle Juliette Beau. M. Gustave Claudin tenait la plume; un souffle de vertu rigide et de critique austère circulait entre les colonnes du Moniteur. On prouvait clairement à l'Europe attentive que la Comédie-Française avait bien fait de repousser notre pauvre Juliette et de recevoir mademoiselle Rose Deschamps. L'effet de ce jugement ne se fit pas attendre. Mademoiselle Juliette Beau redoubla de zèle, et montra beaucoup de talent, le soir même, dans un rôle ingrat et mal fait.

Ainsi, le journal a du bon. Il ne frappe pas toujours juste, d'accord. Mais il frappe fort et vite. C'est un véhicule pour la pensée, c'est une arme pour l'amour, la haine ou la vengeance, une foudre aux mains de l'homme. Nous ne comprenons pas l'Américain sans revolver, l'Arabe sans cheval, le Lapon sans traîneau, le Français sans journal.

Malheureusement, la presse est un cheval entravé, un traîneau enrayé, un revolver qui rate. Ah! si la presse était libre! Il ferait bon écrire tous les jours. On écrirait même la nuit; on se relèverait à quatre heures du matin pour écrire.

Je n'accuse pas le gouvernement; je le plains. Il croit bien faire en nous liant les mains, ce qui nous gêne beaucoup et ne lui profite guère. Mais le principal auteur de nos maux n'est ni l'empereur, ni aucun des ministres qui se sont succédé durant ces dix années de réaction. A qui donc faut-il s'en prendre? A un fanatique de la liberté, au plus grand journaliste de notre siècle, M. Émile de Girardin. C'est lui qui nous a réduits en esclavage le jour où il inventa le journal à bon marché.

Avant lui, les abonnés payaient tranquillement le pain quotidien de leur pensée. Un journal bien fait coûte soixante ou quatre-vingts francs par an, selon la qualité du papier, du tirage et de la rédaction. On peut même, à ce prix, payer l'impôt du timbre, qui est de deux cents pour cent environ sur la marchandise fabriquée.

M. de Girardin nous perdit tous par un trait de génie. Il s'avisa de livrer son journal au-dessous du prix coûtant, sauf à se récupérer sur les annonces. Suppose une feuille quotidienne qui perd quatre cent mille francs sur l'abonnement et afferme ses annonces au prix de cinq cent mille: elle gagnera cent mille francs par an, et vaudra plus d'un million. A ce prix, le fondateur s'enrichit, les rédacteurs gagnent leur vie, le public s'abonne à quarante francs, le commerce profite à bon compte d'une énorme publicité. Mais la liberté de la presse est morte.

Le gouvernement n'a plus besoin de publier des lois restrictives; les procès, les avertissements, les communiqués deviennent presque inutiles. Il suffit d'un chef de bureau qui fronce le sourcil de temps en temps. Le journal aura peur, parce qu'il représente un million.

Et les capitaux sont plus craintifs que les hommes, s'il est possible.

Armand Carrel a-t-il compris ce danger? Si oui, il fut vraiment un martyr de la liberté de la presse.

Un journal vraiment libre, c'est celui qui n'aurait d'autre capital que l'intelligence et le courage de ses rédacteurs. Mais comment faire? Que cinq ou six jeunes gens s'associent pour fonder un nouveau *National*, il faudra, de toute nécessité, qu'ils perdent sur l'abonnement comme tout le monde. Les annonces leur viendront en aide, c'est certain, lorsqu'ils auront atteint un tirage de quinze mille exemplaires. Mais alors ils auront perdu trois ou quatre cent mille francs, sauf miracle. Ils seront les esclaves d'un capital, c'est-à-dire d'un ou de plusieurs capitalistes. Et ces élans de généreuse folie qui poussent un peuple en avant, leur seront interdits à tout jamais.

Nous écrivons pourtant et nous tirons sur notre chaîne, comme s'il était en notre pouvoir de l'allonger. Si l'indulgence ou l'inadvertance de tous ceux qui nous surveillent nous permet de dire un petit mot de vérité, nous pensons que c'est autant de pris sur l'ennemi. Le public qui nous lit blâme cette timidité et nous accuse de ménager la chèvre et le chou. Parbleu! messieurs, je voudrais bien vous voir à notre place! Tout ce qui règne, gouverne, administre, régit ou fonctionne à n'importe quel degré de l'échelle sociale, a peur du papier imprimé. Il ne s'agit pas seulement de Paris, mais des départements. *Le Salut public* de Lyon, *la Gironde* de Bordeaux et cinq ou six autres feuilles provinciales, qui valent celles de Paris, vous en diront des nouvelles. Ce n›est pas que les hommes en place détestent toujours le langage de la vérité; mais ils n›aiment pas à l›entendre dans la rue.

Un de mes amis qui dirige un grand journal dans le département de *Seine-et-Garonne*, signale à son préfet je ne sais quelle grosse horreur administrative; il est mandé vite, vite, par-devant le petit roi du département.

—Monsieur, lui dit-on, quand des faits de ce genre parviendront à votre connaissance, je vous autorise à me les apporter ici dans mon cabinet; je vous défends d'en entretenir le public!

Un autre, qui fait honorablement son métier de journaliste dans les *Côtes-de-l'Est*, ne craint pas d'adresser des conseils excellents à une grande compagnie financière.

—Monsieur, lui dit le gouverneur ou le régent de l'affaire, de quel droit lavez-vous mon linge sale en public? Quand vous avez un avis à me donner, il serait bien simple de venir chez moi!

Reste à savoir si le cabinet de ces messieurs s'ouvre devant les conseillers qui ne sont pas journalistes!

Une comédienne de Paris (ces dames sont quelquefois la doublure des plus hauts fonctionnaires) disait à un critique de mes amis:

—Je vais jouer un rôle difficile entre tous. Si j'échoue, dites-le-moi chez moi. Mais je vous défends sur votre vie d'en souffler un mot au public.

Que penserais-tu, cousine, d'un accusé de la cour d'assises qui dirait au procureur général:

—Si les témoins vous racontent des faits à ma charge, je vous permets de venir me les soumettre à Mazas; mais, pour Dieu! n'en dites rien devant le jury!

Le jury, en toute affaire, c'est le public. L'accusé, c'est tout homme en place, qui est suspect d'abuser du pouvoir, par cela seul qu'il le tient. Quant à nous, pauvres journalistes, nous ne sommes ni des magistrats, ni des greffiers, ni même des huissiers. Nous ne sommes rien, nous ne demandons rien, nous ne visons à rien; le plaisir d'écrire est le plus clair de notre revenu. Et pourtant notre misère est si douce, que nous n'aspirons point à changer d'état, et nous préférons à toutes les broderies officielles les modestes paillons qui éclairent notre obscurité.

II. LES TYRANNEAUX DE PROVINCE

La lettre que je t'écrivais il y a quelques semaines sur les libertés municipales,[1] a produit, ma chère cousine, des effets curieux. Je me doutais bien un peu que les mésaventures de Gottlieb n'étaient pas uniques dans leur genre, que la France possédait plus d'un maire Sauerkraut et plus d'un sous-préfet Ignacius; mais je n'aurais jamais cru que le nombre en fût si grand.

Le pauvre Eugène Guinot se mit un jour quatorze affaires sur

---

1 Voir les *Lettres d'un Bon Jeune Homme*, page 353.

les bras, pour avoir raconté qu'un monsieur X… avait trouvé un monsieur Z… dans l'armoire de sa femme. Quatre maris s'étaient reconnus dans la personne de l'infortuné X…; dix jeunes gens, tous beaux, tous bien faits, tous bouillants du plus noble courage, revendiquaient l'initiale victorieuse de Z… L'honnête et bienveillant chroniqueur avait beau alléguer que l'anecdote était de pure invention: il avait précisé le jour et l'heure de l'événement, et on lui prouva que, le même jour, à la même heure, dans cet heureux pays de France, quatorze maris avaient ouvert quatorze armoires meublées de quatorze amants.

On a cherché querelle à Gavarni dans une occasion plus singulière encore. Le grand artiste avait dessiné deux individus assis face à face devant une table d'estaminet, avec cette légende:

«Tu vois ce monsieur qui entre là-bas?

—Oui.

—Sais-tu ce que c'est?

—Non.

—C'est pas grand'chose.»

Le troisième personnage, le *pas grand'chose* en question, n'était représenté ni de face, ni de profil, ni même de dos. Il ne brillait que par son absence. Et pourtant il y eut dans Paris un homme assez susceptible pour se reconnaître dans cette figure absente et demander raison au peintre qui ne l'avait pas dessinée!

Mon cas est tout différent, chère cousine. Aucun maire, aucun sous-préfet ne s'est reconnu aux portraits que j'ai tracés; mais voici des communes entières qui me félicitent d'avoir fustigé leur maire; voilà des arrondissements qui me remercient d'avoir dit la vérité sur leur sous-préfet.

J'ai reçu tout d'abord une lettre signée d'un nom fort décent, et datée de X…, département de… La voici:

«Monsieur,

«Je suis Gottlieb. Tous mes concitoyens de la ville de X… sont autant de Gottliebs… C'est notre maire que vous avez peint au naturel sous le nom de Jean Sauerkraut. Comment donc se fait-il que vous nous connaissiez si bien, sans être jamais venu chez nous?

«Venez-y bien vite, monsieur. Le peuple reconnaissant vous

recevra à bras ouverts. Le jour où il vous plaira d›entendre nos doléances et de juger par vos yeux des injustices de nos tyrans, j›espère que vous me ferez l›honneur de descendre chez moi, à l›*Écu de France*. Mes prix sont infiniment plus modérés que ceux du *Soleil d›or*, et ma table d'hôte est mieux servie, si l'on en croit MM. les voyageurs du commerce.

«Agréez, etc.»

Je m'apprêtais à répondre: «Monsieur, vous me faites trop d'honneur. Mon ami Gottlieb, qui n'est point un personnage symbolique, n'a jamais mis les pieds dans votre département.» Mais on introduisit chez moi un jeune avocat fort aimable, que j'avais intimement connu dans une ville de l'Est.

—Mon cher ami, me dit-il en entrant, j'ai failli me faire annoncer chez vous sous le nom de Gottlieb fils. Mon père habitait depuis sa naissance le chef-lieu que vous savez. Il y a rempli, durant une vingtaine d'années, des fonctions modestes mais honorables, et qui suffisaient à son ambition. Malheureusement, ses concitoyens, qui l'estimaient, l'ont élu vice-président d'une société de bienfaisance: il y avait un concurrent légitimiste. Cette nomination, que mon père n'avait pas même sollicitée, a fait grand bruit. Nos ennemis se sont mis en mouvement. Un haut fonctionnaire, *qui aurait dû* se déclarer pour nous,[1] s'est mis en route pour Paris; quelques jours après, mon pauvre père était nommé à une autre résidence. Le voilà exilé de sa ville natale, séparé de ses amis, éloigné de ses propriétés, troublé dans toutes ses habitudes, à un âge où l'homme ne sait plus changer. Quant à moi, je comptais poursuivre ma carrière sans quitter ma famille. Mais, aujourd'hui, que voulez-vous que je devienne?

Il en était là de ses doléances quand je vis entrer un inconnu de cinquante ans environ: une figure intelligente, ouverte et sympathique.

—Monsieur, me dit-il après avoir décliné son nom, je suis ancien député. J'exerce, dans un département du Nord, une industrie importante. Ma maison occupe tout un peuple d'ouvriers. J'ai entre-

---

1 Le préfet.

pris, dans mes loisirs, un grand travail d'utilité publique. Ce que votre maître Pierre a fait dans les landes de la Gironde, je l'essaye à mes frais sous un autre climat. Outre cela, je suis Gottlieb.

—Vous, monsieur?

—Hélas! oui. Toutes les persécutions que vous avez énumérées, et bien d'autres encore, s'exercent contre moi. Je me suis mis à dos l'autorité locale. Tous les Ignacius et tous les Sauerkraut de l'arrondissement sont déchaînés contre votre serviteur. Si vous venez me voir, vous jugerez par vos yeux de ce que je puis être et de ce que l'on est pour moi; vous verrez ce que je fais et ce qu'on me fait.

Cet honorable visiteur me résuma, dans un court abrégé, les vexations qu'il avait subies et qui se renouvelaient tous les jours. Je reconnus que mon ami Gottlieb était un privilégié, un aristocrate, un enfant gâté de la mairie et de la sous-préfecture, en comparaison de l'ancien député. Je lui présentai le jeune avocat qui était arrivé avant lui, et nous nous mîmes à chercher ensemble un spécifique contre leur mal.

Mais ma servante reparut avec un paquet de lettres que j'ouvris devant eux, avec leur permission.

La première venait du Midi. Elle était datée d'une place de guerre. La vignette enluminée qui décorait la tête de la première page représentait un guerrier entouré de drapeaux. L'écriture et le style ne pouvaient appartenir qu'à un jeune soldat.

«Monsieur, disait l'enfant (un de ces enfants héroïques qui jouent si bien à la bataille), j'ai dix-huit ans et je me ferais tuer pour l'empereur, à preuve que je me suis engagé volontairement en novembre, et que je suis candidat brigadier, en attendant le bâton de maréchal. Pour lors que vous n'avez pas raconté positivement mon histoire, puisque ce n'est pas un mulot que j'ai tué, mais un moineau, sauf le respect que je vous dois.

«Identiquement, ce n'est pas moi qui me suis porté au conseil municipal, n'en ayant ni l'âge ni le vouloir, mais mon cousin germain, fils du frère aîné de mon propre père, et que vous désignez dans vos feuilles sous le nom illusoire de Gottlieb. Lequel, s'étant porté contre la liste du maire au mois d'août, demeura, ensemblement avec toute sa famille, en butte à toutes les vexations de l'autorité civile. D'où m'étant aventuré sur la route dont il était borné, et ayant tué un moineau (passez-moi le mot) d›un coup de pistolet sur un arbre, je fus empoigné par les gardes champêtres qui faisaient le guet autour de sa maison par inimitié contre lui, et livré à la justice civile, qui me condamna pour délit de chasse à l›amende, aux frais et à la confiscation de l›arme.

«Le tout montant à une somme totale d›environ quatre-vingts francs, dont je ne garde point rancune à la justice, qui exécutait sa consigne en appliquant la loi, mais aux gardes champêtres et nommément à M. le maire, qui les avait apostés autour de la maison de mon cousin, pour nous prendre en faute, dont ils auraient parfaitement pu se dispenser. Vous avouerez, monsieur, que c›est un moineau payé un peu cher, et que je n›avais rien fait à M. le maire, n›ayant pas même pu voter, faute d›âge, en faveur de mon cousin.

«Ce qui ne m›empêche pas, monsieur, de crier avec tous les cœurs français en présence de l›ennemi, absent ou présent: Vive l›Empereur! Puisse-t-il être servi par les civils comme il le sera en toute occasion par votre bien dévoué

«X…,

«Candidat brigadier à la… du… d'…

en garnison à…»

La deuxième lettre était signée d'un fonctionnaire assez important d'une de nos grandes administrations. La voici:

«Monsieur,

«La simple lecture de mon nom vous dira dans quel département je suis né et pourquoi je suis bonapartiste de naissance. L›*Histoire de Napoléon* est l›Évangile où mon vénéré père m›a appris à lire. Dès ma première jeunesse, j›ai rêvé le retour de la dynastie napoléonienne. Dans l›âge où nous passons facilement du désir à l›action, j›ai conspiré. Toute ma vie et toute ma fortune ont été consacrées à la sainte cause que j›ai toujours confondue avec la cause de mon pays. L›empereur a daigné récompenser mes modestes services en me nommant lui-même à l›emploi que j›occupe depuis tantôt dix ans.

«Je m›applique à me rendre digne de ses bontés, dont je garde une reconnaissance éternelle. Mon chef immédiat, aussi bien que MM. les inspecteurs de mon service et ces messieurs de l›administration centrale, ont toujours rendu justice à mes modestes efforts. Je serais un ingrat si je ne me louais pas hautement de leur bienveillance. Pourquoi faut-il que, dans les dernières élections municipales, j›aie voté ouvertement pour un homme de mon opinion, dévoué comme moi aux idées libérales de l›empereur? Ce malheureux, que vous avez désigné ingénieusement sous le nom de Gottlieb, a entraîné tous ses amis dans sa perte. Le maire de cette ville et le sous-préfet de cet arrondissement ont juré de *faire sauter* tous ceux qui avaient pris parti pour Gottlieb. Leurs dénonciations contre moi seul forment un dossier énorme, sous lequel mon innocence sera infailliblement étouffée. Que faire? A qui m›adresser?

«J›attends tous les jours mon changement, qu›ils demandent, qu›ils espèrent, qu›ils annoncent à haute voix dans la ville et au chef-lieu. J›aimerais mieux qu›on nous débarrassât du maire, qui s›est rendu antipathique à toute la population, ou qu›on changeât le sous-préfet. C›est un ultramontain riche et bien apparenté. Je suppose que vous l›avez désigné sous le nom d›Ignacius, parce qu'il a des relations étroites avec la société de Jésus, fondée par saint Ignace. En l'ôtant de chez nous, on ne lui ferait aucun tort, car il dit lui-même à qui veut l'entendre qu'il donnera sa démission dès qu'il aura la croix. Ne pourriez-vous obtenir, monsieur, qu'on le décorât tout de suite? Notre pays y gagnerait; mais le plus soulagé de tout le département serait votre dévoué serviteur.

«X...»

Troisième dépêche.—Celle-ci vient de beaucoup plus loin, d'un pays perdu.

«Monsieur,

«Je suis père d›une nombreuse famille et j›occupe une place de dix-huit cents francs. J›ai voté pour Gottlieb. Ni le maire ni le sous-préfet ne me le pardonneront jamais. C›est sans doute parce que, Gottlieb et moi, nous sommes plus dévoués que lui au gouvernement de l›empereur.

«Au jour de l›an, je suis allé avec ma femme faire une visite officielle à M. le sous-préfet. Ce haut fonctionnaire étant absent, nous avons laissé nos cartes de visite. Comme nous sortions de la sous-préfecture, M. le sous-préfet, qui rentrait, se croisait avec nous. J›attendais son coup de chapeau pour le saluer à mon tour.

«Ne devais-je pas agir ainsi, puisque j›étais avec ma femme? Vous savez sans doute, monsieur, qu›on peut être à la fois homme du monde et fonctionnaire à dix-huit cents francs. M. le sous-préfet, qui me conserve une dent depuis les élections, affecta de ne point nous voir, entra dans son bureau, et écrivit à mes chefs que j›avais passé devant lui sans le saluer. Il n›en faut pas davantage pour motiver la destitution d›un employé à dix-huit cents francs. Heureusement, monsieur, la dénonciation tomba aux mains d›un très-excellent et très-honnête homme, qui se trouva être par surcroît un homme de beaucoup d›esprit.

«C›est pourquoi je ne suis pas destitué. Mais un avancement qui m›était annoncé et promis depuis plus de six mois a été arrêté par ce prétendu crime de chapeau. Je ne me plains de rien, je n›accuse personne. Un employé à dix-huit cents francs n›a pas le droit d›ouvrir la bouche, sinon pour manger quelquefois. Mais je vous prie instamment, vous qui semblez porter quelque intérêt aux opprimés, de me fournir une arme défensive. Celle qui délivra la Suisse et Guillaume Tell dans une célèbre question de chapeau est tombée en désuétude. Vous seriez vraiment bon d›en indiquer une autre à votre tout dévoué

«X…»

La dernière lettre du paquet n'était pas aussi importante, et je ne la cite que pour mémoire. J'ai écrit que la ville de Schlafenbourg ne comptait qu'un seul mari de Molière. Un monsieur qui a cru se reconnaître m'écrit une longue lettre anonyme pour me dire que je me suis trompé, qu'il n'est pas seul de son espèce; que, d'ailleurs, nous n'avons pas le droit de trouver mauvais ce qu'il trouve bon; que l'amitié vit de concessions, et mille raisons de cette force qu'il ne m'appartient pas de discuter.

Lecture faite, mes deux visiteurs me prièrent de résumer le débat, et je leur dis:

—Votre récit, les lettres de mes correspondants et mon expérience personnelle m'ont prouvé que les petits fonctionnaires de notre pays se laissaient aller sans trop d'effort sur la pente du despotisme. On en voit quelques-uns mettre au service de leurs rancunes personnelles une autorité qui leur a été confiée pour le service de l'État. Peut-être même en trouveriez-vous deux ou trois mille qui tournent contre le gouvernement et ses amis les armes dont ils disposent. C'est un mal, j'en conviens, mais qui n'est ni sans explication, ni sans remède. Cette grosse armée de fonctionnaires ne s'est pas recrutée en un jour, sous une influence unique. Des partis très-divers ont mis la main aux affaires depuis douze ans. Il est évident, par exemple, que M. de Falloux et les ministres de sa couleur n'étaient ni des esprits bien libéraux, ni des démocrates très-prononcés, ni même des bonapartistes bien purs. Chacun d'eux a apporté avec lui un certain nombre de fonctionnaires choisis dans la même nuance, et je ne suis pas convaincu qu'ils les aient tous remportés. Voilà, si je ne me trompe, la cause du mal.

—Et le remède?

—Le voici. Les animaux les plus patients ne se font pas faute de crier lorsqu'on les écorche; c'est un exemple à suivre, et je le recommande à tous les administrés. Criez, morbleu! le souverain vous écoutera. C'est son devoir, son intérêt, son désir. L'empereur ne peut pas trouver bon que les maires et les gardes champêtres lui recrutent des ennemis dans le peuple. Si par hasard vos cris n'arrivent point jusqu'à Paris (car la France est grande), ils seront entendus par vos voisins, qui se mettront à crier avec vous, et il se fera un si grand bruit, que vos tyranneaux seront saisis d'épouvante.

«Je ne vous dis pas de les dénoncer à leurs supérieurs ni de remonter de proche en proche, par la voie hiérarchique, jusqu'à ces hautes régions où le pouvoir s'épure des petites passions et des intérêts mesquins: cela tomberait dans la délation, qui est toujours méprisable; mais appelez-en de toutes les violences, de toutes les injustices, de tous les passe-droits à l'opinion publique. Criez!

«Je ne vous conseille pas de crier dans la rue: le sergent de ville vous conduirait au poste, et ferait bien. Mais vous avez les journaux, qui sont des porte-voix incomparables. Cette gueule de lion qui portait au conseil des Dix les moindres caquets de Venise n'était qu'un jeu d'enfant, une trompette d'un sou, si vous la comparez aux journaux.

«Le ministre de l'intérieur est un honnête homme, estimé de tous les partis, sans exception. Homme de bien et homme de sens, il permet, il veut que l'on crie. Je suis sûr qu'il n'aurait que du mépris pour un écorché qui ne crierait point. Pourvu que nous n'attaquions ni la personne de l'empereur, ni la constitution fondamentale de l'Empire, nous avons carte blanche contre tous les abus. Servons-nous de la liberté qu'on nous donne; sinon, nous ne la méritons pas. Il faut que tous les journaux, sans exception, et jusqu'à la feuille de petites affiches qui s'imprime à Saverne, soient des instruments de justice et des organes de vérité. Ne craignez ni les suppressions, ni les saisies, ni les avertissements: le temps n'est plus où un journal était puni pour avoir discuté les engrais recommandés par la préfecture.

—Mais un fonctionnaire attaqué dans les journaux a toujours le droit de faire un procès!

—Il a même le droit de le perdre, si vous n'avez avancé que des faits exacts.

—En matière de diffamation, la preuve n'est pas admise.

—Contre un particulier, non. Vous n'avez pas le droit d'appeler voleur un homme qui a volé; il vous est défendu de nommer faussaire un voyageur qui se rend à Poissy pour avoir imité la signature du prochain. Ces messieurs vous poursuivraient en diffamation, et leur procès serait gagné d'avance. Mais la loi n'a pas voulu que le fonctionnaire public partageât cette triste inviolabilité. Reprochez-lui hardiment, publiquement, les fautes qu'il commet dans l'exercice de ses fonctions, et ne craignez pas qu'il vous traîne devant la justice. Le tribunal vous permettrait de prouver votre dire et d'accabler votre accusateur.[1] Criez donc! Et, si vous avez la poitrine un peu trop faible, adressez-moi vos doléances. Je ne suis pas phthisique, et je crierai pour vous!

III. LA MACHINE LENOIR

Ma chère cousine,

Nous avons, par la grâce de Dieu, deux Conservatoires à Paris:

Le Conservatoire de la routine musicale, au faubourg Poissonnière;

Le Conservatoire de la routine industrielle, qu'on nomme aussi Conservatoire des arts et métiers, rue Saint-Martin.

MM. Berlioz et consorts ne sont pas, comme on pourrait le supposer, des phénomènes uniques. L'habile directeur du Conservatoire des arts et métiers se couvre de gloire à leurs côtés, dans la lutte

---

1 Erreur grossière. Ne vous y fiez point! La loi serait contre vous.

généreuse du passé contre l'avenir, de l'inertie contre le progrès.

Tandis que ces grands polémistes, aussi grands dans la discussion que dans la mélodie, repoussent l'invasion du barbare Chevé, qui menaçait de nous faire tous musiciens en un rien de temps, voici ce qui se passe aux environs de la rue Saint-Martin:

Deux envoyés du Conservatoire se présentent, le front haut, dans une modeste imprimerie:

—Monsieur, disent-ils au patron, nous nous sommes laissé conter que vous aviez une machine Lenoir?

—Oui, messieurs; la voici.

Il leur montre, dans un coin de l'atelier, un petit appareil fort simple, et pas plus encombrant qu'un poêle sans cheminée.

—Ça! disent les petits Berlioz de l'industrie. Voilà ce que nous avons entendu vanter sous le nom de machine Lenoir! Heureusement, elle ne marche pas!

—En effet, répond l'imprimeur, elle ne marche pas pour le moment, mais elle va marcher dans un quart de minute.

Il pousse un volant, tourne un robinet, la machine fait entendre un petit bruit, le bruit d'une respiration un peu forte, et tout s'anime autour d'elle. Et deux presses mécaniques se mettent à travailler à la fois, comme si une forte commande s'était abattue sur la maison.

Les délégués du Conservatoire, en présence d'un résultat si évident, hochent la tête d'un air de doute. Habitude de Conservatoire!

—Vous ne nous persuaderez jamais, disent-ils, que ce misérable outil fonctionne régulièrement.

—Il fonctionne comme je veux: quatre-vingts coups de piston à la minute. Mais l'expérience nous a démontré qu'en forçant de vitesse, on pouvait aller jusqu'à huit cents.

—Alors, votre machine vous tuera un jour ou l'autre. C'est une force aveugle que l'homme ne saurait dompter.

Pour toute réponse, l'imprimeur ferme un robinet. Le moteur s'arrête, les presses se reposent, il se fait un grand silence dans la maison.

—Tout cela est bel et bon, répliquent les deux lévites de la routine; mais, si votre machine ne vous tue point, elle vous mettra du moins sur la paille. Nous savons ce qu'elle vous coûte, mon brave homme!

—Elle me coûte mille francs d'achat, ou cent francs d'intérêt par an, y compris l'amortissement du capital. Elle consomme un mètre cube de gaz hydrogène, ou six sous par heure de travail, qui font trois francs pour une journée de dix heures. Ajoutez l'achat et l'entretien de la pile, l'établissement d'un flotteur pour le gaz, le coût d'une petite prise d'eau et tous les faux frais, nous n'arriverons pas à un total de six francs. Or, cette machine, qui est de la force d'un cheval, remplace avantageusement le travail de quatre manœuvres qu'il me fallait payer quatre francs par jour, ou seize francs en tout. Elle me procure donc une économie de plus de dix francs, et je ne vois pas comment elle pourrait me mettre sur la paille.

Les hommes du Conservatoire levèrent les épaules comme M. Berlioz à l'avant-dernière séance de M. Chevé. Ils déclarèrent dogmatiquement que des hommes comme eux ne se laissaient tromper ni par les inventeurs ni par leurs compères; que la direction du Conservatoire publierait prochainement un mémoire foudroyant contre la machine Lenoir, et que les hommes de progrès recevraient de leurs mains une correction mémorable.

Il faut, cousine, que ces animaux-là (les hommes de progrès) soient véritablement incorrigibles, car les conservatoires de tous les temps ne leur ont point épargné les leçons. Un Chevé de l'âge d'or, qui s'appelait Orphée, fut déchiré, non dans une brochure par vingt-trois signataires, mais dans les plaines de la Thrace, par une multitude de jeunes femmes qui chantaient faux, comme les élèves de notre Conservatoire. Un philosophe du nom de Socrate fut mis à mort par les Victor Cousin de son temps réunis en Conservatoire des erreurs officielles. Galilée, qui avait la folle prétention de faire tourner la terre autour du soleil, fut emprisonné par les soins de la cour de Rome. La cour de Rome était alors, comme aujourd'hui, le Conservatoire obstiné d'une auguste mythologie. Les premiers imprimeurs furent persécutés par la Sorbonne, Conservatoire très-pédant de l'ignorance nationale. Tous les Conservatoires du premier Empire repoussèrent unanimement la navigation à vapeur, et l'on sait quels services cette sage mesure nous rendit dans nos luttes contre l'Angleterre. M. Thiers, un Conservatoire en abrégé, s'opposa comme un héros à l'établissement des chemins de fer en France. Aujourd'hui, les Conservatoires et les conservateurs sacrifient la machine Lenoir aux machines à vapeur qu'ils ont adoptées malgré eux et par contrainte.

Mais peut-être est-il temps de te révéler le secret de cette machine infernale qui trouble le sommeil conservateur de M. le général Morin.

Le jour où une chaudière d'eau bouillante souleva son couvercle devant un physicien qui n'avait pas l'esprit de Conservatoire, la force de la vapeur fut révélée à l'homme: il ne s'agit plus que de l'employer. La vapeur nous apparut comme un ouvrier vigoureux et terrible: les mécaniciens s'occupèrent de l'embaucher et de le dompter.

Quelques années plus tard, une fille de boutique oublie de fermer un bec de gaz. L'hydrogène se répand et se mélange avec l'air. Un commis attardé rentre dans la maison, le cigare à la bouche ou la lanterne à la main. L'air s'enflamme, se dilate et centuple son volume primitif. La boutique, cent fois trop étroite pour son contenu, éclate comme une bombe. «Quel malheur! dit le peuple!—Quelle fortune! s'écrie le physicien penché sur ces ruines. Si une étincelle jetée dans un certain milieu a pu faire tant de mal, quels services ne pourra-t-elle pas nous rendre dès que nous saurons l'employer? C'est un ouvrier de plus. Embauchons-le bien vite!» Voilà l'idée de M. Lenoir.

Ces embauchages intelligents, ce recrutement des forces de la nature sera la gloire de notre siècle aux yeux de la postérité. L'homme, au commencement, n'eut pas d'autres ouvriers que lui-même. Lorsqu'il sut mettre les animaux à son service, et, suivant la belle expression de Buffon, les conquérir sur la nature, il s'éleva d'un rang dans l'échelle des êtres. Le premier qui dompta un cheval, le premier qui attela deux taureaux à la charrue furent honorés comme des dieux. Quelle reconnaissance ne doit-on point à ces Neptunes modernes qui nous fabriquent sur une enclume des machines de la force de mille chevaux? Nous leur décernerions aussi le beau titre de dieu, s'il n'avait fini par tomber en désuétude par le grand abus qu'on en a fait.

Par eux, l'eau des torrents, l'étincelle de la foudre, la vapeur, le vent et toutes les forces aveugles de la nature ont pris du service dans cette grande usine que nous gérons. L'eau travaille à bas prix, mais la vapeur fait plus de besogne. L'étincelle porte nos messages au bout du monde; le vent conduit les navires et fait tourner les moulins. C'est le plus capricieux de tous nos serviteurs; il se met en grève pour un oui, pour un non; il s'emporte contre ses maîtres et conduit les navires à la côte. Aussi l'a-t-on remplacé, ou peu s'en faut. Dans son chômage forcé, il se déchaîne en vagabond et nous joue tous les mauvais tours imaginables. Vous l'avez vu souvent, par une belle nuit d'hiver, décoiffer de leur toit les maisons frileuses, ou secouer comme des pruniers les campaniles de nos églises. Peut-être même vous a-t-il arrêté sur le pont Neuf, mon cher monsieur, et vous a-t-il dit, en lançant votre chapeau dans la rivière: «Ayez pitié d'un pauvre travailleur sans ouvrage!»

Patience, mon garçon! nous reviendrons à toi. Nous promettons de t'atteler à nos ballons, si nous trouvons un cocher qui sache te conduire.

C'est l'étincelle électrique qui conduit la machine de M. Lenoir, et voici comment.

Tu as vu des machines à vapeur; nous n'en manquons point à Quevilly. Une machine à vapeur n'est pas autre chose qu'un piston allant et venant dans un cylindre. La vapeur arrive en bas et pousse: le piston monte. La vapeur arrive en haut et pousse: le piston descend. La vapeur revient en bas, et il faut, bon gré malgré, que le piston remonte, comme le couvercle de la fameuse marmite. La vapeur revient en haut, et le piston redescend. Ce mouvement de va-et-vient, imprimé au piston par la force irrésistible de la vapeur, est comme le grand ressort de toutes les machines. Du jour où le physicien eut trouvé ce secret-là, les mécaniciens ont fait le reste.

Il n'est pas difficile de planter au milieu du piston une bonne tige de fer qui va et vient avec lui, d'une marche régulière et sûre. Ce mouvement en ligne droite se change en mouvement circulaire par un petit mécanisme aussi simple qu'ingénieux. Cela n'est pas plus malin que de faire tourner la roue de ton rouet en appuyant le pied sur la planchette. Et, de même que la pression de ton petit pied, allant et venant en ligne droite, fait marcher le rouet en ligne circulaire, un simple piston qui va et qui vient dans un cylindre fait tourner les roues d'une usine, d'une locomotive ou d'un bateau à vapeur.

La machine Lenoir est construite tout de même: il n'y manque que la vapeur. Suppose que le piston soit bien tranquille au beau milieu de son cylindre, entre deux espaces vides. Il monterait sans hésiter, si on lui lâchait par le bas un bon jet de vapeur. Il descendrait du même train, si la vapeur lui arrivait par le haut. Faisons mieux: mettons-lui sous le ventre ce mélange d'air et de gaz hydrogène qui fait de si belles explosions dans les boutiques. Ajoutons la petite étincelle qui dilate violemment le mélange: le piston montera sans perdre de temps; il faudrait qu'il fût bien obstiné pour se le faire dire deux fois. Dès qu'il sera monté au haut du cylindre, on le fera redescendre par le même moyen, et l'on aura ce va-et-vient régulier qu'on admire dans les machines à vapeur.

Voilà donc une machine à vapeur sans vapeur, qui produit les mêmes résultats sous l'impulsion d'une autre force. Mais cette force, combien coûte-t-elle à produire? Si nous l'avions pour rien, comme le vent, ou pour presque rien, comme l'eau des rivières, il faudrait jeter à la ferraille toutes les machines à vapeur construites ou en construction.

Mais non, et ceci doit rassurer les Conservatoires. La machine Lenoir consomme des étincelles électriques qui ne coûtent presque rien, de l'air atmosphérique qui ne coûte rien du tout, et du gaz hydrogène qui coûte encore assez cher. On le paye trente centimes le mètre cube, et les Compagnies qui nous le vendent sont trop bien avec l'administration municipale pour songer à réduire leurs prix. Une machine de deux cents chevaux, travaillant dix heures par jour, consommerait deux mille mètres cubes d'hydrogène ou six cents francs dans la journée. La vapeur coûte beaucoup moins cher.

Il est vrai qu'un Américain, domicilié à Paris, se fait fort de nous donner bientôt l'hydrogène à un centime le mètre cube. Il décompose l'eau instantanément et à froid, au moyen d'un mélange dont il n'a pas encore livré le secret. S'il n'exagère pas le mérite économique de son invention, la vapeur sera détrônée partout; nous aurons même des steamers Lenoir, voyageant sans charbon et fabriquant leur hydrogène au fur et à mesure de leurs besoins. Mais nous n'y sommes pas encore, et il convient de fonder nos calculs sur l'état présent de l'industrie. Le mètre cube de gaz à Paris coûte six sous, et nous devons partir de là.

Tant que cette denrée de première nécessité se vendra si cher, tous les manufacturiers feront sagement de s'en tenir à la vapeur et de laisser la machine Lenoir à la petite industrie.

Tout le monde n'a pas le moyen de travailler en grand et de produire beaucoup, sur un vaste terrain, avec un capital énorme. Nous comptons en France une multitude de petits industriels, demi-fabricants, demi-ouvriers, qui vivotent modestement dans des ateliers étroits. La vapeur est un luxe qu'ils ne pourront jamais se permettre, et cela pour mille et une raisons. Le premier établissement d'une machine à vapeur coûte fort cher. Il faut un emplacement spécial, le consentement du propriétaire et des voisins. On a le danger des explosions et des incendies. Il faut un chauffeur. La vapeur, si utile qu'elle soit, n'est pas tout à fait aux ordres de l'homme: entre l'instant où l'on allume le feu et la minute où se produit une pression utile, il s'écoule une heure pour le moins. Si vous suspendez le travail au moment du repas, il faut entretenir le feu de la machine. Le travail terminé, la machine dépense encore et brûle son charbon pour le prince qui règne à Berlin.

La machine Lenoir ne dépense que lorsqu'elle travaille. On la met en mouvement à l'instant même où l'on en a besoin; on arrête les frais dès que l'ouvrage est suspendu; on n'emploie pas un centimètre cube de gaz qui ne profite. Tous les emplacements sont bons: une force d'un cheval se range commodément dans le coin le plus obscur du plus modeste atelier. Aucun propriétaire, aucun voisin ne peut s'opposer à l'établissement d'un appareil qui ne fait ni bruit, ni feu, ni fumée, et qui procède par petites explosions aussi douces et aussi inoffensives que la respiration d'un ronfleur.

Nous avons à Paris, à Lyon, à Saint-Étienne et dans nos grandes villes industrielles, un million de petits fabricants ou d'ouvriers en chambre. C'est une population très-intéressante, non-seulement parce qu'elle est morale et paisible, mais parce qu'elle travaille avec une certaine spontanéité. L'initiative individuelle, comprimée par la division du travail chez l'ouvrier des manufactures, se développe tout à l'aise dans ces libres artisans. Sans parler des capacités éminentes qui se révèlent de temps à autre chez quelqu'un d'entre eux, on peut dire qu'ils contribuent tous à donner aux produits de la France ce cachet de bon goût que l'étranger apprécie et paye si bien. Voilà les hommes qui sauront tirer parti de la machine Lenoir. C'est à eux que l'inventeur aurait dû dédier son œuvre.

Nous les verrons bientôt, la caisse d'épargne aidant, placer dans leurs petits ateliers un compagnon de travail de la force d'un cheval, ou même de moitié. Un demi-cheval consomme trois sous de gaz à l'heure et fait la besogne de deux hommes. Un demi-cheval ne sera jamais intelligent ni adroit de ses mains comme nos fins ouvriers de Paris, mais il se chargera des gros ouvrages et des labeurs indignes d'un citoyen.

Quand je pense qu'il y a dans notre beau pays non-seulement des chiens, mais encore des électeurs qui tournent une roue depuis le matin jusqu'au soir pour gagner le pain de leur famille!

Au reste, il était temps que M. Lenoir inventât sa jolie machine. La petite industrie courait un danger de mort. Les capitaux se groupaient en masses imposantes pour fonder des manufactures énormes. On pouvait déjà fixer le jour où le dernier des petits poissons aurait été mangé par les gros. Petits poissons, devenez grands! et bénissez le nom de M. Lenoir, qui vous sauve la vie.

Nous parlerons un autre jour de certaines applications de la machine Lenoir. Le théâtre, par exemple, lui demandera de grands services. Tu sais, cousine, ou plutôt tu ne sais pas que tous ces beaux mouvements qui s'opèrent sur la scène, les déplacements de décors, les trucs, les changements à vue, sont exécutés par les moyens les plus primitifs. Lorsqu'il s'agit d'enlever une forêt et d'apporter un salon, vingt gaillards robustes tirent la forêt en arrière; vingt autres poussent le salon en avant. C'est ingénieux comme l'arche de Noé, mais pas davantage. Tout le monde demande aux directeurs pourquoi ils ne confient pas cette besogne stupide à une petite machine à vapeur. Les directeurs répondent qu'ils ont peur du feu. Qu'ils prennent donc la machine Lenoir!

J'ai crié sur les toits tout ce que j'avais à dire, ou peu s'en faut. Maintenant, ma chère cousine, ne va pas te mettre en tête que ceci est une réclame au profit d'un inventeur. M. Lenoir n'a besoin de personne. Il n'est pas traqué par ses créanciers comme l'honorable M. Cartéron, auteur d'une des plus belles inventions de notre époque. Il n'est pas menacé de périr par la contrefaçon ou par les procès comme MM. Renard, de Lyon, ces illustres inventeurs de la fuchsine. M. Lenoir, et surtout M. Marinoni, le grand constructeur, s'exténuent à produire des machines et désespèrent de suffire à toutes les demandes. On s'inscrit longtemps à l'avance, comme pour obtenir une loge aux *Effrontés*. Et je me garderai bien d'écrire ici leur adresse, de peur de m'attirer leurs reproches.

Mais je crois bon d'annoncer aux petits industriels de Paris cette heureuse nouvelle. Il n'est pas inutile d'opposer aux négations aveugles du Conservatoire le témoignage d'un homme qui a vu.

Lorsque les nouveaux ateliers que M. Marinoni fait bâtir pourront suffire à tous les besoins de Paris; lorsqu'on sera en mesure de donner à nos ouvriers en chambre ce précieux demi-cheval qui leur manque, alors il sera temps de fonder un comité de patronage pour la propagation de la machine Lenoir.

M. le comte de Morny et quelques musiciens sans préjugé ont *lancé* la méthode Chevé, en dépit du Conservatoire de musique. On trouvera toujours une demi-douzaine de citoyens intelligents pour lancer une invention utile, quoi qu'en dise le Conservatoire des arts et métiers.

IV. LES PORTRAITS-CARTES

Ces jours derniers, je traversais Dijon, qui est une des plus belles et des plus aimables villes de notre pays. Un ami que j'ai là-bas me fit voir, entre autres curiosités, la fabrique de M. Antoine Maître. C'est un joli bâtiment, distribué dans la perfection, et qui ne coûtera pas moins d'un million lorsqu'il sera complétement achevé. Tel qu'il est, il abrite trois cents ouvriers des deux sexes.

Ces messieurs et ces dames, le jour où je les vis, travaillaient avec une activité fébrile, et tout l'atelier semblait être dans un coup de feu. On ne se hâterait pas plus à Saint-Étienne, si nous étions à la veille d'une guerre européenne. Mais devine un peu, ma chère cousine, ce que faisaient ces six cents bras lancés à toute vitesse? Ils fabriquaient des albums pour la photographie.

Je me fis présenter au patron et je demeurai tout un matin dans son cabinet. M. Antoine Maître est un ancien ouvrier; il a fondé non-seulement sa maison, mais son industrie. Il nous conta avec une bonhomie fine (la bonhomie du Bourguignon) comment il s'était établi fabricant de buvards en l'an de grâce 1832, sans avoir une notion bien précise de ce que pouvait être un buvard; comment il avait profité d'une absence de sa femme pour transformer en enseigne la table, l'unique table où le petit ménage prenait ses repas; comment enfin les deux filles du receveur général, attirées par une magnifique inscription en ocre jaune, avaient fait une commande de quinze francs au futur millionnaire. En peu d'années, la petite industrie avait grandi. Le fabricant de buvards avait entrepris le portefeuille, le porte-monnaie, la reliure des livres, puis ces albums à loger la photographie, qui envahissaient l'atelier avec un succès despotique. On en avait livré quatre-vingt mille en six mois, et l'on désespérait de suffire à l'énormité des commandes.

Ce chiffre serait déjà monstrueux si tous les albums de la France et de l'étranger se fabriquaient chez M. Maître, et l'on comprendrait difficilement qu'un article de fantaisie pût être si demandé. Mais, lorsqu'on pense que la fabrique de Dijon ne fournit pas le quart, ni même le dixième de la consommation nationale, on est forcé de reconnaître que la photographie est devenue pour nos concitoyens un luxe de première nécessité.

Ce qui distingue les inventions de notre siècle, c'est la rapidité presque miraculeuse de leur perfectionnement et de leur application. Elles ne demeurent point à l'état stagnant, comme les grandes découvertes de nos ancêtres; elles ne sont pas un objet de monopole pour quelques adeptes; elles entrent, du premier bond, dans le domaine public. Il a fallu des siècles pour que la poudre à canon, l'imprimerie, la boussole vinssent à dire leur dernier mot. Quelle longue suite d'années entre le tonneau du moine Schwartz et le revolver de M. Colt! Quelle interminable série de perfectionnements entre Gutenberg et Didot!

Les idées de notre temps, au contraire, s'élancent presque sans transition de la théorie à la pratique. Elles tombent des mains de l'inventeur aux mains de tout le monde. La force de la vapeur, la lumière du gaz, la vitesse du courant électrique, l'art infaillible de dessiner les portraits à coups de soleil, tout cela s'est perfectionné, appliqué, répandu et mis à la portée du premier venu, dans l'espace de quelques années.

Nous ne sommes pas des vieillards, et nous nous souvenons tous des premiers succès de M. Daguerre. Le modèle posait longtemps avec la patience infatigable d'un fakir. Il obtenait, pour prix de ses peines, une sorte de reflet fugitif, insaisissable, quelque chose de vague et d'incertain comme un souvenir gardé par un miroir. Et ce modeste résultat coûtait cher: il y fallait autant d'argent que de soins et de patience. Aujourd'hui, le soleil dessine sur le papier, en grand comme M. Ingres, en petit comme M. Meissonnier; cela ne veut ni temps ni dépense. Le portrait le plus admirable est une affaire de quelques secondes et de quelques sous.

Tandis que M. Maître feuilletait avec nous un grand album peuplé de toutes les célébrités de l'Europe, depuis mademoiselle Rigolboche jusqu'à Son Éminence le cardinal Antonelli, nous trouvâmes plaisant d'examiner ensemble toutes les modifications que la photographie avait déjà introduites dans les mœurs.

Autant le portrait était rare autrefois, autant il va devenir commun. Les riches et les grands n'auront plus le privilége de conserver le souvenir visible de ceux qu'ils ont aimés. Le moindre villageois, le plus modeste ouvrier pourra contempler, dans cent ans, la galerie de ses ancêtres.

Les bourgeois ont toujours été friands de portraitures; mais, comme ils n'étaient pas assez riches pour poser dans l'atelier de Flandrin ou de Baudry, ils s'adressaient naguère encore à des artistes de pacotille, heureux de transmettre à leurs descendants quelque aimable caricature! On leur accommodait, pour deux ou trois cents francs, une sorte de ragoût à l'huile; cela se servait au salon, dans un cadre d'or. Nous avons tous admiré, le long du boulevard, l'enseigne de ces prétendus peintres et le spécimen de leurs talents, avec cette formule inévitable: *Ressemblance garantie.*

Eh bien, voilà une industrie qu'il faut rayer de l'*Almanach Bottin*. La photographie, qui ne garantit pas la ressemblance, mais qui la donne, a tué les barbouilleurs de portraits. La terre est purgée de cette engeance qui viciait le goût public et empoisonnait la nation par les yeux. Nous ne la reverrons jamais, il n'en sera plus parlé, sinon dans les légendes, et le fameux Pierre Grassou, de Fougères, si soigneusement décrit dans le roman de Balzac, paraîtra un animal aussi fabuleux que le lion de Némée et l'hydre de Lerne.

La gravure de pacotille et la lithographie à la toise disparaîtront également dès qu'on aura simplifié le tirage des épreuves photographiques. Au lieu des grossières enluminures qui tapissent les chaumières, la rue Saint-Jacques et la fabrique d'Épinal expédieront partout des photographies artistiques, d'après les chefs-d'œuvre de Raphaël.

Mais la gravure au burin, le grand art de Marc-Antoine et de Stella, de Pesne et d'Audran ne périra-t-il point dans le naufrage? Oui et non. Il faudrait maudire la photographie, si elle fermait l'atelier des Mercuri, des Calamatta, des Henriquel, des Martinet et de tous ces artistes de premier rang qui assurent à l'œuvre de nos peintres une durée éternelle. Mais rassure-toi: elle travaillera avec eux et pour eux.

Tous les efforts qu'on a faits pour photographier directement la peinture ont donné des résultats médiocres. Tu comprendras pourquoi quand je t'aurai dit que certaines couleurs, comme le vert et le jaune par exemple, viennent en noir à la photographie. Pour reproduire un tableau tel qu'il est, il faut d'abord qu'un artiste habile le dessine avec un soin scrupuleux et interprète à coups de crayon tout ce que le pinceau a dit sur la toile. Le photographe vient ensuite, et tire le dessin à cent mille exemplaires.

Or, que fait M. Henriquel-Dupont, lorsqu'il entreprend de graver un tableau de Paul Delaroche? Il commence par exécuter avec tout son talent acquis et tout son génie propre un dessin très-précis, d'après le tableau du maître. C'est l'affaire de six mois, d'un an, si tu veux. Cela fait, il dépouille le pourpoint de l'artiste et revêt pour dix ans la souquenille de l'ouvrier. Il achète une planche de cuivre, prend un burin entre ses doigts et consume dix ans de sa vie, sinon plus, à recopier sur le cuivre le dessin qu'il avait fait en moins d'un an sur le papier. N'est-ce pas une pitié de voir des artistes de ce mérite, et qui n'ont tué personne, se condamner à un métier si ingrat.

Cela n'arrivera plus, grâce à la photographie. Nos Henriquel-Dupont ne s'extermineront plus les yeux à tailler des hachures dans le cuivre. Ils dessineront dix tableaux dans le temps qu'ils perdaient à en graver un. Ils ajouteront leur interprétation personnelle et l'originalité de leur talent à dix ouvrages de nos maîtres. L'appareil photographique fera le reste. Il est donc aussi utile aux artistes que funeste aux barbouilleurs.

Les sciences ne lui doivent guère moins que les arts. Mariée au télescope, la photographie transporte et fixe sur le papier la forme et le mouvement des planètes. Unie au microscope, elle dessine avec précision le monde invisible, cette Amérique nouvelle où le docteur Charles Robin se promène comme chez lui.

La chirurgie ne marche plus sans un appareil photographique. On faisait autrefois deux dessins du malade, avant et après l'opération. Mais le dessin avait certaines complaisances, et la photographie est le seul artiste qui ne *triche* pas. Qu'un charlatan se vante d'avoir guéri une ankylose incurable, on lui dira: «Montrez-nous la photographie du malade avant la guérison!»

L'ethnographie ou la science des races humaines est encore dans l'enfance, parce que les dessins des anciens voyageurs n'étaient pas plus fidèles que leurs récits. Lisez les vieilles relations illustrées: les costumes et les types y sont représentés par le peintre comme les mœurs des Éthiopiens par Hérodote. Mais patience! lorsque deux ou trois photographes auront fait le tour du monde, le genre humain se connaîtra lui-même, et nous croirons à l'existence des Niams-Niams ou hommes à queue, pourvu qu'on nous montre leur photographie.

Quels services n'eût-on point rendus à la cause de la religion, si l'on avait photographié les principaux miracles de l'Écriture sainte! J'entends d'après nature, et non d'après un tableau; car les photographies de la Vierge et des saints qui se vendent autour de Saint-Sulpice n'ont pas toute l'authenticité désirable. Le seul miracle qu'on aurait pu constater photographiquement est le miracle de la Salette. Mais mademoiselle de la Merlière, qui l'a fait, n'avait pas pris un photographe avec elle.

On a raconté dans le temps qu'un mari de Molière avait braqué un daguerréotype dans un coin de son jardin et constaté photographiquement l'infidélité de sa femme. Nul doute qu'il n'ait gagné son procès devant la police correctionnelle, car il n'y a point de scepticisme qui tienne contre un tableau si vivant.

Le tour est bon, s'il est vrai. Ne va pas croire cependant que la photographie ait un parti pris de malveillance contre les pauvres amoureux. Bien au contraire! Elle leur permet de conserver et même d'étaler sur un guéridon le portrait de celle qu'ils aiment, sans compromettre personne. La miniature avait quelque chose de plus gai, surtout lorsqu'on l'entourait de diamants, mais elle était compromettante en diable. Témoin la célèbre collection de M. le duc de Richelieu. La photographie n'est pas sujette à caution. Elle est innocente comme la poignée de main, parce qu'elle est aussi banale. Réunissez dans un album les *mille e tre* victimes de don Juan, les maris eux-mêmes n'y trouveront rien à redire. Une femme de bien se donne à ses amis, à ses connaissances et même aux in-différents: honni soit qui mal y pense! Un portrait sur papier, et même sur papier sensible, ne prouve absolument rien: un portrait sur ivoire prouvait tout.

Ce n'est pas seulement à l'amour que la photographie prête ses bons offices; elle se met au service de la gloire. Depuis longtemps, la ville de Brives se plaignait de ne connaître nos grands écrivains que de nom; elle remarquait avec une certaine amertume que ni Lamartine, ni Victor Hugo, ni Prosper Mérimée n'étaient jamais descendus dans ses murs. Un adjoint qui se pique de littérature aurait donné beaucoup pour contempler les traits de ces personnes illustres. Un conseiller municipal, égaré dans Paris pour quelques affaires, avait cherché à voir la belle tête de M. de Lamartine, et l'on avait abusé de sa crédulité en lui montrant M. Granier de Cassagnac. Plus de méprises, désormais, plus de curiosités inas-souvies! Toutes les fois qu'il se produit un écrivain, toutes les fois qu'une étoile apparaît dans le firmament littéraire, le libraire a bien soin d'attacher au chef-d'œuvre la photographie de l'auteur. M. Léotard et mademoiselle Rigolboche sont aussi célèbres par leur beauté que par leur style. Brives les reconnaîtrait au premier coup d'œil, s'ils descendaient de diligence.

Dans ces conditions, l'incognito n'est plus possible; il faut que nos célébrités en prennent leur parti. Si un journaliste enlevait une danseuse, si les deux tourtereaux s'enfuyaient vers une autre patrie en chantant le grand air de la *Favorite*, c'est en vain qu'ils essaye-raient de cacher leur bonheur. La photographie les a précédés à tous les relais. Partout les postillons à la voix harmonieuse mur-murent en se poussant le coude: «C'est le célèbre Giboyer qui file avec la petite Taffetas!»

Mais, en revanche, les larrons ne pourront plus s'affubler d'un nom illustre pour faire des dupes. On connaît l'histoire de cet in-génieux filou qui dévalisait une ville du centre de la France sous le nom de Jules Barbier. Les aubergistes lui faisaient crédit, les bour-geois éclairés lui prêtaient de l'argent. On s'étonnait un peu qu'un poëte applaudi si souvent à l'Opéra-Comique eût toujours besoin de cent sous, mais on se laissait prendre. Le faux Barbier fut pris à son tour, lorsqu'on s'avisa de demander à Paris la photographie du vrai.

Théophile Gautier reçoit un jour la visite d'une femme échevelée:

—Il sait tout! crie-t-elle en entrant, il me poursuit! cachez-moi! Où est Théophile?

—Quel Théophile?

—Théophile Gautier.

—C'est moi, madame.

—Vous? Non! vous me trompez!

—Je n'ai jamais trompé personne: je suis trop paresseux. D'ailleurs, voici mon portrait, et mon nom au bas.

—Malheureuse!… Ah! monsieur, je ne lui aurais jamais cédé, si j'avais su qu'il ne fût pas vous!

La pauvre femme avait prêté son cœur à un faux Théophile Gautier, parce que la photographie n'était pas encore à la mode.

Les passe-ports, tu le sais probablement, ne servent qu'à vexer les honnêtes voyageurs et à tromper les gendarmes. On les abolira bientôt dans toute l'Europe. Mais la société sera-t-elle sans armes contre les malfaiteurs? Non, grâce à la photographie. Les directeurs des prisons, des maisons centrales et des bagnes prendront le portrait de tous leurs pensionnaires; et, comme les neuf dixièmes des crimes et délits sont commis par des repris de justice, la gendarmerie saura quels hommes elle doit rechercher. Jud est pris, du moins théoriquement, car nous avons sa photographie. Il ne vous reste plus, messieurs les gendarmes, qu'à saisir l'original.

On m'assure que, depuis l'affaire Grellet et compagnie, tous les banquiers de Paris ont fait faire la photographie de leurs caissiers.

Les autorités de plusieurs départements, et entre autres de la Charente-Inférieure, collectionnent des portraits de frères ignorantins, par mesure de prudence. Ces gens-là sont des caissiers à qui l'on confie des biens plus précieux que l'or, et ils se sauvent quelquefois avec l'honneur des familles.

Pourquoi les pauvres Bluth n'ont-ils pas fait faire une photographie de leur fille Thérèse? Nous irions, le portrait à la main, frapper à tous les couvents de France et de Belgique, et peut-être trouverions-nous une supérieure assez honnête pour nous rendre la dernière victime de l'abbé Mallet.

En voilà bien long sur ce sujet, ma chère cousine, et pourtant nous

n'avons pas encore envisagé la photographie au point de vue politique. Sais-tu bien que nous n'avons pas de révolutionnaire plus
terrible? Daguerre a mieux servi la cause de l'égalité que Danton,
Marat et Robespierre; l'appareil de Nadar a déjà fait plus de mal
aux dynasties légitimes que l'appareil de Guillotin! Ne te hâte pas
de crier au paradoxe, et suis bien mon raisonnement.

De tout temps, les rois se sont appliqués à nous faire croire qu'ils
étaient d'une autre pâte que nous. Le fameux principe du droit divin ou de la légitimité repose sur ce petit mensonge. Pour mieux
cacher la fraude, les souverains de l'Orient se cachaient eux-mêmes,
ou ne se laissaient voir que rarement, dans une sorte de nuage. S'ils
exposaient leurs portraits aux yeux du peuple, c'étaient des images
énormes et gigantesques, véritables idoles, intermédiaires entre
l'homme et le dieu.

Les empereurs romains ne détestaient pas non plus la sculpture
colossale. L'artiste qu'ils honoraient de leur confiance les faisait
grands et beaux, par ordre supérieur.

Louis XIV, notre grand roi, a régné dans le même style. Il se coif-
fait de rayons et s'habillait d'étincelles. Ses peintres et ses sculpteurs étudiaient la tête d'Apollon et le torse de Jupiter lorsqu'ils
avaient à faire un portrait du roi. La poésie de Boileau et des autres
courtisans répandait autour de lui comme une fumée d'encens et
une lueur de feu de Bengale qui portaient à la tête du peuple en lui
éblouissant les yeux. Grâce à ces artifices, personne ne s'aperçut
que le grand roi était un homme, excepté peut-être M. Fagon, qui
ordonnait ses lavements.

Sous les règnes suivants, la monarchie légitime s'humanisa
quelque peu, et les plus malins de la nation surprirent le secret de
la comédie. Cependant les costumes d'apparat, les grands carrosses
rehaussés d'or et l'éclat pompeux de la cour nous jetaient encore
de la poudre aux yeux. Les provinciaux, qui sont, après tout, la
plus grande moitié de la nation, jugeaient le roi sur des portraits
flattés, et spécialement sur l'empreinte des monnaies. Un louis de
vingt-quatre livres ne pouvait, dans aucun cas, paraître laid ou dis-
gracieux. La beauté du métal ajoutait quelque chose à l'élégance du
profil. On reposait les yeux avec complaisance sur une image de si
grand prix. Le roi apparaissait là-dessus comme le dispensateur de
tous les biens de la terre.

Va-t'en chez un papetier, achète une demi-douzaine de Bourbons photographiés d'après nature, et tu me diras ce que tu penses du droit divin!

V. COMMENT ON PERD LA QUALITÉ DE FRANÇAIS

Ma chère cousine,

Tu as lu dans les journaux que deux ou trois cents jeunes Français, presque tous gentilshommes, s'étaient enrôlés dans l'armée du pape sans autorisation de l'empereur.

Ces volontaires, ou (pour parler comme eux) ces croisés, appartenaient pour la plupart à l'opinion légitimiste. Ils avaient les meilleures raisons du monde pour se passer de toutes les permissions impériales. Napoléon III n'était à leurs yeux qu'un usurpateur élu par sept ou huit millions de complices.

Catholiques par croyance, ou tout au moins par esprit de parti, ils se laissèrent persuader que Rome était la première patrie des catholiques. Les sermons et les mandements leur firent oublier que le sang français n'appartient qu'à la France. Ils cédèrent à l'entraînement d'un courage aveugle et d'un honneur mal conseillé, et coururent à Rome, sans entendre le bruit des portes de la France qui se refermaient derrière eux.

Ils se sont bravement battus; c'est une justice à leur rendre. Comme les défenseurs de Messine et de Gaëte, ils ont été les héros d'une mauvaise cause. Ils ignoraient que nos lois sont impitoyables pour une certaine catégorie de héros.

A leurs yeux, la cause qu'ils défendaient était non-seulement sacrée, mais française. Ils voyaient à leur tête un général français très-illustre, autorisé par l'empereur à combattre pour le pape. Une armée française protégeait la capitale de Pie IX. La nation française, assez silencieuse depuis quelques années, n'avait pas encore exprimé son opinion sur le temporel. Ces jeunes gens ne pouvaient guère deviner qu'ils encouraient des peines sévères en essayant à Castelfidardo ce que M. de Goyon faisait légalement à Rome.

Ils savaient bien qu'ils exposaient leur vie, mais ils ne s'arrêtaient pas pour si peu. Je me figure qu'ils y auraient regardé à deux fois si, avant de signer leur passe-port, on leur eût donné à lire l'article

21 du Code civil:

«Le Français qui, sans autorisation du roi, prendrait du service militaire chez l›étranger ou s›affilierait à une corporation militaire étrangère, perdra sa qualité de Français. Il ne pourra rentrer en France qu›avec la permission du roi, et recouvrer sa qualité de Français qu›en remplissant les conditions imposées à l›étranger pour devenir citoyen; le tout sans préjudice des peines prononcées par la loi criminelle contre les Français qui ont porté ou porteront les armes contre leur patrie.»

Il est bien évident que les volontaires du pape se sont engagés comme soldats dans une armée étrangère. Ils l'ont fait sans autorisation, ils ont donc perdu la qualité de Français. Ils ne peuvent rentrer en France sans la permission de l'empereur; ils ne peuvent redevenir Français qu'en traversant les interminables formalités de la naturalisation.

Ce n'est pas tout. Le décret du 26 août 1811 ajoute encore à la sévérité de la loi. Non-seulement les vaincus de Castelfidardo, rentrés en France sans permission, doivent être expulsés par la police, mais ils ne peuvent ni recueillir une succession, ni même jouir des droits civils de l'étranger résidant en France. (Duranton, t. 1, 195.) Le décret de 1811 n'est pas abrogé. Il a été maintenu par la charte de 1814 (art. 68) et par la charte de 1830 (art. 59). La Cour de cassation (27 juin 1831; 8 et 22 avril 1831) décide qu'il a acquis force de loi. Le gouvernement l'a rappelé et visé en 1823 (ordonnance du 10 avril). La cour de Toulouse a décidé, le 18 juin 1831, qu'il avait force de loi.

C'est beau, la loi; c'est bon, c'est excellent, c'est admirable; mais c'est implacable. Je comprends le désespoir des malheureux Romains, qui sollicitent en vain, depuis tant de siècles, la faveur de vivre sous des lois. Mais je ne pourrais pas rester indifférent au désespoir de trois cents familles françaises, si l'article 21 du Code et le décret du 26 avril 1811 étaient appliqués dans toute leur rigueur.

La France a ri, le mois passé, lorsqu'un volontaire jeune, bien portant, décoré par le pape et sollicitant la faveur de porter sa croix reçut de la chancellerie cette réponse laconique:

«Portez-la si vous voulez, vous n›êtes plus Français.»

La France a ri; je le comprends: c'était presque de la comédie. On n'a vu dans cette affaire que le châtiment imprévu d'une petite ambition, une vanité froissée.

Mais, si demain la police allait prendre à Quimper ou à Laval tous les survivants de Castelfidardo, les uns sains, les autres convalescents, quelques-uns malades encore de leurs blessures; si elle les expulsait du territoire français en vertu de l'article 21 et du décret de 1811, la comédie tournerait au drame et personne ne rirait plus.

On les connaît tous, ces volontaires. Ils ne se cachent pas. Ils ont publié eux-mêmes leurs noms, leurs états de service, et toutes les circonstances qui les placent sous le coup de la loi. Ils acceptent les dernières conséquences de leur courageuse folie. Que fera le gouvernement? Épargnera-t-il les uns après avoir frappé les autres? Que deviendrait ce premier principe de toutes nos constitutions, l'égalité devant la loi? Les comprendra-t-il tous dans une seule mesure de rigueur? Aucun homme ne verrait d'un œil sec une telle hécatombe de jeunes courages. Laissera-t-on la loi suspendue sur leurs têtes comme une menace? Ce serait les condamner au pire de tous les supplices: l'incertitude. J'ai beau chercher, je ne vois qu'une solution digne du prince qui nous gouverne. C'est un décret d'amnistie qui ramènerait dans le giron de la France tous ces nobles enfants égarés.

Ils ont violé la loi, c'est plus que certain. Et pourtant, quel juge oserait les déclarer coupables? Les coupables sont les orateurs en robe longue, qui leur ont prêché la croisade et n'y ont pas couru avec eux.

Cet article 21 du Code, et le décret qui l'appuie, ont des conséquences tout à fait curieuses et que le législateur ne prévoyait point.

Les princes des dynasties déchues sont exclus du territoire de la France; mais il ne s'ensuit aucunement qu'ils aient perdu la qualité de Français. M. le comte de Chambord, M. le duc d'Aumale sont Français; personne ne le conteste.

Mais deux jeunes princes de la famille d'Orléans, réduits à vivre dans l'oisiveté et à ignorer le métier des armes, prennent du service militaire chez l'étranger. Ils ne demandent pas l'autorisation de l'empereur Napoléon III; on devine aisément pour quelle cause. L'un s'engage dans l'armée espagnole, envahit le Maroc, et se bat courageusement pour la civilisation contre la barbarie. L'autre est enrôlé dans l'armée piémontaise. Il marche avec nos alliés, avec nous, contre l'Autriche. Il affronte, à Magenta et à Solferino, les mêmes balles qui sifflaient autour de Napoléon III, et il perd ainsi la qualité de Français. Voilà deux jeunes princes qui seraient restés Français jusqu'à la mort, s'ils avaient été inutiles ou lâches. Leur bravoure les condamne à un nouvel exil dans l'exil, en vertu de l'article 21.

Ce n'est pas tout. L'illustre auteur du décret de 1811 ne prévoyait pas assurément qu'il condamnait par avance son neveu le plus cher et son auguste héritier. Car le prince Louis-Napoléon Bonaparte s'est placé, lui aussi, sous le coup du terrible décret. Je ne le blâme point d'avoir servi comme capitaine dans l'artillerie suisse, sans la permission du roi Louis-Philippe. S'il avait respecté l'article 21 du Code et le terrible décret de 1811, notre artillerie ne serait peut-être pas aujourd'hui la première de l'Europe. Mais enfin la loi est formelle. Napoléon III a encouru les mêmes peines que les chevaliers de Castelfidardo, et le gouvernement de 1848 avait deux raisons de l'expulser lorsque la nation lui accorda l'amnistie et quelque chose de plus.

Ce qui n'est guère moins curieux, c'est que l'article 21, si dur aux volontaires du pape, ne peut absolument rien contre les soldats de Garibaldi.

Qu'entend-on par ces mots: «Prendre du service à l'étranger?»

La jurisprudence et le simple bon sens vous répondent: C'est s'engager comme soldat dans une armée régulière appartenant à une république ou à un prince reconnu officiellement par la diplomatie. Un corps de volontaires qui n'est ni enrôlé, ni payé, ni commandé par aucun gouvernement, n'est pas une armée. C'est pourquoi l'on peut être soldat de Garibaldi et rester Français.

On s'enrôle dans un comité révolutionnaire; on reçoit des armes fournies par le comité. Les comités sont indépendants de tout gouvernement; le ministère piémontais les tolère, les favorise, les disperse et les violente, suivant l'intérêt du moment: il ne saurait ni les organiser ni les diriger. Les transports sont confiés à l'industrie privée: qui est-ce qui nolise, achète, emprunte les navires? Garibaldi. Les chefs ne sont pas nommés par le gouvernement. Si quelque officier de Victor-Emmanuel veut suivre Garibaldi, il commence par envoyer sa démission au roi. Garibaldi lui-même a rendu ses épaulettes de général piémontais, avant de se mettre en campagne.

Depuis le débarquement des *mille* à Palerme, Garibaldi et ses compagnons se sont entendu appeler brigands par tous les réactionnaires de l›Europe. Brigands, soit. Mais, s›ils acceptent l›injure, il convient que les bénéfices du mot leur soient acquis. Une demi-douzaine de brigands qui s›embarqueraient à Marseille avec des revolvers plein leurs poches, pour écumer le golfe de Gênes, s›exposeraient à être pendus, mais ils conserveraient leur nationalité jusqu›à la dernière heure, et ils seraient des pendus français. Eh bien, l'insurrection est une violation du droit écrit, comme la piraterie et le brigandage. Les glorieux insurgés qui viennent de sauver l'Italie sont, comme les voleurs et les pirates, hors la loi.

On nous objectera que ces illustres brigands avaient pris pour devise: *Victor-Emmanuel, roi d'Italie.* Mais ce cri de guerre ne prouve rien, sinon la bonne volonté et le désintéressement de ceux qui crient. Entre le cri de guerre d'un insurgé et l'engagement régulier d'un soldat, la distance est aussi grande qu'entre la prière d'un dévot et les vœux perpétuels d'un capucin. Les volontaires de Garibaldi ne s'enrôlent point pour un temps déterminé. Le comité de Gênes n'a jamais fait souscrire aucun engagement. En tête des brevets et des feuilles de route, on lisait:

Italia una e libera,
Vittorio-Emmanuele, re d'Italia,
Il comitato di soccorso a Garibaldi
Della città di ..., etc.

Qu'est-ce que les deux premières lignes? Deux aspirations vers l'avenir, deux cris de guerre. L'Italie n'était ni une ni libre; on souhaitait qu'elle le devînt. Victor-Emmanuel était roi de Piémont; on désirait ardemment qu'il fût bientôt roi d'Italie. Ces deux lignes, qui n'exprimaient rien d'actuel et qui attendaient toute leur réalité de l'avenir, enlèvent au document toute signification officielle. Suppose un peu qu'on te mette sous les veux une feuille de route ainsi rédigée:

Italie désunie et morcelée.
Lucien Murat, roi de Naples.
Le comité de secours organisé par la ville de Paris
Pour l'expédition de M. U...

Dirais-tu qu'un tel document peut avoir un caractère officiel, et que le volontaire qui s'y est laissé inscrire a perdu la qualité de Français? Il la conserve tout entière, et la qualité de niais par-dessus le marché.

Tu pourrais craindre, chère cousine, que mon grand amour de l'Italie et mon admiration pour Garibaldi ne m'égarassent un peu dans le paradoxe; mais rassure-toi. Nos cours et nos tribunaux ont résolu la question tout comme nous.

En 1833, le général Clouet, condamné à mort par contumace à la suite de l'insurrection de Vendée, se réfugia en Portugal et s'enrôla sous les ordres de dom Miguel. Il revint en France après l'amnistie de 1840, et réclama sa pension au ministère des finances. Le ministre soutint que M. Clouet avait perdu sa qualité de Français, puisqu'il avait pris du service à l'étranger sans autorisation du roi. Mais le tribunal civil de la Seine:

«Attendu que dom Miguel, dans les troupes duquel il a accepté de l'emploi, n'était pas une puissance dont le droit fût reconnu;

«Qu'en droit, le service militaire chez l'étranger, qui, aux termes de l'article 21 du Code civil, fait perdre la qualité de Français, ne peut, par la gravité même de ses conséquences, être dans l'esprit de la loi que celui qui constitue un lien solennel et durable, enchaînant l'homme à un ordre de choses stable et permanent, et faisant supposer l'abjuration de toute affection pour la patrie;

«Que ce ne peut être en conséquence qu'un service véritable, comme on l'entend dans le sens ordinaire du mot, c'est-à-dire l'acceptation d'une fonction militaire qui présente un avenir et qui soit conférée par une puissance qui ait elle-même un avenir légitime;

«Que le pouvoir éphémère, partiel et contesté de dom Miguel n'avait, en 1833, qu'une existence de fait…»

Tu devines le jugement qui s'ensuivit. M. Clouet ne perdit point la qualité de Français.

Devant la Cour, M. l'avocat général Nouguier combattit la décision des premiers juges. Il insista sur le caractère de souverain que dom Miguel avait réellement, sinon légitimement, possédé depuis 1828; mais il fit cette réserve, très-précieuse pour les soldats de Garibaldi:

«Nous ferons cette concession qu›il est nécessaire que le service ait lieu *près d'une puissance*, et que, si M. Clouet était allé jouer le rôle de *chevalier errant* ou de *capitaine d'aventuriers*, il n'aurait pas servi à l'étranger. Il faut qu'il ait servi une puissance étrangère.»

Malgré ce réquisitoire, la Cour, en audience solennelle, confirma la sentence des premiers juges (14 mars 1846).

Le ministre des finances se pourvut en cassation. Le pourvoi fut rejeté par la chambre des requêtes (2 février 1847), et n'arriva point jusqu'à la chambre civile.

La Cour de Toulouse, le 18 juin 1841, décida que les frères Souquet, volontaires de don Carlos, n'avaient point perdu la qualité de Français. Écoute encore une fois le langage de la justice:

«Qu›était don Carlos en s›entourant de soldats et de nombreux adhérents, en prenant les armes contre la reine d›Espagne, sinon un prétendant à la tête du parti qu›il avait soulevé contre cette reine; le chef d›une guerre civile? Don Carlos, par ses entreprises, sera-t-il élevé au rang de ces puissances étrangères reconnues par la France, les seules dont s›occupe le décret de 1811? Il ne peut pas sans doute prétendre à ce titre, et avoir servi sous lui, n›est pas avoir servi chez une puissance étrangère.»

Garibaldiens, mes braves amis, vous serez chers à l'Italie, sans cesser d'appartenir à la France. Une jeune et grande nation conservera votre mémoire avec un respect filial, sans que la vieille patrie vous chasse de son giron maternel. L'article 21 du Code et le décret de 1811 n'ont point de prise sur vous, et pourquoi? Parce que Garibaldi n'est pas une puissance. Garibaldi est une force, rien de plus. Une force appuyée sur le droit.

Mais j'y songe: le souverain de Rome et de quelques faubourgs est-il une puissance? Peut-on le mettre au rang des princes légitimes? La révolution de 1848 a promulgué un nouveau code politique qui fait son chemin dans l'Europe. Ce n'est plus seulement le droit de succession ni le consentement des cabinets qui fondent les puissances légitimes, c'est la volonté des peuples.

Or, le peuple de Rome et des environs a rejeté depuis longtemps la domination temporelle du pape. Donc, le pape n'est pas, plus que don Carlos ou dom Miguel, une puissance. Donc, les volontaires de Castelfidardo pourraient échapper à l'article 21 et au décret de

1811, s'ils me permettaient de plaider leur cause à ma façon. Mais je parie qu'ils ne voudront jamais de moi pour avocat.

P. S. Quant aux Gottliebs, ils m›écrivent de tous côtés et m›adjurent de les défendre. Je ne demanderais pas mieux; mais M. le juge d›instruction du tribunal de Saverne me mande à comparaître devant lui dimanche prochain, quoique je n›aie jamais attaqué les autorités de cette petite ville. Que deviendrai-je, bons dieux! si tous les maires et tous les sous-préfets de France viennent à se reconnaître dans Ignacius et Sauerkraut, comme tous les opprimés se sont reconnus dans le personnage allégorique de Gottlieb?

Je devais être jugé et condamné le 24 mai suivant. Le maire de Saverne avait déposé une plainte en diffamation. Un jeune substitut plein de zèle avait préparé un réquisitoire dont le succès ne semblait douteux à personne. Le 24 mai, l'affaire ne fut point appelée. Tous les cléricaux d'Alsace, qui comptaient sur moi pour inaugurer la prison neuve de Saverne, poussèrent les hauts cris. L'honorable M. Keller, ancien candidat du gouvernement, député de Belfort au Corps législatif, se fit l'écho du mécontentement de ses amis. Je crois devoir transcrire ici, d'après le Moniteur *du 8 juin 1861, tout ce qui me concerne dans son discours:*

FRAGMENT D'UN DISCOURS DE M. KELLER.

....

… Un pamphlétaire qui a le malheur d'employer son esprit à dénigrer tous les lieux qui lui ont donné l'hospitalité, et qui ne mérite pas d'être nommé dans cette enceinte, avait fait sur Rome un livre calomnieux. A la rigueur, on comprend que, comme certaine publication récente, celle-ci ait pu tromper pendant quelques heures la vigilance du ministère de l'intérieur. Mais non; ce sont des jours, ce sont des semaines qu'on lui donne; on la saisit quand l'édition tout entière est vendue; et, quant au procès, on n'en a plus entendu parler.

Stimulé par ce premier succès, notre pamphlétaire, dans trois feuilletons de *l'Opinion nationale*, s'en prend à l'innocente ville de province qui l'abrite pendant la belle saison et qui n'a d'autre tort que de ne lui avoir pas encore élevé de statue, de ne lui avoir pas même donné un siége dans son conseil municipal. Indignement calomnié dans sa vie publique et privée, le maire n'écoute que la voix de sa conscience et dépose une plainte en diffamation. Peu importe que, plus tard, M. le ministre de l'intérieur le supplie ou le somme de la retirer. Le maire n'est pas seul offensé; l'honneur de vingt familles a été cruellement blessé; et d'ailleurs l'Alsace entière se sent insultée dans la personne de cet infortuné maire *Sauerkraut*, dont le nom seul est une insulte à notre agriculture; dans la personne de cet infortuné sous-préfet *Ignacius*, en qui l'on veut sans doute atteindre un des courageux sénateurs qui défendent le saint-siége. (*Nouvelles rumeurs.*) D'ailleurs, le délit est constant; la justice est saisie; les assignations sont données, l'audience est fixée. L'affaire en étant là, il n'est pas de force humaine qui puisse l'empêcher d'avoir son cours; il n'est pas de force humaine qui puisse empêcher un tribunal saisi de se prononcer.

Au moment où l'opinion publique attendait ainsi une légitime satisfaction, la veille même de l'audience, un bruit se répand avec la rapidité de la foudre.

Plusieurs membres. Oh! oh!

M. KELLER. De Paris est tombé tout à coup un personnage mystérieux, muni de pouvoirs supérieurs; ce personnage demande communication du dossier, le met dans son sac, et, à la stupeur du tribunal, l'emporte pour l'examiner à loisir. (*Réclamations sur plusieurs bancs. Interruptions diverses.*)

Quelques membres. Parlez! parlez!

M. KELLER. Sans doute, on craignait la passion des juges; on craignait peut-être l'influence occulte de la société de Saint-Vincent de Paul.

Le fait est qu'à l'heure qu'il est, le personnage dont je parle, qui n'est autre, dit-on, qu'un certain procureur général, conserve le dossier et l'examine encore; et l'Alsace, attristée, blessée dans son honneur... (*Vives réclamations sur plusieurs bancs.*)

M. LE BARON DE REINACH. Parlez en votre nom! ne parlez pas au nom de l'Alsace!

M. KELLER. L'Alsace se demande si un pareil mépris de la légalité est possible en France, et se dit que, certainement, l'empereur ne sait pas comment on rend la justice en son nom. (*Vives et nombreuses réclamations.*)

M. Rigaud. Vous attaquez la magistrature, et jamais personne ne l›a fait en France! Elle est au-dessus de toutes les attaques, de tous les soupçons! (*Très-bien! très-bien!*)

M. Keller. Messieurs, ces faits sont notoires. Ils m›ont été confirmés de Strasbourg par les lettres les plus détaillées que je pourrais lire à la Chambre, si je ne craignais de fatiguer son attention; et, tant que le gouvernement ne les aura pas démentis, je les avance comme tout à fait certains… (*Rumeurs et dénégations sur plusieurs bancs.*)

M. Abatucci. Le maire a retiré sa plainte!

M. Keller. Lorsqu›un tribunal est saisi, peu importe que la plainte soit retirée!

S. Exc. M. Baroche, *ministre, président du conseil d'État.* Pas en matière de diffamation!

M. Keller. Je vous demande pardon, mais je crois que, sauf le cas d›adultère, toutes les fois qu›un tribunal est saisi, il doit se prononcer.

M. le Ministre. Vous êtes dans l›erreur. En matière de diffamation, il faut que le plaignant insiste.

Du reste, nous ne savons pas un mot de tout ce que vous racontez là (*mouvement*), et à ce sujet je dois faire une observation.

Quand on veut mettre en cause le gouvernement sur des faits spéciaux, un sentiment que je ne veux pas dire, mais que la Chambre comprendra, devrait conduire l'orateur, ainsi que cela se fait partout, ainsi que cela se fait en Angleterre, ainsi que cela se faisait autrefois en France, à prévenir le gouvernement, de manière à le mettre à même de prendre des renseignements et de vérifier les faits que l'on veut porter devant la Chambre. Le gouvernement est ainsi en mesure de répondre aux interpellations; il peut même prévenir ces interpellations par des explications. Il me semble que mon observation trouve ici sa place. (*Très-bien! très-bien!*)

M. Keller, *continuant son discours.* Quelle était la cause de cet abus de pouvoir?…

M. le Ministre. Et mon observation, il faut y répondre! Pourquoi M. Keller ne répond-il pas?

M. Keller, *continuant.* Quelle était la cause de cet abus de pouvoir, inouï dans nos annales judiciaires? Messieurs, elle est fort simple.

Et d'abord, il eût été pénible de voir une fois de plus le ruban de la Légion d'honneur sur les bancs de la police correctionnelle.

Et puis, chose plus grave, vous savez que, dans l'état de notre législation sur la presse, deux condamnations suffisent pour faire supprimer de droit le journal le plus dévoué. Il n'en faut pas tant pour un journal ordinaire. Eh bien, *l'Opinion nationale* venait précisément d'être frappée à Montpellier pour avoir diffamé le président d'une association charitable. Une seconde condamnation, c'était son arrêt de mort. La France allait être privée des éminents services que lui rend ce journal. Il fallait le sauver: on l'a sauvé.

Cependant, le cas pourrait bien se reproduire. Il n'est pas dit que les gens que les journaux insultent ne finiront pas par se lasser de leur longanimité; il n'est pas dit que tous les tribunaux se montreront aussi complaisants que celui que je viens de citer... (*Vives réclamations.*)

Voix nombreuses. C'est intolérable! A l'ordre! à l'ordre!

S. Exc. M. Baroche, *ministre, président du conseil d'État.* Vous ne pouvez pas dire qu'un tribunal s'est montré complaisant.

Permettez-moi un mot, monsieur le président...

M. Roques-Salvaza. C'est une affaire de discipline qui regarde le président. Nous demandons le rappel à l'ordre!

M. le Président. Monsieur Keller, vous avez, à deux reprises différentes, insulté la magistrature; vous avez porté une accusation grave contre la magistrature et contre le gouvernement. Je vous ai laissé continuer, parce que je croyais, en mon âme et conscience, que le gouvernement, averti par vous, avait pu se mettre en mesure de réfuter vos accusations. J'ai toujours pensé que, quelle que fût la gravité d'une incrimination dirigée contre le gouvernement, le mieux était de ne pas interrompre l'orateur, de le laisser produire en toute liberté et jusqu'au bout ses imputations, afin de fournir au gouvernement l'occasion de se justifier immédiatement vis-à-vis de la Chambre et du pays.

Mais il vient d'être déclaré par M. le président du conseil d'État qu'aucun avis ne lui avait été préalablement donné; et il s'en est plaint à bon droit. J'insiste à cet égard sur l'observation que vient de faire M. le président du conseil d'État. Jamais, dans aucune assemblée parlementaire (c'est une question de loyauté, de parti à parti, d'opposition à gouvernement), jamais on ne s'est permis de porter une accusation sur des faits aussi ténébreux, sans prévenir le gouvernement, afin qu'il puisse procéder à une enquête et éclaircir les faits, de manière à se justifier devant le pays. Agir autrement, je suis obligé de vous le dire, n'est pas loyal. (*Très-bien! très-bien!*)

Maintenant, je vous rappelle à l'ordre: je ne permets pas que, dans cette enceinte, on insulte l'institution la plus respectable et la plus désintéressée, la magistrature. (*Très-bien! Bravo!*) Et, si vous continuez, je vous interdirai la parole. (*Oui! oui! Très-bien!*)

M. KELLER. Messieurs, on vient de pourvoir à cette situation exceptionnelle de certains journaux par une loi qui, sous prétexte d'agrandir la liberté de la presse, achèvera, je le crains bien, de déposséder la légalité en faveur de l'arbitraire. M. le ministre de l'intérieur pourra toujours, du jour au lendemain, et par mesure administrative, faire supprimer un journal; les tribunaux ne le pourront plus. Voilà, je le crois, le véritable sens du projet que nous n'avons fait qu'entrevoir en comité secret. *Le Siècle* et *l'Opinion nationale* pourront continuer leur triste polémique: ils n'en seront pas moins immortels, et, à l'heure où je vous parle, vous venez de voir jusqu'où se permet d'aller maintenant cette audace impunie, et, pour moi, je suis encore ému d'indignation et de dégoût par la lecture de cet article sans nom, dans lequel on a insulté, non-seulement les malheurs du saint-siége, mais l'honneur de notre armée de Crimée, mais la dignité même du trône, article dans lequel on est venu nous vanter les délices et les raffinements du despotisme païen sous le nom de je ne sais quel fils légitime de la révolution française. Mais que veut-on dire par là? Tenez, malgré moi, cette insolence m'en a rappelé une autre.

«Vous seul, disait un autre pamphlétaire s'adressant à un autre prince, vous seul, enveloppé d'une auréole d'azur et d'or, vous sommeillez au milieu des orages; votre quiétude m'ennuie comme la vertu d'Aristide fatiguait le paysan d'Athènes; mais non, la France sait que, relégué à la pairie, vous subissez un ostracisme involontaire qui vous interdit toute participation aux affaires publiques.»

C'était en 1827; ce prince qu'on outrageait par un encens non moins coupable, mais pourtant moins grossier, c'était le duc d'Orléans. Loin de moi, messieurs, loin de moi la pensée de faire entre ces deux personnages le moindre rapprochement déplacé; mais il est évident que l'intention des deux auteurs était la même. Et quand je vois M. le ministre de l'intérieur si facile à alarmer par les souvenirs de l'ancien Palais-Royal, je me demande s'il ne serait pas plus prudent et plus sage d'empêcher une si compromettante apothéose du Palais-Royal actuel. (*Mouvements divers.*)

En réponse à cette agression, je publiai immédiatement chez Dentu la brochure suivante:

LETTRE A M. KELLER

Monsieur,

L'Alsace n'a pas besoin de «me dresser une statue,» puisque le plus éloquent de ses députés a bien voulu m'élever tout vivant sur un piédestal de gros mots, dans l'enceinte même du Corps législatif.

J'étais absent, monsieur, lorsque vous m'avez honoré de cette marque de haine. Je me promenais innocemment dans Paris, ignorant du danger, comme les orateurs du gouvernement, que vous n'aviez pas avertis. C'est le lendemain du discours, en lisant le *Moniteur*, que j'ai pu admirer les grands coups d'épée que vous m'allongiez par derrière, conformément aux lois de l'escrime ecclésiastique. Peste! vous attaquez vaillamment ceux qui ne sont pas là pour se défendre! Mais je ne suis pas mort, grâce aux dieux, et je viens à la riposte sur le terrain que vous-même avez choisi.

Maintenant que nous sommes face à face, avec trente-huit millions de Français pour témoins, vous plaît-il de régler à l'avance les conditions du combat? Ce soin ne serait pas inutile, car il est à présumer que nous voilà aux prises pour longtemps. Nous sommes encore jeunes l'un et l'autre. J'adore la Révolution aussi sincèrement que vous aimez la Réaction; j'ai foi dans l'avenir comme vous dans le passé; nous sommes également convaincus que toute transaction est impossible entre nos deux partis, et que l'un doit tuer l'autre. Tuons-nous donc, s'il vous plaît, dans un style parlementaire, comme il sied aux honnêtes gens. Laissons aux goujats des deux armées le vocabulaire des halles et de *l'Univers*. Promettez-moi de ne plus m'appeler ni *pamphlétaire*, ni *calomniateur indigne*, et de ne plus dire, à partir de ce moment, que mes écrits vous *dégoûtent*. Consentez à me nommer par mon nom, lorsque vous me ferez l'honneur de parler de moi, et perdez l'habitude de voiler ma personnalité sous des périphrases injurieuses. Le saint-père, qui vous vaut bien, m'a imprimé en toutes lettres dans le *Journal de Rome*; cela vous prouve qu'on peut dire M. About sans tomber en enfer. En échange de la courtoisie que je réclame, je vous promets, monsieur, de discuter avec vous en homme bien élevé. Je ne vous appellerai ni sectaire, ni fanatique, ni jésuite, ni même ultramontain; car tous ces mots, tombés dans le mépris public, sont devenus de véritables injures. Vous serez toujours M. Keller, et même (puisque le gouvernement impérial a obtenu pour vous un mandat de député) l'honorable M. Keller.

Ceci posé, monsieur, j'entre de plain-pied dans la défense, et j'essaye d'écarter les unes après les autres les nombreuses accusations dont vous m'avez chargé.

Vous ne trouverez pas mauvais que je discute un peu cette savante périphrase par laquelle il vous a plu de remplacer les deux syllabes de mon nom: «Un pamphlétaire qui a le malheur d'employer son esprit à dénigrer tous les lieux qui lui ont donné l'hospitalité!» Pamphlétaire? nous avons promis de ne plus nous injurier; je passe donc condamnation. Ce n'est pas que je méprise un genre de littérature honoré par le courage d'Agrippa d'Aubigné, de Voltaire, de Paul-Louis Courier, de Cormenin et de quelques évêques. Je repousse le mot parce que c'est un gros mot, mais je ne méprise aucunement la chose. Attaquer les abus, plaider pour la justice et la vérité, terrasser les monstres de la tyrannie et de la superstition, ce n'est pas démériter de l'estime des hommes. Hercule, dont l'antiquité a fait un dieu, était un pamphlétaire qui ne savait pas écrire. Lorsqu'il écrasa d'un seul coup les sept têtes de l'hydre, il fit en gros ce que j'essaye de faire en détail. Les apôtres chrétiens, que vous approuvez sans doute, quoique vous ne les imitiez pas, étaient des pamphlétaires ambulants qui poursuivaient en tout lieu les vices du paganisme, comme je pourchasse les abus du catholicisme vieilli.

C'est pourquoi je vous pardonne de m'avoir lancé le nom de pamphlétaire dans le feu d'une improvisation étudiée. Mais je regrette sincèrement, pour votre réputation de clairvoyance et d'équité, que vous ayez pu voir en moi un pamphlétaire ingrat.

J'ai reçu la plus gracieuse hospitalité dans quelques grandes villes de France, à Marseille, à Bordeaux, à Dijon, à Grenoble, à Rouen, à Dunkerque, à Strasbourg. Lorsque vous trouverez le temps de parcourir les premiers chapitres de *Rome contemporaine*, vous verrez comment j'ai dénigré Marseille et les Marseillais. Si jamais vous ouvrez un petit livre intitulé *Maître Pierre*, vous reconnaîtrez que je n'ai pas payé d'ingratitude le bon accueil et la franche cordialité des Bordelais. Je ne désespère pas de m'acquitter un jour, dans la mesure de mes moyens, envers les autres villes où j'ai trouvé des esprits sympathiques et des cœurs ouverts; en attendant, je m'abstiens religieusement de critiquer les hommes qui m'ont accueilli.

J'ai été l'hôte de la France en Grèce et en Italie. A l'école de Rome, aussi bien qu'à l'école d'Athènes, je me suis efforcé d'acquitter ma petite dette envers notre patrie en lui apprenant un peu de vérité. Je ne devais rien aux Grecs ni aux Romains, qui ne me connaissaient pas, sinon pour m'avoir coudoyé dans la rue. Cependant, comme j'avais touché du doigt leur oppression et leur misère, j'ai pris sur moi de les défendre contre deux détestables petits gouvernements. Informez-vous en Italie: on vous dira si je passe pour un ennemi du peuple italien. Un philhellène éminent, M. Saint-Marc Girardin, a publié dans les *Débats* un panégyrique du peuple grec, découpé avec des ciseaux dans *la Grèce contemporaine*. Il faut être plus Bavarois que Sa Majesté le roi Othon pour voir en moi un ennemi de la nation hellénique. Je la connais: donc, je l'aime; j'ai étudié son gouvernement: donc, je la plains. Le jour approche où elle s'affranchira de ses entraves, comme la nation italienne. Je n'attendrai pas jusque-là pour me placer aux premiers rangs de la presse, à la tête de ses défenseurs. Si c'est faire un acte d'ingratitude que de défendre les opprimés qu'on a rencontrés en chemin, je fais vœu d'encourir le même reproche partout où l'on me donnera l'hospitalité.

Je ne suis pas l'hôte de la ville de Saverne, quoiqu'elle m'abrite fort agréablement, comme vous l'avez dit, pendant la belle saison. Acheter une propriété rurale auprès d'une jolie petite ville de province, s'y établir en famille, la cultiver et l'embellir avec soin, occuper toute l'année un certain nombre d'ouvriers, donner l'aumône aux pauvres, appuyer de son crédit les gens dans l'embarras, faire de sa bibliothèque un cabinet de lecture à l'usage des habitants, attirer chez soi un certain nombre de voyageurs et d'artistes, répandre au loin la réputation d'un pays admirable et trop peu connu, enfin, monsieur, faire retentir par votre bouche, au sein du Corps législatif, le nom d'une modeste sous-préfecture, est-ce bien là ce qu'on appelle recevoir l'hospitalité? Lorsque les plus honorables habitants de Saverne me font l'amitié de s'asseoir à ma table, je suis leur hôte, il est vrai, mais dans le sens actif du mot que vous avez dit.

J'estime infiniment la population de l'Alsace en général et de Saverne en particulier. Depuis bientôt trois ans que j'ai dressé ma tente dans ce petit coin des Vosges, j'ai eu le temps d'apprécier la bonhomie des mœurs, la solidité des dévouements, la naïveté des courages. Rien ne manque à ces gens-là, qu'une excellente administration. Il ne m'appartient pas de la leur donner; mais, toutes les fois qu'on les brutalise un peu, il m'appartient de les défendre. Je le fais, ils le savent, et, s'il est vrai que quelques-uns vous ont fourni contre moi des armes rouillées et hors de service, ce n'est pas moi qui suis un ingrat, mais eux.

L'ingratitude, monsieur, est un vice honteux, et nous nous entendrons toujours, vous et moi, sur ce point de morale. Je ne suis pas un chrétien parfait, et il m'est difficile de pardonner une injure; mais, en revanche, il m'est impossible d'oublier un bon office. Si vous voulez me convaincre d'ingratitude, ne cherchez pas dans mon passé, il est pur. Attendez qu'un gouvernement crédule me recommande ou m'impose au choix des électeurs; que vingt-cinq mille honnêtes Alsaciens, trompés par mon attitude et mes déclarations, m'envoient au Corps législatif pour y défendre la politique impériale; que j'accomplisse mon mandat en sens inverse et que je tourne contre le gouvernement les armes qu'il m'aura confiées lui-même. Si jamais vous me prenez à jouer ce jeu-là, je n'aurai plus qu'à baisser la tête et à subir comme un honteux toutes les récriminations que votre conscience pourra vous dicter.[1]

---

1 *Voyez un peu avec quelle bonne foi un écrivain légitimiste a cité cette phrase!* «Attendez qu'un gouvernement crédule me recommande ou m'impose au choix des électeurs; que vingt-cinq mille honnêtes Alsaciens, trompés par mon attitude et mes déclarations, m'envoient au Corps législatif pour y défendre la politique impériale. *A*

En attendant ce triste jour, qui ne luira jamais sur mon front, vous vous rabattez sur une accusation que je croyais désormais impossible: vous affirmez, après M. Veuillot, M. Dupanloup et quelques publicistes de la même école, que j'ai écrit sur Rome un livre calomnieux. Hélas! monsieur, ne sortirons-nous donc jamais de cette polémique expéditive? Croyez-vous encore, à votre âge, qu'un dossier plein de faits, un réquisitoire appuyé de mille preuves se puisse réfuter par un gros mot? Depuis deux ans et plus que j'ai publié *la Question romaine*, vous avez eu, vous et les vôtres, autant de loisir qu'il en fallait pour contredire mes assertions. Comment ne s'est-il pas trouvé dans votre camp un champion assez dévoué pour défendre pied à pied le terrain que je disputais au saint-père? C'est une tâche difficile, mais bien digne de vous, monsieur, qui êtes plein de zèle et de patience. Essayez-la; vous vous ferez plus d'honneur qu'en proclamant les droits problématiques d'un maire et d'un sous-préfet. Prouvez-nous qu'on n'a point séquestré le petit Mortara; qu'on n'a pas ravi à M. Padova sa femme et ses enfants; qu'il y a des lois à Rome et qu'il ne s'y commet point de crimes; que le clergé n'y a jamais opprimé le peuple; que les moines y sont laborieux et chastes; que les libertés, les sciences et les vertus découlent du trône pontifical comme de leur source naturelle. Prouvez que j'ai menti en disant que trois millions d'Italiens supportaient impatiemment la domination des prêtres. Mais peut-être est-il un peu tard, maintenant que tous les sujets du pape ont manifesté par leurs actes les sentiments que j'osais leur prêter.

Non, monsieur, je n'ai pas calomnié le saint-père en disant que ses sujets aspiraient à la liberté. J'en atteste l'histoire des deux dernières années et le cri de soulagement qui s'est élevé à Bologne, à Ancône, à Pérouse et dans toutes les villes affranchies! J'atteste l'éloquence des faits, plus irrésistible encore que la vôtre! J'atteste enfin cette sourde et infatigable doléance qui s'élève en murmurant au-dessus de la grande capitale opprimée, et que tous les vents de l'horizon emportent chaque jour vers les princes équitables et les peuples généreux!

Dieu ne plaise, dit-il, que j'accomplisse mon mandat en sens inverse et que je tourne contre le gouvernement les armes qu'il m'aura confiées lui-même. *Quelle magnifique réclame!»*

(*M. E. About et sa Lettre à M. Keller*, par Joseph de Rainneville. Paris, Dentu, 1861.)

J'ai dit la vérité, la triste vérité, comme je l'avais vue et touchée du doigt dans les plaies saignantes d'un peuple martyr. Mon livre était irréfutable; il l'est encore, il le sera toujours, tant qu'il restera dans un coin de l'univers un laïque en puissance de prêtre. Croyez-vous donc que votre parti m'aurait voué cette haine mortelle si j'avais dit autre chose que la vérité? Non, monsieur, si vos amis avaient pu me prendre en faute, vous ne seriez pas réduit à la triste nécessité de me dire des injures dans une discussion du budget au Corps législatif. On m'aurait écrasé depuis longtemps sous le poids de mes erreurs les plus légères, et le parti clérical, triomphant de ma sottise, me saurait un gré infini de lui avoir fait si beau jeu. Mais j'ai frappé juste, et voilà mon crime. J'ai arraché la clef de voûte de la vieille prison, et c'est pourquoi j'ai maille à partir jusque dans Saverne avec tous les amis du geôlier.

Nous ne sommes pas encore assez liés, monsieur, pour que je vous raconte en détail les trois ans que j'ai passés en Alsace. Il me suffira de rectifier les erreurs involontaires où vous êtes tombé, faute de renseignements vrais. Que n'en demandiez-vous aux personnes de votre famille qui sont établies dans le pays? La bonne madame Keller, votre spirituelle et respectable tante, M. Henri de Juilly, votre cousin, ont assisté à toute l'affaire, et j'ai trouvé en eux, jusqu'à la fin, les plus fidèles et les meilleurs amis. Mieux que personne, ils pouvaient vous mettre en garde contre les dénonciations inexactes de mes ennemis, qui sont les leurs.

Vous vous êtes laissé persuader (tant est grande la candeur de votre âme!) qu'après avoir égorgé le souverain temporel de Rome, j'avais jugé très-utile et très-urgent de compléter l'hétacombe en immolant un maire et un sous-préfet. Sûr de l'impunité, confiant dans l'appui d'un gouvernement qui pousse à la destruction des maires, des sous-préfets et des papes, j'avais complété l'œuvre de *la Question romaine* en publiant trois feuilletons dans ce journal maudit qui s'appelle *l'Opinion nationale*.

Il est bon de vous apprendre, monsieur, que *la Question romaine* a paru la veille du départ de nos soldats pour l'Italie. C'était, si j'ai bonne mémoire, au printemps de 1859. Les trois feuilletons que vous incriminez, et qui sont (permettez-moi de vous le dire) au nombre de deux, portent la date du 23 février et du 20 mars 1861. Vous voyez que, si le succès de mon premier crime m'a stimulé à en commettre un second, il ne m›a pas stimulé bien vite.

On vous a d'ailleurs mal renseigné sur l'heureuse et facile publication de *la Question romaine*. Ce livre avait été imprimé en Belgique; il ne s'est pas distribué en France pendant «des semaines» ni même pendant une semaine. On ne l'a pas saisi «quand l'édition tout entière était vendue.» L'édition était de douze mille exemplaires; nous n'en avons pu faire entrer que quatre mille. Vous vous trompez donc des deux tiers. Si je n'avais pas été plus précis ni plus vrai dans les attaques que j'ai dirigées contre le pape, vos amis et vous-même auriez eu bientôt fait de me réfuter. Vous regrettez que les tribunaux ne m'aient pas répondu par une bonne condamnation. On vous avait promis de me faire un procès, le procès n'a pas eu lieu, et cela vous scandalise. Mais rappelez-vous que le délit d'impression, si toutefois il y a jamais eu délit, s'était commis à l'étranger. Apprenez que le délit de publication avait été commis en France par un éditeur exilé à Bruxelles, et votre haute sagesse comprendra pourquoi «l'on n'a plus entendu parler du procès.»

Si ces informations ne vous suffisaient pas et s'il fallait absolument vous donner le fin mot de cette vieille histoire, je vous rappellerais que les procès de librairie sont le plus souvent des questions d'opportunité. A l'exception des ouvrages obscènes, la plupart des livres ne sont saisis et poursuivis que parce qu'ils ont paru trop tôt. Il fut un temps où c'était un crime de lèse-religion que de traduire la Bible en langue vulgaire. Aujourd'hui, l'on admire les traducteurs de la Bible, on les plaint même un peu, et personne ne les poursuit plus. Dieu sait au milieu de quels dangers Pascal a fait imprimer *les Provinciales*, que l'État met aujourd'hui entre les mains des écoliers. Rappelez-vous les précautions sans nombre dont Voltaire entourait la publication de ses écrits: tous les éditeurs de notre temps sont libres de réimprimer Voltaire. Le même fait se reproduit à toutes les époques, pour les plus modestes auteurs aussi bien que pour les grands. Témoin votre humble serviteur et cette même *Question romaine*, qui se vend aujourd'hui sans réclamation chez tous les libraires de France. Elle ne scandalise plus personne, elle n'étonne plus personne, et pourquoi? Parce que le temps a marché; parce que les vérités qu'elle annonçait sont devenues presque banales; parce que les faits qu'elle racontait ne sont plus ni contestés ni contestables. Et je me plais à remarquer que vous-même, dans le réquisitoire dont vous m'avez accablé, vous n'avez pas demandé pourquoi le gouvernement ne saisissait plus *la Question romaine*.

Mais revenons à cette jolie ville de Saverne, où vous avez établi, un peu légèrement, votre base d'opérations. Je suis prêt à vous raconter, *ab ovo*, cette mémorable querelle «qui a attristé l'Alsace, qui l'a blessée dans son honneur, qui s'est terminée par un abus de pouvoir inouï dans nos annales judiciaires.»

Il y a dix mois environ, lorsqu'on renouvela les conseils municipaux dans tous les départements de la France, je me présentai comme candidat aux électeurs de Saverne. Vous dire les raisons publiques et privées qui m'avaient inspiré cette ambition modeste, serait peut-être un peu trop long. Je me présentai tout seul, après avoir sollicité vainement l'appui de l'administration.

Je vous laisse le plaisir de vous expliquer à vous-même pourquoi M. le maire de Saverne me refusa l'hospitalité de la liste officielle. Cet honorable fonctionnaire est cousin du sous-préfet, qui est beau-frère de M. de Heckeren, qui est, suivant votre belle expression, «un de ces courageux sénateurs qui défendent le saint-siége.» Le zèle qui vous pousse aujourd'hui à plaider la cause de ces messieurs nous dit assez quelles sont leurs opinions politiques et religieuses. Une sympathie des plus touchantes les unit à M. le préfet du Bas-Rhin. Tout se tient et s'enchaîne dans notre département, et c'est le cas d'admirer le doigt de la Providence. Que vous ayez reçu vos informations de Saverne ou de Strasbourg, c'est tout un. Avouez, monsieur, que l'empereur est heureux de pouvoir compter sur des fonctionnaires qui s'entendent si bien entre eux et avec vous![1]

La population ne marche pas dans le même sens, à moins qu'on ne la pousse; mais on sait la pousser quand il le faut: on sait même pousser en prison, pour le bon exemple, un pauvre distributeur de bulletins malsonnants. Cependant les Savernois ne manquent pas de courage. Je ne me présentais pas devant eux comme vous êtes venu devant les électeurs du Haut-Rhin. On ne prêchait pas pour moi dans les églises; on prêchait même contre moi. On ne disait pas au peuple de la ville: «Voici un homme dévoué au gouverne-

---

1 Je suis heureux d'apprendre à mes lecteurs que le sous-préfet de Saverne vient d'être décoré de la Légion d'honneur (15 août 1862).

ment; si vous voulez faire un vrai cadeau à l'empereur, votez pour notre candidat!» Il se trouva pourtant à Saverne, même dans votre famille, monsieur, des électeurs assez hardis pour me donner leur voix; et j'arrivai bon vingt-quatrième sur une liste de vingt-trois.

Je comptais sur un meilleur résultat; et ne riez pas de ma superstition, j'ai cru longtemps que j'avais été victime d'un miracle. Vous me comprendrez assurément, vous qui avez la foi. Il était six heures du soir; on venait de clore le scrutin. M. le maire ouvrit une grande boîte de sapin, bien et dûment scellée, qui renfermait les volontés du peuple et l'avenir du conseil municipal. Mon cœur battit avec violence. On se mit à compter les bulletins, comme on avait compté les votants. O prodige! Les bulletins étaient en majorité. Oui, monsieur, il se trouva dix bulletins de plus qu'il n'était venu de votants. J'ai vu cela de mes yeux, moi qui vous parle. J'ai vu même à Strasbourg le conseil de préfecture, saisi d'une protestation en règle contre ce trop-plein du suffrage universel, déclarer que la multiplication des bulletins, quoique miraculeuse en elle-même, n'était pas de nature à invalider une élection.

A dater de ce jour, le vainqueur, c'est-à-dire l'autorité locale, appliqua à tous mes amis, sans excepter vos parents, un axiome de droit provincial que les Romains résumaient en deux mots: *Væ victis!* Les petits sbires de la mairie me favorisèrent de trois ou quatre procès-verbaux dans la même semaine. Mon cousin germain, Paul About, aujourd'hui brigadier au troisième régiment d'artillerie, fut traduit en justice pour avoir tué un pinson sur un arbre avec un de mes pistolets. Le tribunal de Saverne, ce tribunal que vous accusez bien injustement de complaisance envers moi, condamna le pauvre garçon à l'amende et à la confiscation de l'arme, sans oublier les frais du procès. Votre cousin à vous, M. de Juilly, architecte inspecteur du château de Saverne et père de trois beaux enfants qui sont vos neveux à la mode de Bretagne, fut dénoncé à Paris par les soins de M. le sous-préfet. On l'accusa d'avoir manqué de politesse envers le premier fonctionnaire de l'arrondissement, et il serait peut-être destitué à l'heure qu'il est, si un excellent homme, d'infiniment d'esprit, M. de X..., chef de division au ministère de Z..., n'avait mis la dénonciation dans sa poche. Allons, monsieur, retournez au Corps législatif et dénoncez cet abus de pouvoir! Demandez de quel droit M. de X... s'est permis de sauver un père de famille, et de votre famille; de quel droit il a coupé la vengeance sous le pied de «cet infortuné sous-préfet!» Rassurez-vous, cependant, la dénonciation de l'*infortuné* n›a pas été tout à fait perdue. Elle a arrêté une augmentation de traitement qui était promise depuis une année à votre cousin M. de Juilly.

Je vous ai confessé, monsieur, que j'adorais la justice; c'est une passion malheureuse dans certains départements. Toutefois, les décrets du 24 novembre et la loyauté avec laquelle je les vis exécuter à Paris me rendirent un peu de courage. Je publiai un de ces trois feuilletons, c'est-à-dire un de ces deux feuilletons: où diable avez-vous trouvé le troisième? Je publiai, dis-je, au bas de l'*Opinion nationale*, un feuilleton léger dans la forme, assez sérieux dans le fond, comme la plupart des choses que j'écris. Je suppose que vous l'avez lu, puisque vous en parlez; le troisième est le seul dont vous ayez parlé sans avoir eu l'ennui de le lire. Mais, si vous avez parcouru ce petit travail sur les libertés municipales, si vous ne vous l'êtes pas fait résumer par vos amis de Saverne ou de Strasbourg, je m'étonne que vous ayez pu y trouver «d'indignes calomnies contre la vie publique et privée de M. le maire de Saverne.» J'ai commencé par discuter très-raisonnablement la question électorale; j'ai montré que les pouvoirs les plus heureux étaient quelquefois trompés en cette matière par le zèle de leurs préfets; j'ai fait allusion à la candidature officielle d'un honorable député du Haut-Rhin qui vous touche de bien près; j'ai prouvé par votre exemple qu'un gouvernement

… Rencontre sa destinée
Souvent par les chemins qu'il prend pour l'éviter.

Après quoi, comme il me paraissait inutile de garder le ton sérieux durant plus d'un quart d'heure, je me suis mis à crayonner la caricature d'une élection municipale. Pour amuser mes lecteurs et moi-même, j'ai fait une collection de traits épars dans les journaux, dans les discours de la Chambre, dans les protestations adressées au conseil d'État, enfin dans mes souvenirs personnels. J'ai réuni le tout au sein d'une ville imaginaire nommée Schlafenbourg; j'ai inventé un maire appelé Jean Sauerkraut, en français, Jean Choucroute; un sous-préfet bigot, du nom d'Ignacius, un candidat grotesque qui ne me ressemble pas plus par le caractère et la figure que vous ne ressemblez à Démosthènes par l'improvisation. De quel droit, s'il vous plaît, me reconnaissez-vous dans le personnage de ce Gottlieb? Sur quoi vous fondez-vous pour affirmer devant les représentants de la France que cet Ignacius est le sous-préfet de Saverne, que ce Jean Choucroute est le maire de la ville? Voulez-vous donc les tuer par le ridicule, et ne vous suffit-il pas de les avoir compromis par votre patronage?

Mais, avant de pousser plus loin, permettez que je m'arrête en admiration devant une de vos phrases. «Cet infortuné maire Choucroute, avez-vous dit, dont le nom seul est une insulte à notre agriculture!» Ai-je insulté l'agriculture française, et les planteurs de choux vont-ils me demander raison? Mais moi-même, monsieur, je suis planteur de choux. Si jamais vous vous arrêtiez à Saverne et si vous me faisiez l'honneur de dîner à la Schlittenbach avec M. de Juilly, votre cousin, et madame Keller, votre tante, on vous servirait de la choucroute fabriquée chez nous. De la choucroute excellente, et nullement susceptible, et qui ne se croit pas insultée par une innocente plaisanterie. Le chou, monsieur, ne peut qu'être honoré d'un rapprochement qui le met au rang des autorités municipales. Qu'allons-nous devenir si les légumes eux-mêmes nous attaquent en diffamation? Lorsque M. Louis Veuillot, votre maître en l'art de bien dire, a comparé les philosophes à des navets, on a pensé qu'il traitait légèrement la philosophie; mais nul n'a trouvé qu'il insultât l'agriculture française dans la personne du navet!

Aucun agriculteur ne réclama contre mon premier article, le seul dont un passage ait été incriminé par la suite. Aucun maire ne s'en plaignit dans le premier moment, pas même M. le maire de Saverne. Vous nous montrez, monsieur, cet honorable fonctionnaire «n'écoutant que la voix de sa conscience» et courant à la justice comme au feu. Permettez-moi de vous faire observer qu'il attendit depuis le 23 février jusqu'au 30 mars pour déposer sa plainte! Cinq semaines de réflexions! n'est-ce pas étonnant d'un homme «indignement calomnié?»

Que s'était-il donc passé dans l'intervalle? Avais-je arraché le masque de Sauerkraut pour montrer au public la figure d'un maire vivant? Tout au contraire: dans un deuxième feuilleton, le feuilleton du 20 mars, j'avais raconté que plusieurs petites villes reconnaissaient leur maire dans la personne de Sauerkraut. Le fait est, monsieur, que nombre de citoyens m'avaient écrit de divers départements: «C'est moi qui suis Gottlieb, et notre maire est le vrai Sauerkraut!» J'ai eu l'honneur de mettre ce dossier sous les yeux de M. le juge d'instruction du tribunal de Saverne.

Mais pourtant il s'était produit quelque fait nouveau? Peut-être avais-je «cruellement blessé l'honneur de vingt familles,» comme vous l'avez dit éloquemment, par cette figure de rhétorique qu'on appelle hypothèse gratuite? Non, monsieur, je n'avais blessé l'honneur d'aucune famille dans les deux articles qui ont paru. Si j'ai été assez malheureux pour commettre le crime dont vous m'accusez, cela ne peut être que dans le troisième feuilleton. Pour celui-là, je vous le livre, je vous l'abandonne, il m'est impossible de le défendre contre vous, attendu qu'il n'a jamais existé. Et dans quel intérêt, je vous prie, aurais-je blessé cruellement l'honneur de vingt familles? Est-ce que la politique la plus élémentaire ne me commandait pas de mettre le peuple de mon côté? D'ailleurs, je connais peu la vie privée de mes voisins les plus proches. Lorsqu'on travaille autant que je le fais, on n'a pas le loisir de s'intéresser aux méchants bruits de la province. Y a-t-il en Alsace quelques ménages scandaleux, quelques fortunes mal acquises, quelques familles enrichies par l'usure ou par la contrebande? C'est à vous que je le demanderai, car je n'ai jamais arrêté mon attention à ces curiosités locales.

Cependant une plainte en diffamation fut déposée contre moi. Le fait est exact, et je suis aise de trouver enfin dans votre discours une parole conforme à la vérité. Une plainte fut déposée, et voici comme:

La Société anonyme des Amis de Rome, cette sainte alliance si puissante pour le bonheur de l'Alsace et que vous représentez si brillamment au Corps législatif, s'imagina, après cinq semaines de réflexion, qu'elle avait trouvé le défaut de ma cuirasse.

Un paragraphe de mon premier feuilleton disait que Jean Sauerkraut (et non M. le maire de Saverne) ne serait pas fâché de faire passer un boulevard au travers de son jardin. Personne ne pouvait se tromper sur cette allusion transparente à l'un des vices les plus généraux de notre époque. D'ailleurs, j'avais eu soin d'ajouter moi-même, pour l'édification des esprits paresseux: «Jean Sauerkraut n'est pas le seul qui raisonne ainsi, dans ce siècle d'expropriations, de démolitions et de boulevards.»

C'est par là que je pensai être pris; ou du moins c'est par là, monsieur, que vos amis pensèrent me prendre. Ils se rappelèrent que, longtemps avant mon arrivée dans la commune, le conseil municipal avait agité certain projet de rue qui perçait le jardin et démolissait la maison de M. le maire. Inutile de vous dire que le maire de Saverne avait repoussé avec toute l'énergie du désintéressement une démolition qui menaçait de l'enrichir. On répéta durant cinq semaines, à cet «infortuné», que j'avais contesté sa vertu dominante; on le supplia de me poursuivre et d'attaquer aussi *l'Opinion nationale*; on lui promit qu'il serait soutenu à Saverne, à Strasbourg, à Colmar, à Paris même, par cette faction puissante dont vous êtes, monsieur, le glorieux orateur. On finit par lui inspirer une demi-confiance, et, s'il n'osa pas se porter partie civile, il s'enhardit au moins jusqu'à déposer la plainte que vous savez.

Je ne crois point vous étonner, monsieur, en vous disant que je courais certains risques. Non que la magistrature française soit capable de ces honteuses complaisances qu'il vous a plu de lui imputer; mais, s'il est impossible de corrompre ou d'intimider nos juges, ils sont hommes après tout. Lorsqu'un maire et un sous-préfet qu'ils estiment, qu'ils aiment, qu'ils fréquentent tous les jours de l'année dans l'intimité la plus étroite, viennent se plaindre d'un journaliste obscur et qu'ils ne connaissent que de vue, comment ne seraient-ils pas prédisposés à juger sévèrement les choses? Je dois pourtant cette justice au tribunal de Saverne qu'il ne se laissa pas entraîner légèrement par les préventions si douces et si excusables de l'amitié. Il ouvrit une enquête, il manda une fourmilière de témoins, ce qui ne s'était pour ainsi dire jamais vu dans une affaire de presse. Il ne se décida à lancer une assignation qu'après avoir entendu tous les amis du maire, tous les amis du sous-préfet, toutes les personnes de votre honorable parti, monsieur, répéter unanimement et comme un mot d'ordre cette formule sacramentelle: «Nous avons reconnu M. le maire de Saverne dans le portrait de Jean Sauerkraut.»

Vous l'avouerai-je cependant? ma confiance était telle dans mon bon droit et dans l'impartialité des magistrats, que j'attendais, sans trop de soucis, l'heure de la justice. Au lieu d'invoquer l'appui de quelque prince du barreau comme M. Jules Favre ou M. Ernest Desmarets, j'avais confié ma cause à un tout jeune avocat de mes amis, qui a plus de cœur et de talent que de réputation et d'expérience. Je préparais la défense avec lui, lorsque le coup de foudre dont vous avez parlé nous étonna nous-mêmes et nous donna cette secousse que les physiciens désignent par le nom de *choc en retour*. Le maire de Saverne avait retiré sa plainte! Le tribunal n'avait plus aucune raison de nous poursuivre, et le procès n'avait pas lieu.

Par quelles raisons un fonctionnaire municipal, «indignement calomnié dans sa vie publique et privée», avait-il renoncé à sa vindicte personnelle? Voilà, monsieur, ce que je ne me charge point de vous expliquer. Celui qui lit dans les consciences connaît seul les motifs qui ont décidé le maire de Saverne. Je ne sais, quant à moi, que deux explications: celle que les amis de M. le maire ont répandue dans toute l'Alsace, et celle que vous avez donnée vous-même au Corps législatif.

La première des deux affecte une couleur légendaire qui ne satisfait pas complétement la raison. Mais vous savez que l'Alsace est encore éclairée par la lueur mystérieuse des légendes. Le garde champêtre se penche à l'oreille du paysan et lui dit: «M. le maire était allé à Paris pour assister à un mariage. Il dîna aux Tuileries, comme tous les maires de Saverne lorsqu'ils sont de passage dans la capitale; son couvert se trouva mis, selon l'ordre hiérarchique, à la droite du prince Napoléon. «Mon cher ami, lui dit le prince après avoir trinqué deux ou trois fois, vous avez entamé un procès bien juste assurément, mais qui va supprimer *l'Opinion nationale.*—En effet, répond le maire, c'est pour me venger de M. About, qui m'a causé des contrariétés.—En cela vous avez bien raison, dit le prince; mais cette condamnation me fera du tort. Je ne vous ai donc jamais dit que j'avais placé dix millions dans ce diable de journal?—Dix millions?—Pas un liard de moins. Vous serez dans votre droit, je l'avoue; mais enfin votre vengeance va me coûter cher.—J'aime mieux y renoncer, dit le maire. Entre gens comme nous!...—Vous êtes bien bon, répond le prince, et à charge de revanche!—Bien entendu.»

Nous ne discuterons pas cette tradition orale, quoiqu'elle ait fait, depuis le 24 mai, un assez joli chemin en Alsace. Rabattons-nous plutôt sur la vôtre, monsieur, et voyons si vous n'avez pas péché contre la vraisemblance, le jour où M. le comte de Morny ne vous reprocha qu'un léger manque de loyauté. J'ai le droit de supposer que toutes vos paroles étaient pesées à l'avance, puisque la roideur inflexible de votre improvisation ne vous permit pas même de relever le démenti d'un ministre. Cela étant, comment n'avez-vous pas craint de faire concurrence au génie rêveur de nos gardes champêtres? Comment osez-vous nous montrer le ministre de l'intérieur suppliant ou sommant un maire de retirer une plainte? Depuis quand les ministres de l'empereur ont-ils contracté l'habitude de supplier messeigneurs les maires? Ils ne supplient pas même MM. les évêques: ils les invitent à modérer leurs plaintes lorsqu'elles font trop de tapage dans le pays. Vous qui êtes un homme d'imagination, monsieur (car vous imaginez beaucoup de choses), vous représentez-vous bien M. le comte de Persigny dans une attitude suppliante, embrassant les genoux cagneux d'un gros maire provincial?

Qu'on le somme de retirer sa plainte, c'est une hypothèse un peu moins invraisemblable, et pourtant aucun homme pratique ne voudra l'admettre avec vous. A quoi bon recourir aux sommations, lorsque le plus léger avertissement suffit? Je n'écoute pas aux portes des ministres, et je ne sais pas même si le maire de Saverne a été admis à paraître devant M. de Persigny. Mais soyez assez bon pour supposer un instant avec moi qu'un fonctionnaire inhabile en matière de comptabilité municipale ait touché, dépensé, payé des sommes assez rondes, sans songer à les faire inscrire par le receveur de la commune; supposez que cet honnête maladroit ait encouru quelque réprimande par ignorance ou par oubli des principes élémentaires de l'administration. On ne veut point le punir, car il n'est coupable que d'incapacité, mais on ne veut pas non plus le proposer pour modèle à tous les maires de l'Empire, en lui donnant droit de vie et de mort sur les journaux où il croit lire une critique de sa gestion. «Désistez-vous, lui dira-t-on, et, si vous voulez que nous soyons indulgents, commencez par nous donner l'exemple. Ce n'est qu'aux hommes sans péché qu'il appartient de jeter la pierre.» Voilà, monsieur, le langage équitable et chrétien que je vous conseille de tenir à vos maires, quand vous serez ministre de l'intérieur.

En ce temps-là, monsieur, je serai encore au nombre des journalistes, car l'habitude d'écrire la vérité est de celles qu'on ne perd point aisément. Quand vous aurez le pouvoir en main, quand on aura créé pour votre usage des tribunaux complaisants, libre à vous de venger sur moi le pape de Rome et le maire de Saverne! Vous pourrez vous donner le luxe de «montrer sur les bancs de la police correctionnelle» ce petit bout de ruban rouge que je porte avec orgueil, parce que je l'ai laborieusement mérité. Mais ne vous flattez pas: il vous sera, même alors, plus facile de nous condamner que de nous flétrir, et les bancs de la police correctionnelle deviendront les siéges de la justice, quand vous serez les accusateurs et nous les accusés!

J'ai répondu, si je ne me trompe, à toutes vos personnalités, moins une. Il ne m'appartient pas de défendre le gouvernement après M. le président du conseil d'État, ni de plaider la cause de la Révolution, que M. Émile Ollivier a si noblement défendue. Il ne me reste donc plus qu'à vous expliquer, à vous et à beaucoup d'autres, «cet article sans nom qui vous a ému d'indignation et de dégoût, cet article dans lequel j'ai insulté, non-seulement les malheurs du saint-siége, mais l'honneur de notre armée de Crimée, mais la dignité même du trône; cet article dans lequel je suis venu vous vanter les délices et les raffinements du despotisme païen sous le nom de vous ne savez quel fils légitime de la révolution française.»

«Mais que veut-on dire par là?» daignez-vous ajouter à cette équitable tirade. Je vais vous expliquer, monsieur, ce que j'ai voulu dire par là.

Je m'exerce à la critique d'art, et je publie ce qu'on appelle un *salon*, pour la troisième fois de ma vie. Pour rompre la monotonie d'un sujet qui n'est jamais très-varié par lui-même, j'ai cru qu'il serait intéressant d'y glisser de temps à autre, à propos d'un marbre ou d'une peinture, quelques portraits à la plume. La mode des portraits écrits étant passée depuis longtemps, je me figurais que le moment était peut-être venu de les remettre en usage. C'est un travail assez ingrat, car il prend un temps infini et les lecteurs ne nous tiennent pas toujours compte des efforts que nous avons faits. Ainsi, j'ai débuté par un portrait, que dis-je! par deux portraits de M. Guizot, et je parie, monsieur, que vous ne les connaissez point. Lisez-les, je vous en prie; ils vous montreront dans quel esprit j'ai commencé ce genre d'études, et vous serez moins étonné ensuite lorsque nous arriverons au prince Napoléon.

. . . .

Vous avez lu? Merci. Et maintenant, monsieur, faites-moi l'honneur de me dire quelle intention j'avais, selon vous, en écrivant ce portrait? Vous semble-t-il que j'aie voulu mettre en saillie la supériorité du pouvoir absolu sur l'équilibre constitutionnel, ou que j'aie cherché à émouvoir la compassion de mes lecteurs au profit d'une cause perdue? Ai-je préparé le retour de M. Guizot aux affaires publiques? Ai-je conseillé à l'empereur de le choisir pour ministre? Peut-être mon intention était-elle, au contraire, de tenir les ministres en garde contre un ambitieux de soixante et dix ans? Cet article—ce fragment d'article—est-il un manifeste orléaniste? ou une profession de foi bonapartiste? ou un réquisitoire indirect contre les intrigues de l'Académie française? Rien de tout cela, monsieur. Votre bon sens vous le dit clairement, parce que le sujet n'est pas de ceux qui excitent les passions violentes et aveuglent la raison des partis. Vous comprenez, sans que je vous l'explique, que cet assemblage de détails vrais n'a pas d'autre intention, pas d'autre prétention, pas d'autre ambition, que de représenter au vif la figure de M. Guizot avec ses ombres et ses lumières. C'est une œuvre d'art, bonne ou mauvaise, suivant le goût du lecteur. Placez-la, si le cœur vous en dit, au rang des amplifications de collége, ou même à la hauteur des tapisseries en chenille que les demoiselles exécutent dans leur couvent, ou même au niveau de ces sculptures patientes qu'un galérien taille à coups de canif dans une noix de coco: je ne chicanerai point sur la qualité de l'ouvrage, pourvu que vous reconnaissiez avec moi que ce portrait n'est qu'un portrait.

Tâchez d'être aussi juste pour celui du prince Napoléon. Étudiez-le, nonobstant «l'indignation et le dégoût» que vous avez étalés devant la Chambre; mais surtout étudiez-le de bonne foi, comme je l'ai tracé. Souvenez-vous que c'est une œuvre d'art, et pas autre chose, et ne vous amusez point à chercher des queues de serpent à sonnette où l'auteur n'en a pas mis.

Le voici, ce portrait, non pas exactement tel que vous l'avez lu dans l'*Opinion*, mais tel que je l'ai écrit et envoyé au journal:

....

Je vous ai loyalement averti que ce texte n'était pas tout à fait celui que vous avez lu dans l'*Opinion*. Il s'en faut de seize mots, qui ont été ajoutés au dernier moment sur l'épreuve, et ce mode de correction *in extremis* ne vous étonnera point, si vous avez quelque notion des nécessités du journalisme et de la responsabilité des rédacteurs en chef.

Ceci posé, dites-moi, je vous prie, si ce portrait est une apothéose? Pas plus qu'une satire. J'ai esquissé de mon mieux les qualités et les défauts d'un homme que je connais peu, avec qui j'ai causé cinq ou six fois, que je n'ai pas vu face à face depuis une année environ. C'est une peinture incomplète, si j'ai omis quelque trait d'ombre ou de lumière: ce ne sera jamais, quoiqu'il vous ait plu de le proclamer devant la Chambre, un tableau dégoûtant. Reprochez-moi, si vous voulez, la témérité de ma plume; dites qu'il ne sied pas à un homme qui n'est rien de distribuer aux grands l'éloge et le blâme; ajoutez qu'on s'expose ainsi aux jugements les plus faux et les plus injustes: vous avez le droit de me le dire après me l'avoir prouvé. Où donc avez-vous vu que «j'insultais aux malheurs du saint-siège?» J'ai rappelé le succès d'un discours éloquent; cela n'offense que les orateurs manqués. Comment ai-je «insulté l'honneur de notre armée de Crimée?» Exactement comme j'ai insulté l'agriculture dans le feuilleton de Sauerkraut. Ai-je «insulté la majesté du trône,» en disant que les uns s'assoient dessus et les autres à côté? Est-ce «vanter les délices et les raffinements du despotisme païen» que d'admirer sur parole une petite maison romaine où je ne suis jamais entré, quoiqu'on m'ait fait l'honneur de m'y inviter une fois?

Que le monde est méchant, monsieur! Je ne crains pas de m'en ouvrir à vous, qui êtes un homme du monde. Il s'est rencontré dans votre parti des esprits assez mal faits pour prétendre que j'attaquais la famille d'Orléans dans ce qu'il y a de plus délicat et de plus sacré. J'égratigne en passant la politique du vieux Palais-Royal, la plus bâtarde que la Révolution ait portée dans ses flancs, et vos amis affectent de trouver dans ce mot de bâtard un outrage monstrueux contre une famille exemplaire!

J'ai dit. Si votre attention m'a suivi jusqu'au bout de cette plaidoirie, agréez mes remercîments, et même permettez-moi de reconnaître tant de longanimité par une modeste récompense: un conseil, un bon conseil, que je tenais en réserve pour vous l'offrir à la fin.

M. le baron de Reinach vous a interrompu l'autre jour par un mot profond: «Parlez en votre nom! vous a-t-il dit; ne parlez pas au nom de l'Alsace!» Les journaux alsaciens soutiennent la même thèse depuis le commencement de la semaine, et semblent persuadés que ce n'est pas l'Alsace qui parle par votre voix. Je suis sûr que vous-même, dans le silence du cabinet, tout en martelant vos improvisations du lendemain, vous songez avec un fin sourire à ces pauvres électeurs qui vous ont réchauffé dans leur sein. Et la conscience, que dit-elle? La logique doit aussi vous rappeler de temps à autre que le propre d'un représentant est de représenter ceux qui l'ont élu. Si du moins vous représentiez ceux qui vous ont fait élire! Mais non.

Croyez-moi donc, monsieur, n'attendez pas les élections générales pour rajeunir votre mandat. Allez vous retremper dans le suffrage universel et revenez invulnérable comme Achille! plus invulnérable que lui! car Achille avait été plongé dans l'eau du Styx par le préfet du Haut-Rhin, ce qui permit au malin Pâris de le blesser au talon.

Je croyais en avoir fini avec le procès de Saverne. Mais je reçus une nouvelle assignation, l'affaire fut de nouveau inscrite, et le tribunal, plus docile à la voix du sens commun qu'à l'éloquence de M. Keller, m'acquitta.

VI. UN PEU DE TOUT, UN PEU PARTOUT

Ma chère cousine,

Tu me demandes pourquoi j'ai défendu les victimes de Castelfidardo? Pourquoi? Mais pour me faire abîmer par la *Gazette de France*. Elle n'y a, parbleu! pas manqué, et le châtiment de ma bonne intention ne s'est pas fait attendre. O *Gazette*! moniteur de ceux qui n'ont rien oublié, rien appris! j'essaye d'arracher aux sévérités d'une loi draconienne les plus beaux et les plus braves jeunes gens de votre armée; je sollicite des *lettres de relief* pour les pauvres héros que vous avez envoyés à la boucherie; je recommande à la clémence du prince les fils de vos vieux abonnés, les seuls yeux qui vous lisent sans lunettes, les seuls estomacs qui digèrent M. Janicot sans pastilles de Vichy! et vous me répondez d'une voix aigre et sentencieuse: «La Révolution se fait une gloire d'achever les mutilés.»

Je ne suis pas la Révolution; je ne suis qu'un bon jeune homme éclos sous ses ailes. Si j'étais la Révolution en personne, je sais bien ce que je ferais. Je mettrais une cocarde à mon bonnet, j'irais visiter Rome, Venise, Pesth, Varsovie. J'achèverais la grande œuvre du XVIIIᵉ siècle; j›achèverais la résurrection des nationalités, l›émancipation des peuples, la destruction des priviléges, la... Mais pardon: je ne suis qu›un bon jeune homme, et il importe aujourd›hui que j›achève mon feuilleton.

Pourquoi la *Gazette* a-t-elle dit que je «ne me montrais pas fort dans l›interprétation des lois?» C›est précisément sur ce terrain que je suis infaillible, parce que je suis ignorant, que je connais mon ignorance et que je n›avance rien sans l›avoir étudié aux bonnes sources. Si j›étais seulement licencié en droit, je serais sujet à l›erreur. J›interpréterais les textes moi-même, au lieu de feuilleter les jurisconsultes; je ferais des raisonnements comme celui-ci:

«Lamoricière a obtenu l›autorisation de servir le pape; donc, ses soldats l›ont obtenue *moralement.*»

Si j'étais avocat (M. Janicot l'est sans doute), je prendrais peut-être pour un commentaire du Code cette phrase de M. de la Guéronnière:

«Castelfidardo ne rappellerait qu›une défection, si une poignée de *jeunes Français* n›avait pas soutenu avec un noble courage son choc inégal.» Je dirais: «M. de la Guéronnière est conseiller d›État. Or, il est évident que les conseillers d›État ont le droit de faire et d›interpréter les lois; or, les combattants de Castelfidardo sont désignés ici sous le nom de jeunes Français: donc, ils n›ont point perdu la qualité de Français, et l›article 21 du Code civil ne saurait les atteindre.»

Enfin, si j'avais fait mon droit, je dirais peut-être avec M. Janicot, jurisconsulte de la *Gazette de France*:

«L›article 21 enlève la qualité de Français à ceux qui s›affilient à une corporation militaire étrangère. Cela s›applique aux volontaires de Garibaldi.»

Mais je ne suis qu'un ignorant. Le sens commun m'indique que le mot *corporation* n›a pas le même sens que *bande armée.* M. l'avocat général Nouguier, lorsqu'il requérait contre le général Clouet, ne s'avisa jamais de dire qu'il était affilié à une *corporation* en servant dans les *bandes* de don Carlos. Je sens, je sais, je comprends que

69

corporation militaire signifie un ordre militaire reconnu diplomatiquement dans le droit international. Et, comme les ignorants n›ont rien de mieux à faire que de consulter les auteurs spéciaux, je vais chercher le Commentaire de Dalloz, nᵒ 572, *Droits civils*, et je lis:

«Par corporation militaire, on entend un ordre militaire, tel que l›ordre de Malte ou l›ordre Teutonique.»

Un savant comme M. Janicot ne craint pas de dire que Napoléon III, ayant perdu la qualité de Français, «ne pouvait être élu légalement en 1848.» Mais un bon jeune homme, «qui n'est pas fort dans l'interprétation des lois,» répondra sans peine à M. Janicot:

Aux termes de l'article 21, le souverain peut rendre la qualité de Français à ceux qui l'ont perdue. Or, quel était le souverain de la France en 1848? Le peuple. En nommant Louis-Napoléon président de la République, il lui a rendu pour le moins la qualité de Français. Y a-t-il un acte de souveraineté plus incontestablement légitime que ce décret de la nation, rendu par le suffrage universel?

Après le point de droit, on pourrait discuter le point de fait, et reprocher à M. Janicot les coups de pied qu'il donne à l'histoire. L'histoire est une majesté inviolable qui devrait être à l'abri de tous les coups de pied, sans excepter les coups de pied du lion.

M. Janicot affirme que le gouvernement français n'a pas interdit les enrôlements dans l'armée du pape. Il sait pourtant que la police a arrêté et emprisonné à Lyon les embaucheurs de l'armée pontificale. Les volontaires ne partaient pas en troupes, mais isolément. Le gouvernement aurait dû leur rappeler l'article 21; il ne l'a pas fait et je le regrette. Mais personne n'a le droit d'arrêter M. le marquis de X… ou M. le vicomte de Z… lorsqu'ils demandent un passeport pour l'Italie.

Au dire de M. Janicot, «les garibaldiens ont reçu la solde de Victor-Emmanuel, des congés en règle délivrés par les agents officiels de Victor-Emmanuel.» Nous savons tous le contraire. Tite Live, qui fut un historien romain, comme M. Janicot, et qui avança plus d'une fois des assertions inexactes, comme M. Janicot, avait du moins la délicatesse de dire: «Si ce fait paraît invraisemblable à quelques lecteurs, je répondrai que l'univers, ayant subi la domination de Rome, doit également se soumettre à son histoire.»

Nous prendrons les assertions de M. Janicot pour paroles d'Évangile quand nous aurons pris le comte de Chambord pour roi de France. Attendez que tous les Français soient morts, ô mon bon monsieur Janicot!

Attendez que le saint office ait brûlé tous les livres, journaux et mémoires contemporains, si vous voulez dire que «Garibaldi s'est vanté d'avoir teint ses mains dans le sang français.» Voici, monsieur, l'admirable proclamation que le plus grand soldat de notre époque adressait à ses compagnons en 1849, après le siége de Rome:

«Soldats, à ceux qui voudront me suivre, je ne promets qu'une chose: des marches, des alertes, des combats à la baïonnette; pas de solde, pas de caserne, pas de souliers, pas de pain! *Si nous avons été obligés* de teindre nos mains du sang français, nous les plongerons jusqu'au coude dans le sang autrichien. Qui aime l'Italie me suive!»

La mode, qui change la forme des gouvernements et des chapeaux, n'est pas seulement capricieuse: elle est souvent injuste et cruelle. J'étais au collége à Paris durant l'insurrection de juin 1848. Je me rappelle encore avec un sentiment d'horreur l'incroyable variété de crimes que les journaux du temps imputaient aux insurgés. Les pauvres diables n'avaient pas de journal où répondre, et ils resteront à jamais sous le coup de réquisitoires fabuleux. Cependant il est certain que leur tentative fut plus criminelle dans son principe que dans ses moyens d'exécution.

Les dictateurs de Rome ont été jugés avec la même violence en 1849. Tout le monde avait le droit de les accuser, personne de les défendre. Il a fallu dix ans pour que l'Europe et la France elle-même rendissent justice aux vertus de Garibaldi. Aujourd'hui, personne n'en doute.

Mazzini a été moins heureux. On le regarde encore dans presque tous les partis comme un buveur de sang, un distributeur de poignards et de bombes, un homme qui tient école d'assassinat. Les horreurs du 14 janvier 1858 ont été inscrites à son avoir, d'office. Cependant Mazzini renie énergiquement les théories et les crimes qui lui sont imputés. Mazzini a des amis qui l'estiment et le respectent, Garibaldi, entre autres. Qui sait si la vérité ne luira pas un jour en faveur de Mazzini? Je ne suis pas suspect de partialité, lorsque je prends sa défense. Je l'ai attaqué violemment sans savoir au juste ce qu'il avait fait. J'ai répété des accusations qui circulaient de bouche en bouche, j'ai cédé au courant de l'opinion, peut-être de l'absurdité publique. Hélas! on est toujours le Janicot de quelqu'un. J'ai peut-être été le Janicot de Joseph Mazzini!

Hier, j'étais chez des gens de vertu singulière,

qui parlaient de légitimité et de révolution. Tu sais, cousine, que révolution et légitimité sont les deux mots du jour, et l'on n'en lira pas d'autres sur les drapeaux de l'Europe dans le branle-bas qui se prépare. Une jeune dame qui n'est pas une femme politique laissa tomber au milieu du discours la réflexion suivante:

—Je remarque que les rois et les simples ducs régnants, lorsqu'ils sont congédiés par leurs sujets, emportent toujours une centaine de millions pour se distraire des ennuis de l'exil. Les chefs des révolutions vont tous mourir de faim sur la terre étrangère, et c'est eux qu'on accuse d'avoir volé le pauvre peuple. Pourquoi?

Pourquoi? Je n'en sais rien, sinon parce qu'il y a deux morales, comme un sophiste nous l'a prouvé élégamment dans des jours mauvais. Dans tous les cas, il n'y aura plus deux justices en France. Tu te rappelles le temps où l'on pouvait tout dire et tout faire impunément, pourvu qu'on s'habillât d'une robe longue. La soutane couvrait tout, depuis les violences du prédicateur insurgé jusqu'aux faiblesses de l'abbé Mallet. Une bonne circulaire de M. Delangle a modifié cet ordre de choses.

A propos de l'abbé Mallet, Thérèse Bluth est retrouvée. Un notaire de Londres nous le certifie, et l'infaillibilité des notaires anglais est hors de doute. Cependant il restera quelque hésitation dans les esprits mal faits, tant qu'on ne m'aura pas accordé ce que je demande. S'il est vrai que Thérèse ou Sophie Bluth soit de ce monde, si elle vit heureuse dans un couvent anglais, si elle tient à rassurer sa famille et ses amis, si ses supérieurs lui laissent assez de liberté pour qu'elle puisse entrer dans une étude de notaire, je la supplie d'entrer demain chez un photographe, un bon.

Qu'elle choisisse le Nadar, ou le Pierre Petit, ou l'Adam Salomon de Londres, et qu'elle nous envoie sa carte de visite à cinquante exemplaires. A cette condition, la famille Bluth, la presse française et la justice pourront se déclarer satisfaites; sinon, non. Je te disais bien que la photographie est une bonne chose. La peinture est plus belle assurément, mais il n'y a d'authenticité que dans la photographie. Un portrait de Thérèse-Sophie, fût-il signé d'Hébert, de Baudry, de Flandrin ou même de M. Ingres, ne serait qu'une preuve morale et contestable; contre la photographie, on ne discute point.

L'exposition des Beaux-Arts s'ouvrira à Paris le 1er mai prochain. M. le directeur général des musées avait décidé qu'un artiste ne pourrait envoyer au Salon plus de quatre ouvrages, mais il est revenu spontanément sur cette mesure de rigueur. Il est certain qu'un système de numération fondé sur l'unité aurait fait la part trop grande aux peintres d'histoire, trop petite aux peintres de genre.

Une note publiée dans les journaux a prévenu nos artistes qu'il ne fallait espérer aucun délai. Tous les ouvrages devaient être envoyés le 1er avril, avant six heures. Hors du 1er avril, point de salut. Point de faveur, même au mérite, au succès, à la gloire. J'aime à entendre proclamer de si haut l'égalité des artistes devant la loi. Cependant je ne blâme pas les exceptions qu'on a faites au profit de M. Yvon et de quelques autres. L'exception confirme la règle, comme un bon soufflet confirme un insolent.

Quelques peintres recommandables, ou tout au moins recommandés, ont éludé le règlement en apportant le 1er avril des toiles inachevées qu'ils terminent dans le palais de l'Exposition.

Pour la première fois, cette année, les tableaux seront rangés dans les salons, comme dans le livret, par ordre alphabétique. C'est une heureuse combinaison, qui permettra de réunir en un bloc l'œuvre de chaque artiste. Point de salon d'honneur à prendre d'assaut: chacun chez soi. On n'a fait une exception que pour les peintures officielles, qui sont réunies dans un seul salon. Ceux qui aiment la note officielle s'enfermeront là dedans et seront satisfaits.

Je pourrais déflorer le plaisir que tu auras le 1er mai, en te donnant un aperçu de quelques ouvrages remarquables. J'en ai vu plus d'un dans les ateliers, mais ce genre d'indiscrétion n'est pas de mon goût, et, si je te parle aujourd'hui du buste de M. Pietri, c'est qu'il ne doit pas être exposé.

Un statuaire italien, aujourd'hui français, M. Parini, de Nice, est l'auteur de ce remarquable ouvrage, remarquable surtout au point de vue du sentiment, car David (d'Angers) a fait beaucoup mieux. Mais que plusieurs citoyens de Nice aient eu l'idée de commander le buste de M. Pietri, qu'ils se soient cotisés pour acheter un beau marbre de Carrare et faire sculpter le portrait de l'homme qui les avait réunis à la France, c'est un fait assez important à citer aujourd'hui.

Par un hasard heureux, le marbre est arrivé chez M. Pietri le jour même où l'honorable homme d'État avait plaidé si éloquemment la cause de l'Italie.

M. Parini, comme tous les Italiens d'aujourd'hui, est avant tout un ornemaniste habile. Il a fondé à Nice une modeste école de sculpture, et les jeunes paysans descendent de la montagne pour étudier autour de lui. Une subvention de six cents francs, fournie par la ville, entretient pauvrement cette école naissante. Les élèves apportent de chez eux une provision de pain, de fromage et de fruits secs pour toute la semaine.

C'est beau et simple comme l'antique. Ils sont sobres et bien doués, ces petits Italiens; affamés de succès plus que de toute autre chose. Je n'ai rien vu de plus intéressant et de plus sympathique, si ce n'est peut-être ces étudiants grecs de l'université d'Athènes qui s'engagent comme domestiques pour suivre les cours de médecine ou de droit.

Puisque nous voici dans Athènes, restons-y. Un Athénien qui écrit le français comme nous, M. Marino Vréto, vient de publier un album des monuments modernes de sa ville natale. Les vues sont fort exactes, lithographiées avec soin d'après la photographie. Avec quel plaisir je les ai revus, ces édifices de marbre blanc!

Beaux ou laids, la question n'est pas là; mais ils me reportaient à huit ou neuf ans en arrière; ils me rappelaient deux années de solitude et d'ennui dont j'ai gardé au fond de l'âme je ne sais quelle vague douceur. Ils me rajeunissaient d'autant; ou plutôt non, car les arbrisseaux que j'ai laissés là-bas sont devenus de grands arbres. La nation grecque deviendrait grande aussi, je le crois, j'en suis sûr, si l'Europe voulait lui donner un peu d'air et de lumière.

Je n'ai vu qu'une phrase à critiquer dans le texte de M. Marino Vréto: la première. L'auteur s'adresse à Sa Majesté la reine, connue pour ses vertus, son ambition et sa beauté un peu trop monumentale: «Majesté, lui dit-il, cet album contenant les vues des principaux monuments d'Athènes ne serait pas complet si l'on ne lisait sur la première page le nom auguste de Votre Majesté.» Ne dirait-on pas une épigramme? Dans une dédicace, c'est nouveau.

Les Athéniens de Paris ont éprouvé des sentiments assez divers en lisant que M. Villot, conservateur des tableaux du Louvre, était élevé à l'emploi de secrétaire général des Musées, et décoré de la croix d'officier. Quelques personnes ont pu croire que le gouvernement récompensait M. Villot d'avoir modifié l'aspect des plus beaux tableaux du Louvre. Cette interprétation, si elle était bonne, porterait un coup assez rude aux nouveaux priviléges de l'Académie des beaux-arts. Mais détrompe-toi, cousine, si tu t'es trompée en lisant le *Moniteur*.

En élevant M. Villot au rang de secrétaire général, on met à l'abri tous les tableaux du Musée, car un secrétaire écrit et ne gratte point, sinon le papier. Le terrible conservateur a les mains liées d'un ruban rouge, et l'on a fait la rosette si solide, qu'il ne pourra jamais se détacher.

Adieu, cousine. Mais non, pas encore. J'ai fait un petit voyage à Dunkerque, et je te parlerai bientôt de cette jolie sous-préfecture.

On y voyait jadis une rue Arago, qui s'appelle aujourd'hui rue des Capucins; car nous sommes dans un siècle de progrès. Arago, notre grand Arago, ne s'est élevé que jusqu'aux astres; les capucins montent au ciel. Témoin le P. Archange, un bienheureux que la cour impériale d'Aix se promet de juger dans quinze jours. Quel homme! il a prouvé que tous les chemins conduisent à la félicité céleste, même le chemin de fer du Midi.

VII

Les meilleurs amis ne trouvent plus rien à se dire lorsque par aventure ils ont été deux mois sans causer ensemble. C'est qu'ils ont tant de choses à raconter, que l'une fait tort à l'autre, et qu'on ne sait par quel bout commencer. Voilà précisément où j'en suis avec les lecteurs de l'*Opinion nationale*. Je leur dois compte de tout ce qui s'est passé dans le monde artistique, et les événements n'y manquent pas, Dieu merci!

La jolie façade du palais des Beaux-Arts est découverte; la fontaine Saint-Michel a perdu les singes et les griffons qui n'embellissaient point sa triste architecture; les deux théâtres du Châtelet s'élèvent parallèlement et lourdement comme deux pâtés jumeaux. Tout un peuple d'entrepreneurs s'acharne à construire de grosses maisons en pierres de taille sur des terrains à quinze cents francs le mètre, le long d'une myriade de nouveaux et inutiles boulevards. On s'occupe sérieusement de mettre tout Paris en boulevards, en attendant l'occasion de mettre en ports de mer toutes les côtes de France. De leur côté, les habitants de Paris, émus de la cherté croissante des loyers, et craignant d'habiter bientôt une ville inhabitable, méditent de se racheter à prix d'argent, comme les Vénitiens. Je ne sais pas s'ils donneront suite à ce projet; mais, supposé qu'il leur coûtât deux cents millions pour obtenir le droit de choisir un maire et un conseil municipal, je crois qu'ils ne feraient pas une mauvaise affaire. La répression immédiate de l'agiotage, la diminution des octrois, la baisse des loyers, la suppression du macadam et cent autres bienfaits du nouveau régime nous rembourseraient nos deux cents millions avant la fin de l'année.

Cent soixante et dix architectes ont pris part au concours ouvert pour la construction d'un Opéra. Sur le total des concurrents, on en compte environ cent soixante-neuf qui disent: «Le concours n'est pas sérieux; on ne nous a pas donné assez de temps; le prix était décerné d'avance: nous avons travaillé au profit d'un vainqueur désigné qui s'inspirera de nos projets pour embellir et modifier le sien!» J'imagine pourtant que si, dans tous ces plans, il se trouvait un chef-d'œuvre, l'autorité se rangerait au jugement du public.[1]

Il ne m'appartient pas de décerner le prix du concours. Un homme spécial vous a dit, il y a huit jours, tout ce qu'on pouvait dire sur la question. Toutefois, j'ose ajouter que les amateurs, les curieux et les architectes eux-mêmes placent en première ligne les projets de M. Garnier, de M. Duc, de M. Duponchel et de M. Viollet-le-Duc. Si les plans de M. Viollet-le-Duc sont adoptés en principe, comme on disait avant le concours, on pourra les modifier utilement, grâce aux travaux de ses voisins. Dans tous les cas, je ne doute point que le gouvernement ne récompense les beaux talents qui se sont produits en cette occasion.

On pouvait prédire à coup sûr que le peuple le plus spirituel du

---

1 J'ai eu raison par hasard: une fois n'est pas coutume.

monde ne manquerait pas d'envoyer au concours quelques échantillons de sa sottise. Je ne me charge point de décrire les projets
bouffons qui installaient le nouvel Opéra dans une gare de chemin
de fer ou dans une cathédrale gothique. Il y aurait trop à dire et
trop à rire.

Un éditeur (qu'il soit béni d'avance!) nous promet une collection
de photographies représentant l'*œuvre de Henri Leys*. Nous péné-
trerons donc enfin dans l'intimité de ce grand maître de la Flandre
moderne! La France ne le connaît pas. Elle l'a entrevu au Salon de
1855. Elle a deviné que les Van Eyck et Hans Hemling revivaient
par miracle dans un contemporain; mais il fallait cette publication
pour que M. Leys eût droit de cité dans nos cabinets et nos bibliothèques.

Notre Gustave Doré entrera avant un mois dans toutes les bibliothèques de l'Europe, comme Alexandre à Babylone. Il a terminé son illustration de Dante, ce poëme dans un poëme, ce chef-
d'œuvre dans un chef-d'œuvre. Après vingt mille dessins, petits et
grands, reproduits et vulgarisés par la gravure sur bois, après la tra-
duction de *Rabelais* en langue visible, après les *Contes drolatiques*,
le *Voyage aux Pyrénées*, *le Juif errant*, *le Chemin des Écoliers*, et
tant d'autres œuvres qui nous paraissaient capitales, Gustave Doré
s'est persuadé qu'il n'avait encore rien fait. Il a voulu prouver aux
connaisseurs et aux artistes que ses premiers travaux, si justement
admirés, n'étaient que les tâtonnements du génie qui se cherche.
Comme ces chevaliers de l'âge héroïque, qui ne croyaient pas avoir
fait leurs preuves tant qu'ils n'avaient pas mis un géant par terre,
il a lutté corps à corps, durant toute une année, avec le rude géant
de Florence. C'est un noble combat, je vous le jure, et les juges du
camp décideront qu'il y a deux vainqueurs et point de vaincu. On
dira que le jeune artiste (il n'a pas encore trente ans) est sorti de
l'Enfer de Dante comme Achille sortit du Styx: invulnérable.

Mais je m'aperçois que l'admiration me pousse à la métaphore.
En relisant le paragraphe ci-dessus, j'y trouve des mots qui n'appartiennent pas à la langue de notre temps, comme *génie, chef-
d'œuvre*, etc. Faut-il les effacer? Ma foi, non. Le lecteur les rétablirait
de lui-même après avoir vu le livre de M. Doré ou simplement les
échantillons splendides qui sont exposés au boulevard des Italiens.

Je vous ai déjà dit un mot de cette exposition permanente, créée par M. Martinet au profit du public et des artistes. Il est probable que nous en parlerons encore, et souvent. On ne saurait trop encourager les établissements artistiques et littéraires qui se fondent sans le concours de l'État. La société chorale de MM. Paris et Chevé, les entretiens et lectures de la rue de la Paix, les expositions du boulevard des Italiens et de la rue de Provence ont droit à toute notre sympathie, à part le mérite des doctrines et le degré des divers talents. C'est qu'on ne saurait trop vivement réagir contre l'indolence de notre nation, qui remet tout aux mains des gouvernements et ne laisse rien à l'initiative des individus. Le peuple français veut être gouverné, comme le lapin aime à être écorché vif. Nous sommes tous les fils ou du moins les bâtards de ces gentilshommes qui ne savaient pas se refuser le luxe d'un intendant, sans ignorer qu'il en coûtait assez cher. Voulons-nous réformer un abus, sentons-nous le besoin de quelque nouveauté utile ou honorable, nous élevons les bras vers ceux qui nous gouvernent, au lieu de nous aider nous-mêmes. Il suit de là que, si les intendants ont l'oreille dure, le bien ne se fait pas, le progrès s'arrête à mi-chemin, les idées fécondes restent en souffrance. Que le ciel nous envoie une administration des Beaux-Arts un peu nonchalante et mondaine, les expositions officielles deviendront de plus en plus rares, et les artistes, privés de tout autre encouragement, s'endormiront. Le salon du boulevard des Italiens est institué tout exprès pour les tenir en éveil. Ce n'est pas une spéculation, ni un commerce. Le produit des entrées paye le loyer et les frais généraux; l'administration peut intervenir gratis entre le producteur et l'acheteur et remettre à l'artiste le prix intégral de son œuvre. Grâce à l'excellente idée de M. Martinet, un peintre n'est plus réduit à passer sous les fourches caudines du marchand, ni à guetter l'heureux accident d'une exposition officielle. Il y a mieux: on peut exposer là les ouvrages destinés au Salon, juger de l'effet qu'ils produisent, et corriger les défauts qui avaient passé inaperçus dans la lumière complaisante de l'atelier. On peut, après le Salon, remettre sous les yeux du public une œuvre sacrifiée que la commission de placement avait portée aux nues, c'est-à-dire au plafond. Les jeunes gens éliminés par le jury du palais de l'Industrie peuvent se pourvoir en appel au boulevard des Italiens. Voici, par exemple, M. Mouchot, un jeune homme sans expérience, mais non sans talent. Ses études du Caire auraient offusqué les yeux académiques de la section des Beaux-Arts, et pourtant la sincérité charmante de ce débutant mérite d'être encouragée. M. Henri de Brackeleer se place dans la même catégorie. Son tableau d'intérieur est une œuvre d'écolier. Mais M. de Brackeleer est un écolier d'une excellente école. C'est un jeune Courbet, mais un Courbet sans morgue, qui n'a pas eu le nez cassé par l'encensoir de M. Champfleury. M. Saint-François, autre élève, mais qui pourra bien devenir un maître.

Tel artiste qui boude les salons officiels ne craint pas de s'exposer ici. Madame Cavé, par exemple. Elle a envoyé deux de ces aquarelles vigoureuses, hautes en couleur et d'une énergie toute masculine, qui nous aveuglent à force de nous éblouir et dérobent au critique lui-même les incorrections du dessin.

Je vous disais qu'une exposition particulière répare quelquefois les injustices du placement officiel. Voyez plutôt les *Pâtres arabes* de M. Gustave Boulanger: ils ont été exposés au Salon; on me le dit du moins et je le crois. Cependant je ne les avais jamais vus, quoique j'aie fureté soigneusement dans les moindres recoins du Palais de l'Industrie.

Comment ai-je donc fait pour ne pas voir, pour ne pas admirer ce merveilleux tableau d'une belle soirée dans le désert? Quel nuage s'est mis devant mes yeux, pour me dérober un aspect si original et si nouveau de l'Algérie? Ce n'est pas le désert de convention, le désert aride, brûlé par le simoûn, la terre cuite au soleil; c'est le désert verdoyant, frais et fleuri, ce grand pâturage d'Afrique où les pluies d'automne réveillent tous les ans une fécondité prodigieuse.

Parmi les peintres auxquels la lumière du boulevard des Italiens aura donné des enseignements utiles, je n'en veux citer que trois: M. Mazerolle, M. Luminais, M. de Curzon. Le tableau de M. Mazerolle, grandement conçu, largement traité, ressemblait hier encore à une décoration en détrempe. Un léger changement dans le fond, un ton nouveau jeté dans le ciel, a modifié en un jour l'aspect de la peinture. Les chairs sont vraies et vivantes; le tableau a gagné cent pour cent.

L'immense composition de M. Luminais, œuvre de vrai talent et de grand courage, paraissait une et solide dans l'atelier. On l'apporte à l'exposition du boulevard, elle faiblit. Hommes et chevaux se dissipent, s'éparpillent, se fondent, s'évaporent comme les flocons d'un ciel pommelé sous les feux du soleil levant. L'artiste vient, voit et s'étonne. Il éprouve cette déception si commune à l'ouverture du Salon. Heureusement, rien n'est désespéré; le Salon officiel n'est pas encore ouvert; il est temps de chercher un remède. A l'œuvre! Le remède est trouvé. Quelques glacis ranimeront les vigueurs molles. Il faut appuyer ici, et là, et un peu partout. Quelques journées de travail, et cette grande toile un peu languissante vivra de la vie la plus robuste.

Vous aussi, mon cher Curzon, mon excellent ami, mon vieux compagnon de voyage, vous tirerez grand profit de cette petite exposition. Non-seulement elle a remis sous nos yeux votre *Jardin du couvent*, une petite merveille de vérité aimable, mais elle vous montrera des imperfections que ni vous ni moi n'avions remarquées dans ce joli tableau de *l'Amour*. Vous sentirez que le ton de la figure est trop pâle, et que le plus puissant des dieux est comme entaché de débilité. Vous éteindrez l'éclat de certains accessoires; vous effacerez quelques boucles de cette belle petite chevelure empruntée à l'agneau de saint Jean-Baptiste. C'est l'affaire de quelques heures pour un homme de votre talent et de votre volonté, et la belle Psyché que nous avons admirée il y a deux ans recevra de vos mains un amant digne d'elle. Ses bras blancs ne seront plus en danger de saisir un nuage rose artistement modelé.

Je ferais concurrence au catalogue si je voulais énumérer ici toutes les œuvres intéressantes qui remplissent l'Exposition du boulevard. Le foyer de la Comédie-Française, démoli pour un an ou deux, a envoyé là les tableaux historiques dont il s'enorgueillissait autrefois. Il y en a de toutes mains: de Gérard et de Dubufe, de M. Delacroix et de M. Picot, de Latour et de Vanloo, et de notre vaillant Geffroy, grand comédien et peintre excellent: *Doctor in utroque*.

La grande nouveauté (pour moi du moins) dans cette collection, c'est la *Mort de Talma*, par M. Robert Fleury. Rien n'est plus vrai, plus poignant, plus mourant que ce dernier acte d'une belle existence tragique. Je croyais connaître l'œuvre complète de M. Robert Fleury; cette page me le montre sous un aspect nouveau. Il est aussi puissant et aussi original dans cette chambre de malade éclairée par un triste rayon de jour pâle et froid, que dans le *Colloque de Poissy*.

Si le premier salon est occupé par les tableaux de la Comédie-

Française, le second et le troisième sont remplis un peu au hasard, dans un désordre charmant, par tous les maîtres de l'école moderne. Madame Rosa Bonheur et M. Troyon s'y disputent, comme partout, l'héritage de Paul Potter. M. Corot, le plus jeune, le plus frais et le plus poétique des paysagistes, M. Corot, l'homme-printemps, y conduit le chœur des nymphes au bord des eaux claires, sous la tendre feuillée. En approchant de ses tableaux, on entend le chant des oiseaux, le bruissement des lézards sous l'herbe, et aussi quelque vague harmonie oubliée dans les airs par la lyre de Théocrite. Une vague senteur de foin coupé vous enivre, et le cœur se gonfle doucement.

M. Daubigny a-t-il jamais rien exposé de plus beau que cette peinture du soir et ce troupeau rentrant au village sous le regard de la lune? Je ne sais. Voici une, deux, trois toiles de M. Théodore Rousseau. Les premières ne sont que des études de maître; la troisième a l'aspect grandiose et les lignes d'un paysage historique. Parlerons-nous maintenant de M. Tabar, de M. Villevieille et de M. Harpignies? Je n'ose trop; j'ai pris d'un ton trop haut. Et pourtant, que de grâce et de vérité dans les deux derniers, et quelle vigueur dans l'autre!

Prenez vos lunettes bleues: ceci vous représente les lagunes de Venise, embellies par le pinceau prismatique de M. Ziem. Nous irons voir ensuite les portraits de M. Ricard et de M. Bonnegrâce, éclairés par un pétard de lumière en plein visage, et nous viendrons nous reposer de nos éblouissements devant la *Marie-Antoinette* de M. Müller.

C'est une toile de grande valeur, juste d'aspect et de proportion, composée avec beaucoup de goût, élaborée consciencieusement à la lumière la plus vraie de l'histoire. Je ne crois pas que M. Müller ait jamais montré plus de talent que dans ce petit drame politique, bourgeois et surtout humain, car il n'y a point d'indifférence ou d'esprit de parti qui tiennent là contre. Malheureusement, le drame est plutôt dans le sujet et dans la composition que dans la peinture. M. Müller, si vivant et si bien portant, périra par le joli. C'est son ver rongeur. Les bourreaux de la reine sont destinés à nous faire peur; et cependant ils sont presque jolis. Leurs gilets chatoient par la force de l'habitude ou du tempérament de M. Müller. Les rayons de lumière folâtrent dans le cachot, comme ces polissons du cimetière qui jouent aux billes sur une tombe.

Je suis sûr que j'oublie une bonne moitié de ce que je voulais vous dire, car nous n'avons parlé ni de M. Delacroix, ni d'une merveilleuse aquarelle de M. Gavarni, ni d'un *tableau* de M. Daumier, un vrai tableau, ma foi! une sorte de Millet mâtiné de Decamps.

Nous n'avons rien dit de M. Diaz, qui pourtant a exposé là quelques-uns de ses plus petits et de ses meilleurs ouvrages. Nous avons passé sous silence la peinture de M. Chaplin, une jeune personne qui a la voix aussi fausse que fraîche. Il est trop facile de la critiquer, mais on ne se lasse pas de l'entendre.

Ce qu'on ne saurait oublier sans ingratitude, ce sont les derniers ouvrages de Decamps. Ce qu'on ne pourrait omettre sans crime, c'est la sœur de la *Vénus Anadyomène*, la nièce de l'*Odalisque, la Naïade* de M. Ingres.

Vous vous demanderez sur quelle herbe j'ai marché, mais c'est plus fort que moi, il faut encore que je crie au chef-d'œuvre. Jamais le roi, jamais le dieu de la peinture moderne, jamais M. Ingres n'a rien exposé de plus noble, de plus chaste, de plus beau, de plus parfait, de plus divin.

Il faudrait ressusciter Virgile et Racine et tous les Ingres de la poésie pour louer dignement ce miracle de l'art; il faudrait relever les temples de la Grèce pour donner à cette naïade un logement digne de sa beauté.

J'ai entendu plus d'un critique assez stupide pour avancer que M. Ingres n'était pas coloriste. Peut-être même ai-je imprimé moi-même cette monstruosité-là. Eh! qu'est-ce donc que la couleur de cette naïade, sinon le coloris même de la vie? Ne dirait-on pas que la lumière est heureuse de se répandre autour des formes divines de ce beau corps, d'en caresser les contours, de l'envelopper amoureusement, comme ces fleuves de la Fable qui noyaient leurs maîtresses dans un embrassement!

Et voilà ce qu'on appelle une œuvre de vieillesse! Que notre génération est caduque, si je la compare à ces vieillards-là! Ils sont quelques-uns à Paris qui entament gaillardement leur troisième ou leur quatrième jeunesse. Allez entendre *la Circassienne* après avoir vu *la Naïade*, et lisez les premières livraisons de *Jessie* avant de vous mettre au lit!

Un dernier mot, s'il vous plaît. J'ai peur d'avoir été trop long.

VIII. LE MONT-DE-PIÉTÉ

Ma chère cousine,

La loi française punit sévèrement le prêt sur gages et l'usure; mais elle autorise un établissement de bienfaisance qui prête sur nantissement à 10 pour 100 d'intérêt. Cette terrible antithèse de la Caisse d'épargne est le Mont-de-Piété de Paris.

L'État le met au rang des établissements de bienfaisance; voici pourquoi: Au lieu de capitaliser ses bénéfices, le grand usurier de la rue de Paradis les verse tous les ans dans la caisse de l'assistance publique. Il prête à 10 pour 100, ce qui est monstrueux, mais au profit des hospices. C'est un philanthrope qui envoie les pauvres à l'hôpital et qui vient lui-même les y soigner.

Si tous les bénéfices du Mont-de-Piété avaient été cumulés depuis la fondation, au lieu de tomber dans la caisse des hospices, ils formeraient aujourd'hui un capital de près de vingt millions, et l'on pourrait abaisser à 5 pour 100 le taux de l'intérêt. Et l'on ne verrait pas des phénomènes aussi curieux que celui-ci, par exemple:

Un riche spéculateur a des valeurs mobilières en portefeuille; il les met en gage à la Banque, et la Banque lui prête à 4 pour 100. Un pauvre diable possède un matelas de cinquante francs; il le met en gage rue de Paradis, et le Mont-de-Piété lui prête quelques sous à 10 pour 100. Cependant les actions des chemins de fer et des compagnies industrielles déposées par le riche capitaliste sont plus sujettes à dépréciation que le matelas du malheureux.

Autre absurdité digne de remarque, parce qu'elle offusque le sens moral. La loi permet au créancier de vendre tous les meubles de son débiteur, le lit excepté. Mais, si le créancier s'appelle le Mont-de-Piété et s'il demeure rue de Paradis, il vend tous les jours à l'encan, par l'entremise de quatorze commissaires-priseurs, quelques milliers de matelas et de couvertures appartenant à ses débiteurs.

Cette institution paradoxale date de Louis XVI. Le Mont-de-Piété a été fondé par lettres patentes du 9 décembre 1777, et ouvert le 1er janvier 1778. «C'est un plan, dit Louis XVI, uniquement formé dans des vues de bienfaisance et digne de fixer la confiance publique, puisqu'il assure des secours d'argent peu onéreux aux emprunteurs dénués d'autres ressources, et que le bénéfice qui résultera de cet établissement sera entièrement appliqué au soulagement des pauvres et à l'amélioration des maisons de charité.» (*Préambule des lettres patentes de 1777.*)

Le gouvernement avait décrété que les nantissements ou gages offerts au Mont-de-Piété seraient mis en dépôt dans un bâtiment du couvent des Blancs-Manteaux. Les bons moines jetèrent les hauts cris. J'ai sous les yeux la lettre qu'ils écrivirent au ministre, puis au roi, pour décliner l'honneur qu'on leur imposait.

«Qu'il soit permis à des religieux qui n'ont d'autre ambition que de servir Dieu et d'être utiles à l'Église et à l'État, selon les lois de leur profession…»

Quels services les Blancs-Manteaux pouvaient-ils bien rendre à l'État? Ils le disent eux-mêmes dans la péroraison de cette curieuse supplique:

«… Pour qu'on renonce à un projet dont l'exécution ne serait propre qu'à troubler de toute manière le repos et la tranquillité d'une communauté de religieux qui, nous devons le dire, ne cessent de lever les mains vers le ciel pour en attirer sur sa personne sacrée, ainsi que sur la famille royale et sur tout le royaume, les grâces et les bénédictions les plus abondantes.»

Je ne veux pas énumérer ici les raisons alléguées par les bons Pères dans l'intérêt de leur repos et de leur tranquillité; mais il n'est peut-être pas inutile de citer le passage suivant:

«Nous ne dissimulerons pas à Votre Grandeur qu'il ne nous paraît rien moins que conforme à la loi de Dieu et aux règles de l'Église sur l'usure; en quoi notre façon de penser est parfaitement conforme à celle de monseigneur notre archevêque et à la consultation donnée à ce sujet par la Sorbonne, le 17 juin 1765.

«Il en est de cet établissement comme de certains autres, qu'un prince sage croit pouvoir tolérer pour empêcher les plus grands maux. Mais cette tolérance purement civile, et qui ne fait que soustraire les coupables à la vengeance des lois humaines, ne les soustrait point à celle de Dieu.»

Il est évident que les Blancs-Manteaux assimilaient le Mont-de-Piété aux maisons de tolérance. Étaient-ils dans le vrai? Je le crois.

Mais

L'oiseau de Jupiter, sans entendre un seul mot,
Choque de l'aile l'escarbot,
L'étourdit, l'oblige à se taire.

Le gouvernement de Louis XVI ferma l'oreille, institua les commissionnaires au Mont-de-Piété le 6 septembre 1779, et publia en dix ans, du 9 décembre 1777 au 3 février 1787, plus de quarante lettres patentes, arrêts de parlement, arrêts du Conseil du roi, sentences de police, qui témoignent de sa sollicitude pour cette nouvelle institution.

Supprimé par la Révolution, rendu aux hospices l'an V de la République, paralysé sept ans par la concurrence des Lombards, le Mont-de-Piété rentra en possession de tous ses priviléges, le 16 pluviôse an XII, et fut réorganisé définitivement par le décret du 24 messidor an XIII, qui a encore force de loi en avril 1861.

Voici, ma chère cousine, l'organisation actuelle du Mont-de-Piété: Cet usurier privilégié, ou, pour parler poliment, ce banquier opère sans capital. Il est régi pour le compte des hospices, logé dans un immeuble (l'ancien couvent des Blancs-Manteaux) qui appartient aux hospices.

Avant de prêter aux nécessiteux de la ville de Paris, il emprunte.

A qui?

1° A l'administration des hospices de Paris, qui place ainsi une partie de ses fonds disponibles;

2° A tous les comptables des établissements de bienfaisance, qui, aux termes des instructions ministérielles, sont tenus de fournir un cautionnement en numéraire;

3° Enfin, à des tiers, sur billets au porteur, à un an de date.

Sa première opération est donc l'emprunt. Le prêt, qui est le but de l'institution, ne vient qu'en seconde ligne.

Un homme pressé d'argent se présente dans les bureaux avec un objet mobilier, couverture de laine ou rivière de diamants, peu importe. Un commissaire-priseur estime le nantissement. Le Mont-de-Piété prête les quatre cinquièmes de la valeur estimative, s'il s'agit de matières d'or ou d'argent, les deux tiers dans tous les autres cas.

L'emprunteur reçoit le montant du prêt; on lui délivre une *reconnaissance* au porteur: le gage ou nantissement est déposé dans les magasins. Il y a quelque chose comme soixante millions de valeurs dans les magasins du Mont-de-Piété.

Dans le cours de quatorze mois, le nantissement est dégagé par le propriétaire, ou vendu par le créancier, à moins qu'on ne renouvelle l'engagement. Un mot sur chacune de ces opérations: le dégagement, le renouvellement, la vente.

Le dégagement libère les deux parties. L'emprunteur rend l'argent, et paye les droits. Le prêteur rend le gage et reprend sa reconnaissance.

Le renouvellement est un engagement nouveau, contracté dans la même forme et aux mêmes conditions que la première.

La vente liquide le magasin. Elle se fait aux enchères publiques, par l'entremise d'un des quatorze commissaires-priseurs attachés spécialement au Mont-de-Piété. Ces officiers ministériels, solidairement responsables de toutes les pertes qui pourraient résulter de leur appréciation, prélèvent un demi pour 100 sur la somme prêtée, et 3 pour 100 sur le montant de la vente.

Le Mont-de-Piété se rembourse, capital et intérêts, et met l'excédent ou *boni* à la disposition de l'emprunteur. Dans les trois années qui suivent l'engagement, le porteur de la reconnaissance a le droit de réclamer le *boni*.

Ce terme écoulé, une prescription spéciale fait tomber le *boni* dans la caisse des hospices.

Ce mécanisme est fort simple, et je n'y vois rien à reprendre, sauf le taux exorbitant de l'intérêt.

On peut regretter que les banqueroutiers, les voleurs et les malfaiteurs de toute espèce, abusant de la facilité des engagements, fassent jouer au Mont-de-Piété le rôle de recéleur. On peut blâmer les ouvriers de Paris qui engagent étourdiment le petit avoir de leur famille pour satisfaire une fantaisie de carnaval. Mais il faut rendre justice à M. Framboisier de Baunay et à tous les honorables organisateurs qui ont mis à la portée des nécessiteux une ressource plus innocente que le crime.

Il est fâcheux sans doute que le pauvre emprunte à 10 pour 100 d'intérêt, quand le riche trouve de l'argent à 5; mais j'aime mieux voir les gueux porter leur montre rue de Paradis que les entendre crocheter ma porte.

Entre le Mont-de-Piété et ses clients, il s'est établi, dès le principe, une corporation intermédiaire. Je t'ai dit que nous avions des *commissionnaires* depuis 1779.

L'administration a reconnu dès le principe que la longueur des distances, la timidité naturelle aux emprunteurs, la rusticité particulière aux petits employés à quinze cents francs, et mille autres raisons empêcheraient le public de se porter en foule rue de Paradis. Dans l'intérêt de tous, et dans son intérêt propre, elle a permis à vingt commissionnaires ou intermédiaires officiels de s'établir dans les divers quartiers de Paris. Elle les choisit elle-même, s'assure de leur solvabilité et de leur moralité, et leur demande un cautionnement.

Le commissionnaire ne prête pas; il avance l'argent, sous sa responsabilité personnelle. S'il se trompe sur la valeur du nantissement, tant pis pour lui. Ses opérations sont approuvées, rejetées ou modifiées par l'administration souveraine. Supposé que je lui porte ma montre et qu'il m'avance cent francs; le Mont-de-Piété examine le gage et ne prête que trois louis. Le commissionnaire sera censé m'avoir prêté lui-même les quarante francs de différence, et il ne percevra sur cette somme qu'un intérêt de 6 pour 100, au lieu de 10.

Les obligations du commissionnaire sont celles de l'emprunteur; il se substitue à son mandataire et le représente auprès de l'administration. Il engage, renouvelle, dégage, touche le *boni* après la vente, comme s'il était muni d'une procuration en bonne forme.

Ses services ne sont pas gratuits, tant s'en faut. Il touche 2 pour 100 sur les engagements et les renouvellements, 1 pour 100 sur les dégagements et le montant des *boni*. Le malheureux qui emprunte à 10 au *Grand Mont* emprunte à 13 par l'entremise du commissionnaire. C'est une énormité greffée sur une autre.

Cependant je dois avouer que le public des emprunteurs se porte volontiers au bureau du commissionnaire. Est-ce uniquement pour le plaisir de donner 3 pour 100 de plus? J'en doute. C'est plutôt parce que les employés du Grand Mont sont complaisants comme les engrenages d'une machine à vapeur, souriants comme

les verrous d'une prison, hospitaliers comme ces tessons de bou-
teille qu'on maçonne au sommet des murs mitoyens. Pourquoi fe-
raient-ils bon visage aux emprunteurs? Le caissier ne leur donnera
pas dix francs de plus à la fin du mois.

Le commissionnaire a d'autres façons d'agir. L'intérêt personnel
le pousse à retenir les emprunteurs et à se faire une clientèle. Il
sourit aux arrivants; il cause, il écoute les confidences, il donne
une marque de sympathie aux malheureux, il abrége les formalités,
il épargne l'ennui et la honte, il ouvre des portes discrètes par où
l'on s'échappe sans rougir. Ajoute que l'emprunteur est plus à l'aise
devant un mandataire qu'il paye au taux de 2 pour 100, qu'en présence d'un fonctionnaire désintéressé et maussade.

Il suit de là, ma chère cousine, que les vingt commissionnaires
de Paris touchent environ quatre cent mille francs par an. C'est
vingt mille francs par tête. Ne te récrie pas sur l'énormité du
chiffre. D'abord, la somme ne se répartit pas également. Un de
ces messieurs, plus habile et mieux achalandé que les autres, en-
caisse jusqu'à soixante et dix mille francs par année; il y en a donc
plusieurs qui restent bien au-dessous de la moyenne. D'ailleurs,
ce n'est là qu'un produit brut. Il faut en déduire l'intérêt du cautionnement (le Mont-de-Piété, qui prête à 10, ne paye que 3 pour
100), l'intérêt du fonds de roulement, les frais généraux, tels que
loyers, commis, porteurs, voiture, imprimés, registres, éclairage,
chauffage, pertes par erreur d'appréciation, erreur de caisse, abus
de confiance, etc., etc. Tout compte fait, tu verras que plus d'un
commissionnaire donne son temps, sa liberté et son intelligence
pour un millier d'écus par an. Ce qui est modeste.

Il n'est pas moins vrai que les nécessiteux de Paris, déjà ruinés par
l'usure du Grand Mont, laissent encore quatre cent mille francs par
an dans les bureaux des commissionnaires.

Quelques directeurs de Mont-de-Piété ont cherché le remède à
ce mal. Je l'aurais cherché comme eux, si j'avais été à leur place.
L'intérêt personnel serait venu aiguillonner en moi le zèle du bien
public. Ménager l'argent des pauvres emprunteurs, ruiner les commissionnaires dont quelques-uns faisaient des fortunes insolentes,
agrandir le domaine de l'administration, créer des emplois nouveaux, placer des clients, doubler l'importance et les honoraires de
la direction, c'était une perspective séduisante.

A la fin de 1837, M. J. Delaroche, frère du peintre illustre et regretté, obtint la place de directeur. Il proposa de créer des succursales qui prêteraient à 10 pour 100 comme le Grand Mont, et tueraient les intermédiaires. Il semblait évident que le public ne serait pas assez sot pour emprunter à 13, lorsque, dans la même rue et pour ainsi dire à la porte du commissionnaire, on lui offrirait de l'argent à 10. Le conseil d'administration, après s'être fait un peu tirer l'oreille, créa deux bureaux auxiliaires dans Paris. Les commissionnaires n'y perdirent rien. Mais, une année après l'ouverture de ces bureaux, on découvrit, dans les bureaux du chef-lieu, un déficit de plus de trente mille francs. L'innovation de M. J. Delaroche fut blâmée comme imprudente. L'inventeur, jeune encore, prit sa retraite.

Mais cette théorie fut reprise par M. Ledieu, aujourd'hui régnant, qui, à force de volonté et de persévérance, a su la faire passer dans le domaine des faits. Vingt bureaux auxiliaires, disséminés dans tout Paris, invitent les emprunteurs à mettre leur montre en gage; vingt bureaux offrent au public l'argent du Mont-de-Piété. Entrez, bonnes gens, et n'allez plus chez le commissionnaire, qui vous prenait 13 pour 100! Voici de l'argent pour rien, de l'argent à 10! c'est donné!

Veux-tu savoir, ma chère cousine, ce que le public a répondu?

Les vingt bureaux auxiliaires ont fait, en 1860, plus de quatorze cent mille engagements.

Mais les commissionnaires au Mont-de-Piété, qui avaient gagné quatre cent mille francs en 1859, en ont encore gagné quatre cent mille (à sept mille francs près) en 1860.

Donc, la concurrence des bureaux auxiliaires n'a pas détourné la clientèle des commissionnaires, et nous avons toujours le même nombre de Parisiens qui empruntent à 13 pour 100.

Mais, en revanche, la provocation permanente de ces nouveaux établissements, qui viennent pour ainsi dire exciter les gens à l'emprunt, a jeté plus de cent mille infortunés dans les griffes de l'usure.

Quel résultat! un million quatre cent mille objets mobiliers détournés des pauvres ménages! Combien de matelas, combien de berceaux, combien de couvertures de laine, par cet hiver de dix degrés! Et cela pour tuer vingt malheureux commissionnaires, qui d'ailleurs se portent bien.

Le Mont-de-Piété aura désormais vingt mille francs à dépenser tous les ans pour chacun de ces bureaux; quatre cent mille francs au total. C'est quatre cent mille francs de moins à verser annuellement dans la caisse des hospices. Le chiffre paraît exorbitant, il est modeste: vingt loyers, vingt chefs de bureau; le matériel et le personnel! Il a fallu même doubler le traitement du directeur, depuis que l'administration a pris cette étendue. Douze mille francs suffisaient en 1852. Aujourd'hui, nous payons quinze mille francs de fixe, trois mille francs d'indemnité de logement, et six mille francs pour une voiture. Vingt bureaux ne se visitent pas à pied.

Est-ce tout? Hélas! non. Je t'ai dit en passant que la création des deux premiers bureaux auxiliaires avait fait un vide de trente mille francs dans le magasin central. Depuis que nous sommes en possession de vingt bureaux, le danger se décuple.

On parle (à tort, sans doute) de nantissements égarés, de déficits importants et d'un désordre inextricable. On avance des faits plus graves encore, et les journaux étrangers ne se font pas faute d'accuser l'administration centrale. Il a fallu que M. le préfet de la Seine reportât son attention de ce côté et négligeât un instant la démolition de Paris. Une commission d'enquête, présidée par M. le procureur général en personne, recherche vigoureusement les coupables.

Eh! messieurs, ne cherchez pas si loin! Nous serons bien avancés quand vous aurez envoyé quelques malheureux aux galères! Le vrai coupable, c'est le nouveau système, le système des bureaux auxiliaires. C'est à lui seul que j'en veux.

Ces bureaux n'ont pas de magasins et n'en sauraient avoir. Ils ne reçoivent les gages que pour les renvoyer au chef-lieu. De là naît un ordre nouveau, ou, pour mieux dire, la perturbation de l'ordre établi.

L'organisation logique du Mont-de-Piété est indiquée par la nature de ses opérations. Il prête de l'argent, il reçoit des objets mobiliers. Quand les écus sortent de la maison, les gages y entrent, et réciproquement. La comptabilité des espèces fait équilibre à la comptabilité des matières. Le caissier donne et reçoit l'argent, tandis que le chef des magasins reçoit ou rend les gages. Tout gravite autour de ces deux chefs de service et la responsabilité se partage entre eux. La comptabilité des espèces est une science assez avancée; celle des matières est un peu plus neuve: le ministre de la marine sait ce que coûte à la France l'éducation des comptables de ses arsenaux. Au Mont-de-Piété, le caissier n'a jamais plus de deux cent mille francs à sa disposition; le chef des magasins a toujours sous la main plusieurs millions en pierreries.

Toutefois, dans l'état normal et régulier, avant la naissance des bureaux auxiliaires, les précautions les plus minutieuses étaient prises contre la perte ou le vol des nantissements. Le rôle de chaque agent était tracé et sa responsabilité définie. Le nantissement, à peine engagé, passait au magasin: les bijoux au premier étage, les hardes au-dessus, les matelas dans les combles, les objets les plus lourds au rez-de-chaussée.

Une fois installé dans sa case, le gage ne pouvait sortir du magasin que pour être remis au porteur de la reconnaissance, contre le remboursement du prêt et des droits. L'entrée était constatée par des écritures, contrôlant les bureaux d'engagement; la sortie était établie par des écritures, contradictoirement avec les bureaux de recette; et cette double opération maintenait un équilibre parfait entre le magasin et la caisse.

Que les temps sont changés!

S'agit-il d'un engagement, l'emprunteur, qui s'est adressé à l'un des bureaux auxiliaires, reçoit le montant du prêt sans attendre; mais son nantissement n'entre en magasin que le lendemain ou le surlendemain, ou même plus tard.

S'agit-il d'un dégagement, l'article est demandé vingt-quatre heures à l'avance, et le magasin se dessaisit sans que le prêt soit encore remboursé. La caisse prête donc tous les jours avant la garantie; le magasin restitue avant le remboursement.

Et si dans leur séjour au dehors, ou dans le double trajet qui les mène au chef-lieu et les ramène au bureau, les nantissements ou les fonds sont perdus ou volés, sur qui tombe la perte?

Sur le chef des magasins? sur le caissier? Évidemment, non. Leur garantie ne peut s'étendre aux objets qu'ils n'ont pas encore reçus ou qu'ils ont livrés régulièrement.

Sur le chef du bureau auxiliaire? Mauvaise garantie. A moins qu'on n'exige de lui un énorme cautionnement; auquel cas il faudra lui donner un traitement énorme; et les bureaux auxiliaires coûtent déjà bien assez cher.

Un des quarante ou cinquante témoins entendus par la commission d'enquête a dit, dans son interrogatoire: «Je n'accepterais pas la direction du Mont-de-Piété avec cinquante mille francs d'appointements, s'il me fallait combler les vides qui se sont faits dans les magasins.»

Un respectable fonctionnaire, qui a travaillé au Mont-de-Piété dans des jours meilleurs, m'écrivait encore ce matin: «Notre pauvre magasin est un gouffre où l'on met, où l'on prend, sans compter.»

Je crois que le directeur actuel, M. Ledieu, est un très-galant homme; qu'il a tout fait pour le mieux, et que son cabinet de la rue de Paradis est pavé de bonnes intentions. Mais, si mes observations pouvaient l'éclairer sur son erreur, et si j'avais sauvegardé le patrimoine des pauvres, mon encre et mon temps ne seraient point perdus.

IX. LE JURY DE L'EXPOSITION

Ma chère cousine,

Tu me demandes s'il est vrai que j'aie répondu à la brochure de M. le duc d'Aumale? Fi donc! Je ne suis pas un bravo, pour venger les injures d'autrui. Les personnages attaqués sont assez grands pour se défendre eux-mêmes. M. le duc d'Aumale ne m'a jamais rien fait, à moi, et je n'ai aucune raison de le haïr; mais, fussé-je son plus mortel ennemi, j'aurais les mains liées par la saisie de sa brochure. On ne frappe pas un homme à terre, on ne réplique pas à un contradicteur bâillonné, on ne réfute pas un ouvrage saisi.

Au demeurant, toutes les fois que les imbéciles de Quévilly m'imputeront des pamphlets anonymes, tu pourras leur répondre hardiment que je signe tout ce que j'écris.

Puisque j'ai commencé cette lettre par une réclamation contre la sottise des hommes, je veux relever ici une réclamation qui m'est arrivée dans la semaine. Elle vient du Mont-de-Piété, ou des environs.

Les désordres ont peut-être plus de gravité que je ne te l'avais dit. Les nantissements perdus ou dérobés, dans le trajet entre les bureaux auxiliaires et le chef-lieu, représentent, me dit-on, une valeur considérable. Pour remédier à ces accidents de force majeure sans mettre à nu le vice de la nouvelle organisation, on m'assure que l'honorable directeur du Mont-de-Piété a trouvé plus simple et plus expéditif de déduire quelques billets de mille francs sur les recettes.

On ne demandait pas l'argent au caissier central, qui l'aurait certainement refusé; on s'adressait tantôt à l'un, tantôt à l'autre des sept receveurs du chef-lieu. Ces employés subalternes et dépendants livraient les fonds demandés contre des *bons de déduction* qu'ils annexaient à leur bordereau de la journée, et l'irrégularité prenait ainsi une couleur de comptabilité.

Si mon correspondant ne ment pas, c'est quelqu'un de ces pauvres receveurs si dépendants et si timides qui a pris sur lui d'avertir M. le préfet de la Seine. Il craignait que l'usage des *bons de déduction* ne dégénérât en abus, et que la facilité de prélever une somme indéterminée sur la recette de chaque jour ne portât au bien des pauvres un préjudice grave.

Fondée ou non, cette accusation méritait un sérieux examen. Nul ne met en doute la délicatesse de M. le directeur du Mont-de-Piété; mais la comptabilité a des lois inviolables, et personne en France ne doit éluder le contrôle de la Cour des comptes.

M. le préfet de la Seine, au milieu des grands travaux qui l'occupent, n'a pu s'empêcher d'accorder une certaine importance à cette misère. Pour un homme qui nage dans les millions comme le poisson dans l'eau, les centaines de mille francs ne sont que des gouttes. Cependant il fallait montrer quelques égards à la loi, cette divinité aveugle qui pèse dans la même balance les millions et les centimes.

On ouvrit donc une enquête, et trois personnages importants, choisis dans la commission municipale, trois hommes de la capacité la plus incontestable et de la plus haute intégrité, furent commis au soin de recueillir les témoignages.

J'ai une confiance absolue dans le résultat de cette instruction extra-légale. Mais je me demande cependant pourquoi les tribunaux n'ont pas été saisis. Il y a des magistrats à Paris, et tous les juges ne sont pas à Berlin. A quoi bon rétablir les juridictions exceptionnelles? On n'a pas fait la révolution de 89 pour que le maire de

Paris s'attribue les prérogatives du pouvoir judiciaire.

Je suppose que la commission, après avoir constaté des irrégularités regrettables, mais considérant que la direction était de bonne foi, qu'il faut éviter le scandale et laver le linge sale en famille, renvoie tous les accusés avec une réprimande paternelle. Qu'arrivera-t-il? Les hommes courageux qui ont provoqué cette enquête, les témoins qui ont déposé selon leur conscience, seront livrés à la rancune de leurs chefs. Et les choses reprendront le même train que devant, avec un peu moins de courage chez les subalternes et un peu plus de hardiesse chez les supérieurs.

Le résultat serait bien différent si l'affaire s'était étalée au grand jour, devant les juges ordinaires. C'est dans le domicile des lois que la vérité s'exprime librement, que les innocents marchent la tête haute. Il n'y a point de ténèbres administratives qui ne se dissipent aux rayons de cette admirable lumière. Non-seulement les gens de bien auraient été rassurés et les coupables confondus, mais l'institution même eût montré ses bons et ses mauvais côtés, ses avantages et ses vices. Qui sait si, au lendemain d'un tel procès, le gouvernement n'aurait pas fermé les bureaux auxiliaires, sources premières de tout le mal?

Peut-être eût-on fait mieux encore. La plupart des abus, c'est une justice qu'il faut rendre à notre temps, ne subsistent que parce qu'ils sont ignorés. Pour abattre les monstres les plus invincibles, il n'est pas besoin d'emprunter la massue d'Hercule: la lanterne de Diogène suffit. Lumière! lumière! Un rayon de lumière a mis à nu les turpitudes de nos moines et de nos ignorantins, et la société recule d'horreur à l'aspect de leurs antres. Un rayon de lumière montrerait au gouvernement qu'il est absurde de prêter à 10 pour 100 sur les matelas des pauvres, pour le plaisir de verser un demi-million tous les ans dans la caisse des hospices. Rendez ce demi-million à la classe indigente avant qu'elle soit réduite à l'hôpital. Abaissez le taux de vos prêts; les hôpitaux auront moins de locataires.

Si pourtant vous craignez de diminuer les revenus de l'assistance publique, je vais vous fournir un moyen de combler le vide. Il y a tous les ans un millier d'individus qui donnent ou lèguent tout ou partie de leur fortune aux églises, aux couvents, aux hospices. Sur ces libéralités, les hospices ont la petite part et les couvents la grande. A qui la faute? A vous, gouvernement, qui accroissez en richesses et en puissance vos plus mortels ennemis.

Relisez le *Bulletin des Lois*; vous verrez qu'en douze ans ils se sont enrichis de cent millions par votre complaisance. Ces subsides ont servi à bâtir de petites forteresses, d'où l'on vous fusille impunément à coups de pamphlets et de sermons. Vos ennemis sont puissants parce qu'ils sont riches, et ils sont riches parce que vous l'avez bien voulu. Arrêtez ce courant qui entraîne les capitaux de la nation vers la tanière des moines, ou plutôt détournez-le vers les hospices et les hôpitaux.

Mais pardon, ma chère cousine. L'exposition des Beaux-Arts ouvre le 1ᵉʳ mai. Le jury termine ses opérations cette semaine, et c'est de ce sujet intéressant que je voulais t'entretenir.

On m'en parle beaucoup, à moi, et les rigueurs du jury m'ont attiré bon nombre de visites.

—Monsieur, me dit un peintre en enfonçant ma porte, vengez-moi de ces animaux-là! Ingres et Delacroix sont jaloux de moi, parce que j'ai plus de dessin que l'un et plus de couleur que l'autre. Ils se sont entendus pour me refuser.

—Monsieur, s'écrie un autre, il y a des abus intolérables. Le jury se compose, soi-disant, de tous les membres de l'Institut. Mais les grands et les bons n'y mettent pas le pied. M. Ingres, M. Delacroix, M. Horace Vernet, M. Léon Cogniet n'ont point assisté aux séances. Nous sommes jugés par M. Picot, qui ne connaît que ses élèves, et par des gens du monde, académiciens libres, qui ne connaissent que leurs amis.

—Monsieur, dit une dame, j'ai fait pour trente mille francs de sculpture, quatre groupes de bronze, rien que cela! Je ne puis vendre mes ouvrages qu'au Salon; mais M. de Nieuwerkerke, qui ne me connaît pas, m'a voué une haine mortelle. Il prévoit que son *Guillaume d'Orange*, une statue de pacotille, comme vous le savez bien, sera mis au rebut lorsqu'on aura vu mes groupes.

—Monsieur, reprend une jeune fille très-gentille et très-spirituelle, ma foi! je suis une malheureuse enfant sans protection, et tous mes tableaux ont été repoussés! J'ai fait agir la bonne duchesse de B…, et madame la princesse de H…, et ce bon vieux baron de Z…, et le comte A…, deux présidents à la Cour, trois députés, quatre sénateurs, deux ministres! Mais, parce que je suis une pauvre enfant livrée à ses propres forces, que je ne fais pas de visites et que je reste dans mon coin, je n'ai pas pu résister à la brigue. Je m'y attendais, d'ailleurs, et je ne voulais pas exposer. Le livret est imprimé depuis quinze jours! Vous voyez bien que le jury ne s'assemble que pour la forme.

—Monsieur, dit un artiste chevelu, je ne me plains pas pour moi; je suis accoutumé aux rigueurs du jury. Ce qui m'étonne, c'est qu'il ne trouve pas le moyen de me renvoyer six tableaux quand j'en envoie cinq. Mais ils ont refusé Millet! Y en a-t-il un seul à l'Institut qui aille à la cheville de Millet?

Je congédie mes visiteurs avec de bonnes paroles, désolé de n'avoir rien de mieux à leur offrir. Il y a de tout dans ces doléances: du faux, du vrai, de l'absurde. Dans tous les cas, c'est matière à réflexion.

Mais voici bien une autre affaire. Avant de me lancer en don Quichotte dans une campagne contre l'Institut, j'interroge un peintre de quelque renom, pour qui l'examen du jury n'est qu'une question de forme.

—Le jury? me répond-il. Il a été, cette fois, d'une complaisance honteuse, et les bons tableaux, comme les miens, seront perdus dans la multitude des croûtes.

En présence de tels renseignements, ma chère cousine, je ne me charge pas de décider si le jury de 1861 s'est montré indulgent ou sévère. Tout me porte à croire qu'il a été l'un et l'autre à la fois, comme toujours. Je tiens que l'Institut, dans son ensemble, est compétent en matière d'art. Je sais pourtant que des préjugés d'école peuvent, dans certain cas, faire exclure un ouvrage remarquable. Je vois aussi que diverses influences font admettre souvent des croûtes scandaleuses. J'ai constaté que l'admission ou l'expulsion d'un artiste était quelquefois soumise au hasard.

Il se peut qu'en l'absence de M. Ingres, de M. Delacroix, de M. Cogniet et de M. Horace Vernet, qui s'abstiennent généralement, un tableau soit jugé par deux graveurs, trois sculpteurs et un architecte. Le public et les artistes imputent quelquefois à l'Académie tout entière les bévues ou les mauvais vouloirs de quelques-uns de ses membres. D'ailleurs, je n'ai pas vu le Salon de cette année, et je n'y entrerai que le 1ᵉʳ mai au matin, avec la foule. C'est pourquoi je laisse de côté tous les faits particuliers, et je me jette à corps perdu dans la question générale.

Est-il bon que les œuvres d'art, avant d'être exposées au public, soient soumises à l'examen d'un jury?

Il me vient à l'esprit une assimilation qui me paraît frappante. Tu la prendras pour ce qu'elle vaut.

Que penserions-nous du gouvernement impérial si nous lisions au *Moniteur* le décret suivant:

«Considérant que les lettres, aussi bien que les arts, ont contribué, contribuent, et contribueront toujours à la gloire de la France;

«Qu'elles ont droit, comme les arts et dans une égale mesure, à notre haute protection;

«Que ces deux genres de production de l'esprit doivent être soumis au même régime,

«Avons décrété et décrétons ce qui suit:

«Article premier.—La publication des ouvrages de l'esprit, tels que livres d'histoire et de genre, romans, nouvelles, brochures, articles de journal, etc., aura lieu tous les deux ans.

«Art. 2.—Aucun ouvrage de l'esprit ne pourra être exposé devant le public, c'est-à-dire publié, sans l'autorisation de l'Académie française.

«Art. 3.—Ne seront pas soumis à l'examen du jury les écrivains décorés de la Légion d'honneur à l'occasion de leurs ouvrages.»

Le lendemain, les écrivains semi-officiels célébreraient ce nouveau décret dans un ingénieux commentaire:

«Tous les amis d'une sage liberté applaudiront à la haute initiative qui soumet les lettres françaises à un régime qui a déjà fait ses preuves et donné les plus heureux résultats. Si, des bas-fonds de la démagogie, quelque voix mécontente osait s'élever contre le nouveau décret, nous répondrions avec assurance: Nos arts ont prospéré sous un régime paternellement restrictif; pourquoi refuserait-on la même faveur aux lettres françaises? Sans le frein salutaire du jury, la face de la terre serait couverte de méchants tableaux, hérissée de mauvaises statues!

«Il était temps aussi d'opposer une digue à ce flot d'encre qui menace de noyer le genre humain. Ne dites pas que la littérature sera désormais entravée: on se contente de la protéger contre ses propres excès. L›Académie française offre à la liberté des écrivains les mêmes garanties que l›Académie des beaux-arts a toujours offertes à la liberté des artistes. M. Mérimée a-t-il moins de style que M. Ingres? M. Victor Hugo moins de couleur que M. Delacroix? M. Thiers n›est-il pas l›Horace Vernet des lettres? M. Guizot en est le Robert Fleury; M. de Laprade, le Signol, et M. Lebrun, le Picot! Inclinons-nous donc avec reconnaissance devant une mesure sagement révolutionnaire et hardiment conservatrice, qui soumet les œuvres du ciseau, de la plume et du pinceau à ce grand principe de 89: l›égalité devant la loi!»

Voilà ce qu'on lirait peut-être dans *la Patrie*; mais, jour de Dieu! ma pauvre cousine, quel cri d'horreur et de réprobation dans toute la France! Tout ce qui écrit, tout ce qui lit, tout ce qui pense se couvrirait la tête de cendre et croirait que la dernière heure du peuple a sonné. Je dis plus: pour peu que le temps fût au beau, et que l'on pût sortir sans parapluie, on ferait une révolution.

Pourquoi n'en a-t-on jamais fait contre le jury de peinture? Ce n'est pas que cette institution soit plus équitable ou plus libérale dans son principe. C'est parce qu'elle est aussi ancienne que les Expositions et que «l'accoutumance nous rend tout familier.»

N'est-ce pas au Louvre, sous Louis XIV, en 1699, que les peintres ont exposé leurs tableaux pour la première fois? En ce temps-là, non-seulement le Louvre, mais les peintres aussi, et les autres Français pareillement, et toute la France, corps et biens, appartenait au roi. Il daignait, dans sa bonté, prêter à ses artistes une salle de son palais. N'avait-il pas le droit de repousser les uns et d'admettre les autres? Il était chez lui, que diable! aussi vrai que maintenant nous sommes chez nous. Ce n'est plus le souverain qui prête ses palais à la nation, c'est la nation qui les prête au souverain.

Cette halle de l'industrie qui n'embellit pas précisément les Champs-Élysées appartient à trente-huit millions de propriétaires. L'infortuné Barbanchu en a sa part, aussi bien que M. Brascassat. N'est-il pas singulier que M. Brascassat, parce qu'il est de l'Académie des beaux-arts, ait le droit de dire à Barbanchu:

—La maison t'appartient comme à moi; mais je te défends d'y montrer tes tableaux, et j'y étalerai les miens.

—Et pourquoi, s'il vous plaît? répond le pauvre diable.

—Parce que tes tableaux sont mauvais et que les miens sont excellents.

Si j'étais l'infortuné Barbanchu, je répondrais à M. Brascassat, de l'Académie des beaux-arts:

—Mes tableaux vous paraissent mauvais; mais les vôtres ne me semblent pas bons. Lequel de nous est dans le vrai? lequel se trompe? Il faut un tiers arbitre pour nous départager; je choisis le public! Pourquoi ne voulez-vous pas qu'il nous juge?

«La halle est vaste; on y a exposé plus de six mille animaux l'été dernier; on peut bien y exposer un millier de peintres. Si j'insiste sur mon droit, ce n'est pas seulement par amour de la gloire: il y a aussi une question de pain. Voici trois tableaux qui m'ont coûté dix-huit mois de travail et huit cents francs de bordure. Je ne peux les vendre qu'ici, parce que mon atelier est au sixième, rue Guénégaud, et que le beau monde n'y monte pas. En vertu de quel principe me défendez-vous de gagner ma vie? Qui vous dit que, dans la foule des bourgeois qui viendront visiter le Salon, il ne s'en trouvera pas un assez bête ou assez intelligent pour acheter mes toiles et me sauver de la misère? Cela s'est vu plus d'une fois. Demandez à Delacroix, à Théodore Rousseau, à Courbet, à Troyon... vous savez bien, Troyon! le plus grand de nos peintres d'animaux... Il commence à gagner sa vie depuis qu'il a forcé les portes de l'Exposition, et j'entends dire qu'il a vendu pour cent cinquante mille francs de tableaux dans son année. Mais il n'y a pas encore longtemps que le jury le repoussait à coups de fourche, comme Delacroix, Courbet et Théodore Rousseau, qui ont été les Barbanchus de leur temps.

«J'avais envoyé deux portraits, avec mes tableaux. Bons ou mauvais, ce n'est pas la question. Vous les avez refusés. Savez-vous ce qui arrive? Les bourgeois qui me les avaient commandés en étaient satisfaits; nous avions fait un prix, payable fin courant. Aujourd'hui, ces braves gens se persuadent que je les ai volés. Ils m'opposent des fins de non-recevoir; ils prétendent que je n'ai pas employé des couleurs fines, et que je les trompais sur la qualité de la marchandise vendue. Pour un rien, ils me traîneraient devant le tribunal de commerce. «Il faut,» disent-ils, «que votre peinture soit bien mauvaise, pour qu'elle ne soit pas même reçue au Salon, où l›on voit tant de croûtes.»

A ces raisons, qui sont excellentes, le membre de l'Institut répond:

—Je ne suis pas un méchant homme, et je ne tiens nullement à vous mettre sur la paille. Mais il y a un règlement. Je ne l'ai pas fait, je l'exécute. On m'invite à recevoir les tableaux qui me semblent bons; les vôtres m'agacent. Je ne peux pas me refaire; obtenez qu'on change la loi, si vous pouvez. Mais je crains bien que les mauvais tableaux, qui seront désormais en majorité, n'étouffent les bons, comme l'ivraie tue le bon grain. Rappelez-vous l'Exposition de 1848, et ce débordement de peinture détestable.

—L'Exposition de 48! Elle a porté aux nues une demi-douzaine de vrais artistes qui, sans elle, n'auraient jamais percé. Elle vous a forcé la main pour les Expositions suivantes. Elle a permis au public de juger les talents que vous étrangliez dans vos oubliettes; elle a fait briller les lumières que vous cachiez sous le boisseau. Gloire à David, à Drolling et à Jeanron, qui ont été les promoteurs de cette révolution démocratique!

—Mais rappelez vos souvenirs! Le public oubliait d'admirer les tableaux de l'Institut. Il n'attachait son attention qu'à cinq ou six toiles scandaleuses ou ridicules. Jamais nous ne consentirons à compromettre nos ouvrages dans la cohue des vôtres!

—Eh bien, exposez séparément les tableaux qui vous semblent bons; mais exposez aussi, dans une autre aile du palais, tous les ouvrages que vous avez refusés. Permettez au public, notre maître à tous, de contrôler vos jugements. La place ne manque pas, Dieu merci! dans le palais de l'Industrie. Je donnerais cent sous, moi qui ne suis pas riche, pour que le peuple et les critiques fussent admis à comparer ce que vous avez refusé et ce que vous avez reçu. Et je parie qu'avant la clôture du Salon, nous vous verrions vous-mêmes, corrigés et penauds, reporter en enfer bien des gens que vous aviez logés en paradis.

X. LA HALLE AUX ARTS

Ma chère cousine,

Je ne savais pas hier ce que je t'écrirais aujourd'hui. Ce n'est pas que la matière me manque; mais elle surabonde.

J'avais une étude toute prête sur l'application de la peine de mort. Triste étude, que j'ai commencée un jour du mois de mars 1861, à sept heures du matin, devant le plus terrible spectacle que la société moderne offre aux gens de cœur.

Je pouvais te parler de la liberté des théâtres, une grosse question qui s'est mise à l'ordre du jour, et que j'ai étudiée de tout près, de trop près.

Un digne homme m'avait apporté des renseignements curieux sur l'affaire Lesurques, vieille affaire en apparence, mais toujours jeune et toujours actuelle pour les fanatiques du bon droit, puisque les descendants de cette innocente victime n'ont pas encore obtenu justice.

La question du Mont-de-Piété me tracassait encore un peu. L'administration ne m'a pas répondu. Il s'agit pourtant de protéger le bien des pauvres, qui est sacré.

J'avais jeté les bases d'un travail assez curieux sur la cuisine de la guerre. On ne sait pas encore aujourd'hui si nous aurons la guerre en 1861, ni si la comédie des *Trembleurs*, représentée avec tant de succès au Gymnase, a gouaillé légitimement. Mais l'administration prend ses mesures comme si nous devions avoir l'Europe sur les bras. On songe à réformer certains ateliers qui ont fait leurs preuves d'insuffisance. On a construit des manufactures gigantesques, assez puissantes pour habiller et chausser un régiment par jour et suffire aux besoins les plus invraisemblables. J'ai étudié de tout près cette nouvelle industrie; j'ai entendu les orateurs du gouvernement et les avocats de l'ancien système, et je crois être assez éclairé pour résumer les débats. Mais chaque chose en son temps. Nous sommes les humbles serviteurs de l'actualité, nous qui écrivons le matin ce qu'on doit lire le soir.

Et nous devons choisir, entre les sujets actuels, ceux qui intéressent le plus de monde. Si, par exemple, je t'entretenais aujourd'hui de la Comédie-Française et des tempêtes qui agitent ce verre d'eau bénite; si je te racontais l'histoire d'un directeur très-chrétien, qui fait son salut dans un lieu de perdition et se ménage infiniment plus d'amis au ciel que sur la terre, je serais agréable à presque tous les auteurs dramatiques de ma connaissance. Mais le public, dont tu fais partie, me trouverait un peu trop spécial.

Si je te racontais qu'une dame sociétaire, qui n'a ni l'âge ni le talent de la retraite, mademoiselle Judith, est sur le point de se retirer; qu'on ne la retient pas; que plusieurs amis du théâtre songent à la remplacer par une jeune et belle, et spirituelle pécheresse, douée d'un talent incontestable, mais que tous les hommes de principes repoussent la nouvelle venue sous prétexte qu'elle est de Marseille et non de Nanterre, tu répondrais que je me moque de toi et que ces histoires invraisemblables ne mériteront jamais d'occuper tout Paris.

Mais le salon des Beaux-Arts s'est ouvert mercredi matin, 1er mai. Pour la première fois depuis deux ans, nos artistes, ou du moins quelques-uns d'entre eux, ont obtenu la faveur d'exposer leurs ouvrages. Le public, qui depuis deux ans n'avait pas vu de peinture moderne, sinon aux étalages des marchands, se rue en affamé sur le palais de l'Industrie. Voilà l'événement du jour, le sujet de toutes les conversations; l'importance et la rareté du fait ne me permettent pas de te parler d'autre chose.

Le jour même où l'Industrie, qui est bonne fille, prêtait un petit coin de son palais à l'exposition des Beaux-Arts, on lisait dans tous les journaux de Paris une nouvelle intéressante: «Le tir national de Vincennes va passer, nous dit-on, du provisoire au définitif.»

La carabine, cette gloire de la France, n'avait pas un logement digne d'elle. Ce n'est plus une baraque qu'il lui faut, mais un temple. Le temple se bâtit, les plans sont arrêtés. Gardes nationaux de Paris, francs tireurs de Rueil et de Palaiseau, vous aurez un Parthénon à votre usage!

Il y a plus de cent soixante ans que les artistes français sollicitent la même faveur et ne l'obtiennent point.

Quel singulier peuple nous sommes! Nous construisons un palais définitif pour les expositions de l'industrie, qui ont lieu tous les cinq ans. Le vaudeville est installé par toute la France dans des théâtres définitifs. Il y a des salles de danse définitives; le beurre se vend à la halle dans un temple définitif; le Panorama des Champs-Élysées, où les provinciaux vont se promener quelquefois, est un pâté définitif; on parle de bâtir des tribunes définitives pour tous nos champs de course, où l'on se rassemble cinq ou six fois l'an; le Pré-Catelan, qui a coûté un million et demi à un pauvre diable d'entrepreneur, est une promenade définitive; la carabine enfin s'établit à Vincennes dans un domicile solide et définitif. Mais les Beaux-Arts seront toujours des vagabonds sans feu ni lieu. On croit leur faire une grâce lorsqu'on leur prête quelques galeries de marchandises, ou qu'on range en leur faveur quelques *boxes* à loger les bœufs.

Cette lésinerie serait excusable chez un bourgeois; mais note bien qu'ici c'est le gouvernement, c'est la France, c'est un budget de deux milliards qui lésine.

On ne veut pas s'embarquer dans de trop grands frais; on suppute les deux ou trois millions qu'il faudrait dépenser pour une galerie durable. On aime mieux débarrasser quelques salles du Louvre, ou improviser quelque chose aux Tuileries, ou bâtir un hangar au Palais-Royal, aux Menus-Plaisirs; ou placer quelques cloisons dans les hautes avenues du palais de l'Industrie!

Ce qu'on n'a jamais examiné, c'est le prix monstrueux de ce provisoire. Additionnez les frais de tous les déménagements, de tous les aménagements, de toutes les constructions, de toutes les démolitions que vous avez faites, depuis 1699 jusqu'en 1861, pour mal exposer nos tableaux et nos statues! Vous avez dépensé la monnaie d'un Louvre, et, de tout ce que vous avez fait depuis Louis XIV jusqu'à Napoléon III, que reste-t-il aujourd'hui? Rien.

Si du moins à ce prix vous aviez satisfait les artistes? Mais l'ouverture du Salon se signale toujours par un concert de doléances. C'est la fête du découragement. Tout ce qui était grand dans l'atelier devient petit; tout ce qui était modelé finement devient plat; les délicatesses les plus exquises de la couleur sont dévorées par un jour brutal.

Un plancher peint en blanc se reflète dans les vernis; des panneaux gris se confondent avec les ciels et les anéantissent. La hauteur absurde des galeries écrase tout. Je ne parle ici que des ouvrages bien placés: que dirions-nous des tableaux clairs et riants qu'on ensevelit dans l'ombre! Il y a des toiles si bien exposées, que vous ne les verrez jamais. Quelques-unes sont visibles de dix heures à midi; quelques autres de trois à quatre, comme mon médecin. Voilà des renseignements qu'il faudrait ajouter au livret.

J'avais vu dans les ateliers quelques-uns des ouvrages que j'ai revus hier au Salon. Quel déchet, bonté divine! On les reconnaissait à peine, et les artistes atterrés commençaient à rabattre 90 pour 100 de leurs espérances de gloire. J'ai commencé par le jardin, qui est orné de statues. Les sculptures embellissent un jardin, c'est convenu; mais la réciproque n'est pas toujours vraie, et j'ai reconnu qu'un jardin n'embellissait pas toutes les sculptures. La Vénus de Milo, faite pour être admirée dans la *cella* mystérieuse d'un temple, ne serait guère appréciée sous les marronniers des Tuileries. Les incomparables figures que Phidias avait groupées dans les frontons du Parthénon feraient un piteux effet sur la place de la Concorde. Comment veut-on que des bustes exécutés pour un salon ou pour une galerie particulière ne perdent rien de leur valeur dans ce jardin, ce parc, cette agora vitrée qui s'appelle l'exposition de sculpture? On n'y devrait montrer que des ouvrages décoratifs comme le monument de don Pédro, qui est fait pour braver l'éclat du jour. Mais la sculpture fine, intime, destinée à l'intérieur des palais, la sculpture de Perraud, de Guillaume, de Crauk, de Cavelier, que vient-elle faire dans cette galère? C'est le petit Chaperon-Rouge dans la gueule du loup.

Je n'accuse pas les organisateurs de cette destruction, et je les tiens pour sages et bienveillantes personnes. Je plaide contre la peine de mort en matière d'art sans demander la tête des fonctionnaires qui l'appliquent. Je crois que ces messieurs cherchent à contenter tout le monde dans les limites d'un programme et d'un local qui leur permet à peine de contenter leurs amis. Est-ce leur faute, à eux, si dans l'espace de cent soixante-deux ans la France n'a pas trouvé le temps de construire une galerie d'exposition? Il ne leur appartient pas de combler cette lacune. C'est vous, artistes, qui devez adresser des pétitions au Sénat, si vous voulez qu'elle soit comblée.

La première exposition (1699) fut organisée par un personnel d'hommes polis, bien élevés, peu compétents, admirablement chaussés, habillés chez Alfred, surchargés de décorations étrangères et d'occupations mondaines. Tels ont été, sous tous les régimes, sauf peut-être en 1848, les arbitres des destinées de l'art français. Ne leur demandez pas l'impossible, que diable!

Demandez-leur seulement de transporter dans ce jardin une demi-douzaine de moulages d'après les chefs-d'œuvre de l'antiquité. Il ne faut rien de plus pour démontrer à tous les yeux le vice de cet éclairage.

Obtenez aussi qu'ils exposent à l'étage supérieur quelques-uns des beaux tableaux du Louvre. On les verra pâlir et se dépouiller subitement comme s'ils avaient passé par les mains de M. Villot, et l'on comprendra peut-être à la fin que les meilleures halles font les pires galeries. Tous les amateurs le savent, et de reste: non-seulement les grands, les fins, les riches, ceux de la première caste, les Morny, les Lacaze, les Didier, les Véron, mais aussi les plus modestes et les plus obscurs. J'ai vu, dans une maison bourgeoise de Marseille, sept tableaux, sept! disposés avec un goût exquis, avec un art merveilleux, dans une galerie construite *ad hoc*. Le plafond n'était pas d'une hauteur écrasante, le plancher n'était pas peint en blanc, le fond des panneaux n'était pas gris; les tableaux ne se serraient pas les uns contre les autres comme pour s'entre-détruire en s'étouffant; un jour discret, savamment distribué suivant l'heure, éclairait les toiles sans les illuminer et complétait, en quelque façon, le travail des artistes.

Je ne suis pas un ennemi de la lumière, tu le sais bien, ma chère cousine; et, si les autres ne le savent pas, j'emploierai ma vie à le leur prouver. Mais il faut user des meilleures choses avec quelque discernement. La nature seule est assez robuste pour s'étaler sans crainte au grand jour. L'art, qui est une imitation, une convention, une perpétuelle et charmante tricherie, a besoin d'un peu de mystère. Fi du vilain machiniste qui laisserait entrer le soleil dans une salle de spectacle! La rampe pâlit, le rouge et le blanc des jolies comédiennes se décomposent, les beaux décors montrent la corde, le parterre siffle, et fait bien.

J'ai vu hier une jeune dame, retenue au milieu du grand salon par une conversation un peu animée, ouvrir son ombrelle sans songer à mal. Quelle leçon pour les distributeurs de lumière officielle! Comment des œuvres d'art pourront-elles supporter ce jour inquiétant pour la nature elle-même?

Elles ne le supporteront pas. Elles y périront misérablement, sauf à ressusciter ensuite. Témoin l'exposition de M. Paul Baudry. Je puis en parler savamment; je connaissais tous ses tableaux, je les savais par cœur, et je ne les reconnais plus. La lumière officielle les a disséqués pour l'instruction des curieux; on voit la toile, les couleurs, les frottis, les glacis, les empâtements, tout enfin, excepté la peinture. C'est parfait! Mettez-vous à la place d'un amant qui retrouve sa maîtresse sur une table d'amphithéâtre! Voilà mon pauvre Baudry devant ses tableaux.

Si, maintenant, tu veux étudier l'effet de la nuit noire sur la peinture claire, emprunte le bâton d'un aveugle et cherche le grand tableau de M. Luminais. Nous l'avons vu ensemble à l'exposition du boulevard. Il était frais, riant et plein de vie. La foule des hommes et des chevaux y remuait gaiement sous un joli ciel pommelé. C'est que l'exposition du boulevard est éclairée avec un art parfait, comme les meilleures galeries. M. Luminais y était fort bien et tout à fait à son avantage. Le voilà plongé dans les ténèbres extérieures. Avoue entre nous que le jury lui a rendu un étrange service! Il serait cent fois mieux exposé s'il n'avait pas été reçu.

On dit aux pauvres artistes, par manière de consolation: «Bah! c'est un mauvais quart d'heure à passer.» En effet, les quarts d'heure de trois mois sont réellement de mauvais quarts d'heure. Il est dur de travailler deux ans pour être grillé au soleil ou enseveli dans l'ombre, trois mois durant, sous prétexte de gloire et de publicité.

Quelques artistes ont cherché le moyen de briller malgré tout, en pleine ombre, en pleine lumière, quel que fût le destin de leurs ouvrages et le caprice de la commission. Si tu trouves dans le jardin de l'Industrie quelque statue trop puissante, modelée en saillies énormes, avec des trous à fourrer le poing, avec des muscles plus entortillés que les serpents de Laocoon, tu pourras dire hardiment qu'on l'a faite à l'usage du Salon. Si tu vois au premier étage (et tu les verras, j'en suis sûr) des silhouettes de croque-morts se découper en noir sur un ciel blanc, ne crains pas d'affirmer que le Séraphin de ces ombres chinoises a pris une assurance contre les dangers du placement. Lorsqu'on veut être entendu dans une cohue où personne ne s'entend, on crie. Nous devons donc aux organisateurs du Salon un nouveau genre de mauvais. Et les croque-morts de M. X… conduiront l'art français au Père-Lachaise, si l'on n'y prend garde.

Le remède à tous nos maux, c'est la construction d'un petit palais bien modeste, mais au moins aussi définitif que la rotonde du concert Musard. Que l'État nous donne une vingtaine de salles commodes, éclairées sagement et d'une hauteur médiocre; qu'il ouvre une exposition permanente où les œuvres de tous les artistes seront admises, sous la surveillance d'un simple commissaire de police.

Si l'État n'est pas assez riche pour faire ce que nous demandons, si les démolitions absorbent la totalité du capital disponible à Paris, et s'il ne reste plus d'argent pour construire, qu'on lâche la bride à l'industrie privée; qu'on renonce au système des expositions officielles; qu'on nous permette seulement de nous arranger entre nous, à l'anglaise! Tout ira mieux.

En attendant, je conseille aux artistes refusés de porter leurs ouvrages au boulevard des Italiens. Ils y seront cent fois mieux qu'à la halle des Champs-Elysées. M. Fratin, statuaire, leur offre aussi, avec une cordialité toute fraternelle, de partager l'emplacement qu'il a obtenu au Jardin d'acclimatation.

Quant aux artistes reçus et mal exposés, il faut qu'ils fassent leur temps. Le mal est sans remède. *Lasciate ogni speranza!*

XI. LES SOULIERS DU SOLDAT FRANÇAIS

Ma chère cousine,

Je me rappellerai toute ma vie certain voyage de trois kilomètres et demi que j'ai fait en compagnie de notre grand-père. J'avais six ans; nous allions de Dieuze à Vergaville. Le mois d'octobre était magnifique, et je dévorais déjà dans ma pensée cette belle vendange de 1834: à mi-chemin, vers la tuilerie qui est au bas de la côte, je ralentis le pas, je commençai à geindre et à répéter sur tous les tons que mon soulier me faisait mal.

Le grand-père, qui était bien le plus doux des hommes, me réconforta d'un petit coup de canne dans les mollets et s'écria d'une voix qu'il essayait de rendre terrible:

—Qu'est-ce que tu diras donc, quand tu seras à la guerre?

Cependant il me fit asseoir au pied d'un peuplier, sur un des tas de pierres qui bordaient la route; il me déchaussa lui-même, reconnut qu'une cheville de bois avait traversé la semelle, et rasa avec son couteau de poche la pointe aiguë qui me blessait.

Je me remis en route, soulagé, content et gaillard, mais un peu préoccupé de cette parole menaçante: «Qu'est-ce que tu diras donc, quand tu seras à la guerre?» Je croyais fermement, comme tous les bambins de la Lorraine et de l'Alsace, que l'homme est ici-bas pour s'engager à dix-huit ans et revenir maréchal de France. Mais il n'y a pas d'ambition qui tienne contre une expérience si puissante.

—Grand-papa, disais-je en soupirant, je ne refuse pas de me faire tuer, si la chose est absolument nécessaire; mais jamais je ne traverserai l'Europe en conquérant, avec une pointe de bois dans mon soulier!

A cette réflexion, qui ne manquait pas de justesse, le bonhomme répondit par l'histoire de ses campagnes. Il en avait fait deux ou trois, en volontaire, vers 1793, et il avait rapporté de la guerre un certificat de civisme, un hausse-col et un brevet de sous-lieutenant. Il ne se souvenait pas d'avoir pris un seul drapeau ni tué un ennemi de sa propre main; mais il se rappelait en frémissant les étapes qu'il avait dû faire sans souliers, ou avec des souliers impossibles. De quel cœur il déblatérait contre les intendants, les fournisseurs, et tous ceux qui lésinent ou qui grappillent sur la chaussure du soldat! Il me jura son grand sacrebleu qu'il avait vu des semelles de carton, comme nous voyions le clocher de Vergaville.

Or, nous étions arrivés au haut de la côte, et le clocher du village nous crevait les yeux.

—Tu ne sais pas, me disait-il, et j'espère que tu ne sauras jamais ce que c'est que de doubler l'étape avec des souliers qui vous abandonnent en chemin. Tu n'as pas vu de malheureux soldats réduits à nouer des haillons avec des ficelles autour de leurs pieds ensanglantés. On a maudit les traîtres de 1814, qui distribuaient des cartouches de cendre aux défenseurs de Paris; mais les fournisseurs qui exposent le soldat à marcher nu-pieds sont pires. Un fusilier sans cartouches a toujours sa baïonnette, mais un fantassin sans souliers n'est plus un homme.

Vingt-cinq ans après cette conversation, longtemps après que le pauvre grand-père avait usé sa dernière chaussure, j'appris par les journaux que notre armée d'Italie, cette admirable armée de Magenta et de Solferino, courait grand risque d'aller nu-pieds. L'administration de la guerre, surprise par les événements, avait reconnu l'insuffisance de ses ressources ordinaires. On s'était adressé aux fournisseurs étrangers. L'industrie des Anglais et des Belges nous avait offert des souliers de pacotille et même un certain nombre de semelles de carton.

En désespoir de cause, le ministre avait fait un appel au patrio-tisme des citoyens. Une affiche placardée dans quarante mille communes invitait non-seulement les cordonniers, mais tous les Français en général, à fournir des chaussures pour l'armée. Les quarante mille communes avaient fait de leur mieux et réuni envi-ron douze mille paires de souliers. Or, nous avions deux cent vingt mille hommes au delà des Alpes. Le fantassin use quatre paires de souliers dans une campagne, ou tout au moins deux, car il ne fait pas raccommoder sa chaussure; il la jette dans le premier fossé, dès qu'il s'aperçoit qu'elle pourra le trahir.

Il est heureux pour nous que l'intrépidité de nos soldats ait abrégé la campagne. Si elle avait duré trois mois de plus, l'Autriche nous traitait peut-être comme des va-nu-pieds. Mais ce curieux déficit dans nos munitions de guerre m'inspira des réflexions sérieuses, et je vois que les plus grands personnages de l'État firent aussi un re-tour sur eux-mêmes. On examina de tout près les ressources ordi-naires de l'armée, et l'on se demanda si elles offraient des garanties suffisantes pour l'avenir. Car enfin *l'Empire, c'est la paix*, mais celui qui veut la paix doit se tenir prêt pour la guerre.

L'ancienne organisation de l'armée, qui avait beaucoup de bon, sans être parfaite, voulait qu'un régiment se suffît à lui-même. Le soldat ne récoltait pas son blé, mais il faisait son pain; il n'élevait pas de bétail, mais il faisait sa soupe; il ne fabriquait point de drap, mais il taillait et cousait ses habits; il ne tannait pas le cuir, mais il faisait ses souliers.

Ce n'est pas à dire que le troupier français ait été jamais un maître Jacques habile à tout faire. Mais, dans la conscription de chaque année, il se trouve des jeunes gens qui ont appris un état. On com-mence par leur donner une teinture du métier de soldat; après quoi, on les inscrit comme tailleurs ou cordonniers dans une com-pagnie hors rang, où ils travaillent sous la direction d'un entre-preneur qui est en même temps leur chef militaire. Il y avait, il y a encore aujourd'hui dans l'armée quatre cents ateliers de ce genre où des soldats qui ne sont guère soldats travaillent à l'habillement et à la chaussure du soldat.

Ces ateliers fonctionnent assez bien; c'est une justice à leur rendre. Leurs confections ne sont pas de la dernière élégance, mais elles se distinguent par un excès de solidité. Il est bien rare qu'un soulier fabriqué au régiment fasse banqueroute à son homme. Le prix de la main-d'œuvre est très-modéré; cela se comprend de reste. Un ouvrier peut travailler à vingt-cinq sous par jour, lorsqu'il est logé, nourri, chauffé, éclairé, blanchi et habillé aux frais de l'État. Son salaire n'est pour lui qu'une haute paye, une sorte de superflu.

Quels sont les défauts de ce système, qui est encore en vigueur aujourd'hui? J'en vois deux, pas davantage.

Le premier, c'est qu'au moment d'entrer en campagne, un souverain croit avoir sous les armes un effectif de trois cent mille hommes, lorsqu'il n'en a que deux cent quatre-vingt-dix. Il s'étonne, il s'informe: on lui dit que les compagnies et les pelotons hors rang ont pris environ dix mille soldats. Personnel non pas inutile, mais décevant. Je ne parle pas d'un matériel encombrant, qui tient sa place dans les casernes. Mais on se demande, en temps de guerre, s'il ne vaudrait pas mieux rendre ces dix mille ouvriers à la vie civile et les occuper chez eux, tandis que dix mille vrais soldats, sans autre profession que le métier des armes, revêtiraient leurs tuniques et s'armeraient de leurs fusils?

Si du moins les compagnies hors rang pouvaient fournir à tous les besoins de la guerre! Mais le contraire n'est que trop prouvé par l'expérience de 1859. Organisés sur le pied de paix, sur une échelle assez restreinte, ces ateliers ont beau redoubler de zèle et de patriotisme en présence de l'ennemi: il faut recourir à des expédients, quêter des souliers dans les communes, ou se livrer pieds et poings liés à l'exploitation des fournisseurs étrangers.

Ajoute, s'il te plaît, que le zèle, le patriotisme et tous les bons sentiments de l'homme ne suffisent pas pour faire des souliers. Il faut encore d'autres matériaux et notamment du cuir. Tant que la marchandise s'achète à bas prix, les cordonniers de régiment travaillent volontiers, parce qu'ils y trouvent leur compte. Les façons payées par l'État, si modestes qu'elles soient, laissent encore un certain bénéfice. Mais vienne la hausse: ces petits entrepreneurs, pour limiter leur perte, se rabattront forcément sur les matériaux de rebut, ou restreindront leur production.

Le gouvernement français, qui ne veut pas la guerre, mais qui la prévoit, a pris ses mesures en conséquence, et je crois que les événements, si soudains qu'ils puissent être, ne le trouveront plus si dépourvu. Sans dissoudre les compagnies hors rang, sans faire appel aux fournisseurs étrangers, sans se faire tailleur et cordonnier lui-même, l'État vient d'assurer pour toujours l'habillement et la chaussure de nos troupes. Et voici comme:

On a dit à un industriel français bien connu pour sa hardiesse et sa capacité: «Construisez dans Paris, à vos frais, une machine assez puissante pour habiller et chausser un régiment en vingt-quatre heures; l'État vous achètera vos produits, s'ils sont excellents, et l'on vous les payera ce qu'ils vaudront.»

L'entrepreneur improvisa la machine demandée. Il construisit côte à côte deux usines gigantesques, destinées, l'une à la confection des habits, l'autre à la fabrication des souliers. La deuxième est la plus intéressante, car elle est absolument nouvelle, et l'on n'avait encore rien imaginé de pareil. Qu'un grand tailleur du boulevard cède sa clientèle civile pour fabriquer des pantalons rouges et des tuniques d'uniforme; qu'il découpe à la scie deux ou trois cents pièces de drap tous les jours; qu'il occupe de six à huit cents hommes, de mille à douze cents femmes et toute une armée de machines à coudre; que le résultat de cette organisation soit un salaire de deux à quatre francs pour les ouvrières, de quatre à six francs pour les ouvriers; un habillement irréprochable et presque élégant pour les soldats, il n'y a pas là grand miracle.

Mais que, sans modèle, sans précédents, après quelques rapides études, on fabrique à la vapeur une excellente paire de souliers, voilà ce qui m'a frappé d'étonnement la première fois que je l'ai vu. Sans doute il y a quelque mérite à multiplier et à perfectionner les patrons d'habillement, si bien que le soldat ait à choisir entre quatre cents modèles celui qui s'ajuste le mieux à sa taille. Ce système est préférable à l'ancien, qui consistait à prendre mesure sur la guérite. Mais j'ai surtout admiré qu'un soldat, une fois qu'il sait les chiffres exacts de sa pointure, puisse aller, pour ainsi dire, les yeux fermés, dans n'importe quel magasin de l'État, et trouver, sans essai ni tâtonnement, chaussure à son pied.

Un des traits curieux de cette fabrication, c'est la surveillance exercée par l'État à toutes les périodes du travail.

L'entrepreneur achète les cuirs après s'être assuré qu'ils ne sont pas tannés au moyen des acides. Il découpe la marchandise pour rejeter les *ventres* et les *collets*, et garder exclusivement ce qu'on appelle les *cœurs*. Une machine armée de marteaux bat le cuir dès qu'il est coupé; dès qu'il est battu, les experts cordonniers et tanneurs, nommés par l'administration de la guerre, l'examinent feuille par feuille, et repoussent tout ce qui leur paraît douteux.

Le fabricant reçoit de la main des experts les cuirs qu'ils ont reconnus bons, et les découpe à la mécanique. Il y a vingt-deux pièces dans une paire de souliers. Chacune de ces vingt-deux pièces, grande ou petite, est examinée séparément par un expert juré vérificateur, qui l'accepte sous sa responsabilité et le signe de son nom. Les vingt-deux pièces vont ensuite, les unes après les autres, défiler sous les yeux d'une commission militaire composée de trois capitaines. La commission admet ou rejette, fait appliquer un timbre d'admission sur les pièces reçues, un timbre de rejet sur les pièces défectueuses. Si les directeurs de nos spectacles prenaient cette précaution, les auteurs ne rapporteraient pas cinq ou six fois la même pièce au même théâtre. Si le jury infaillible qui préside à nos expositions de peinture avait soin d'apposer un timbre de rejet sur les tableaux refusés, il n'aurait pas reçu en 1861 une toile de mon ami Le Cygne, qu'il avait rejetée en 1857.

L'assemblage du soulier se fait à la main, comme chez les cordonniers de l'âge d'or. On réunit les pièces qui doivent aller ensemble; on les met sous la forme (il y a quarante mille paires de formes dans l'établissement); on les adapte, on les coud; chaque soulier passe dans quinze mains avant d'être achevé; après quoi, il est reçu et examiné par un expert juré cordonnier, qui le marque d'un cachet à son nom, et il est jugé, en dernière instance, sans appel, par une commission militaire, composée d'un commandant et de trois capitaines. Timbre d'admission s'il y a lieu; timbre de rejet s'il manque un seul clou, ou si l'alêne et si le fil ciré n'ont pas cousu tel nombre de points autour de la semelle dans une longueur de deux centimètres.

Je ne parle que pour mémoire d'une commission supérieure de surveillance qui inspecte régulièrement les ateliers. Un général de division, un sous-intendant militaire et deux officiers d'administration exercent un contrôle journalier sur ces opérations de haute cordonnerie. Il est donc absolument impossible qu'un soulier sorti de la grande usine pèche par la qualité des matériaux ou le soin de la confection. Le fil, les clous, la poix, la cire, la colle, tout est choisi, vérifié et soumis au contrôle de l'administration de la guerre.

Tu vas peut-être me demander ce qu'il en coûte à l'État pour avoir des troupiers si bien chaussés et si bien vêtus. C'est un peu cher, je l'avoue; mais on aurait tort de lésiner sur les choses de la guerre. La France est assez riche pour payer la santé de ses soldats. Une paire de souliers fabriqués dans la nouvelle usine coûte huit francs; elle n'en coûte pas six dans les ateliers de l'armée. La confection d'un pantalon revient à vingt-cinq sous dans les compagnies hors rang; à quarante dans la fabrique de la rue Rochechouart. Mais, si l'on songe que les soldats ouvriers sont entretenus aux frais de l'État, qu'ils dépensent déjà vingt-cinq sous par jour et qu'ils font tout juste un pantalon dans leur journée, on comprendra facilement qu'un pantalon fait au régiment coûte deux francs cinquante centimes de façon, ou dix sous de plus que s'il sortait de la grande fabrique.

D'ailleurs, cette industrie, qui date d'hier, n'a pas encore dit son dernier mot. L'administration de la guerre s'est réservé le droit d'abaisser graduellement tous les tarifs, à mesure que la fabrication deviendrait plus économique, et j'ai entendu affirmer par des personnes compétentes qu'on arriverait à réduire vingt-cinq pour cent sur les prix actuels.

Voici donc la France en possession d'un atelier central qui met l'habillement, la chaussure, et même le campement du soldat sous la main et sous les yeux du ministère de la guerre. On pourra, dans quelques années, si on le juge à propos, supprimer ou réduire les compagnies hors rang, ou restreindre leur emploi à la réparation courante des effets militaires. Mais la concentration de toutes les ressources de l'armée sur un seul point n'entraînera-t-elle pas quelques dangers? Que deviendrions-nous, par exemple, si, en pleine guerre, les ouvriers de la rue Rochechouart trouvaient bon de se mettre en grève, ou si le feu prenait à l'établissement, ou si l'entrepreneur déposait son bilan après quelque spéculation malheureuse? Voilà trois dangers à craindre.

Le premier ne me paraît pas très-sérieux. J'ai trop bonne opinion du patriotisme des ouvriers français. D'ailleurs, les onze cents hommes employés à la confection des chaussures, par exemple, ne sont pas des cordonniers proprement dits, et la plupart d'entre eux seraient fort en peine s'il leur fallait gagner leur pain ailleurs. L'extrême division du travail les a tous renfermés dans une spécialité si restreinte, qu'ils se condamneraient presque à mourir de faim s'ils désertaient la fabrique. En outre, le ministre pourrait toujours organiser les ateliers militairement, si nous avions la guerre. Le danger des incendies est à peu près nul, car les bâtiments sont construits en matériaux incombustibles. Enfin, si l'entrepreneur faisait banqueroute, l'État en serait quitte pour mettre l'embargo sur l'établissement et donner la gérance à un autre.

Le seul défaut de cette grande institution, ma chère cousine, c'est qu'elle est impopulaire dans l'armée. Les soldats ouvriers avaient tout intérêt à monter la tête de leurs camarades les soldats soldats. Ils n'y ont pas manqué. Le troupier français qui achète sa chaussure au magasin du régiment, sur sa masse individuelle, repousse avec un dédain marqué les souliers à la mécanique. Pour vaincre ce préjugé, je ne connais qu'un seul moyen: Pierre le Grand, Frédéric II, Charles XII, Napoléon Ier, n'auraient pas un seul instant hésité à l'employer. Ils seraient allés prendre une paire de chaussures au magasin central, et ils l'auraient portée huit jours à la face de l'armée. A ce prix, les souliers à la mécanique, qui, d'ailleurs, ne sont pas faits à la mécanique, n'attendraient pas longtemps la popularité, s'ils la méritent.[1]

SALON DE 1861

I. LES ABSENTS.

«Les absents ont tort,» dit le proverbe. Quand je vois les artistes présents si cruellement exposés, je suis tenté de dire que les absents ont raison.

MM. les membres de l'Institut connaissaient le local et l'éclairage, et toutes ces ingénieuses combinaisons qui nous coûtent trois cent mille francs pour cette année. Ils se sont tenus à distance, ils ont mis leurs chefs-d'œuvre en sûreté; ils se sont dérobés en corps.

La section de peinture se compose de quatorze membres. M. Flandrin seul est venu; les treize autres ne brillent ici que par leur absence. Les huit sculpteurs, absents à l'appel. Les huit archi-

---

1 Ils ne la méritent peut-être pas. J'ai recueilli les témoignages d'un assez grand nombre d'officiers sur cette question délicate: neuf sur dix plaident énergiquement la cause des compagnies hors rang.

tectes, absents. Les quatre graveurs sont représentés par un seul et unique envoi de M. Martinet. Deux membres de l'Institut sur trente-quatre! Quatre portraits à l'huile et un portrait gravé, pour exhiber à la France et à l'Europe ce que l'Académie des beaux-arts est capable de produire en deux ans! C'est maigre. Toutefois, je ne blâme pas MM. les membres de l'Institut. C'est dans l'intérêt de leur réputation qu'ils ont évité cette lumière et cette bagarre.

Après avoir constaté leur absence, j'ai lu, avec un certain étonnement, à la page XXVII du livret:

«Le jury d'admission et de récompense des œuvres d'art envoyées à l'exposition de 1861 a déclaré, dans la première séance de ses réunions, et à l'unanimité, renoncer pour chacun de ses membres à la médaille d'honneur de la valeur de quatre mille francs que le règlement destine à l'artiste qui se sera fait remarquer entre tous, dans cette exposition, par un ouvrage d'un mérite éclatant. En conséquence, la médaille d'honneur est réservée à celui des autres exposants que le jury en aura reconnu le plus digne.»

Voilà un acte de désintéressement qui pourrait être méritoire, s'il n'était un peu ridicule. L'homme qui ne prend pas de billets à la loterie, et qui donne ses chances de gain au bureau de bienfaisance, est généreux à bon marché.

M. Couture, M. Troyon, M. Maréchal (de Metz), M. Henri Lehmann, madame Rosa Bonheur et bien d'autres qui auraient pu disputer les médailles d'honneur, se sont tenus hors du concours. Ils ont imité la prudence de MM. Ingres et Delacroix, Horace Vernet et Robert Fleury, Dumont et Duret. On ferait une exposition magnifique avec les œuvres de ceux qui n'exposent pas cette année, et, si je voulais seulement les nommer tous, je ne finirais pas aujourd'hui.

D'autres ont exposé pour la forme. M. Riesener, par exemple, qui envoie deux pastels et rien de plus: il a craint que le jury ne fût sévère pour sa peinture. Si M. Willems figure au livret, c'est que M. le comte de Morny a détaché un petit tableau de sa royale galerie pour le prêter à l'exposition. M. Théodore Rousseau a fait porter vingt-cinq paysages à l'hôtel des Ventes au lieu de les envoyer à la halle aux arts. Il a bien fait.

II. PEINTURE DÉCORATIVE
MM. PIERRE DE CHAVANNES, FEYEN-PERRIN, LÉVY, MONGINOT.

Si je commence la liste des peintres présents par le nom de M. de Chavannes, ce n'est pas une façon de lui décerner indirectement la grande médaille d'honneur. Je ne suis pas un maître de pension, pour distribuer des prix aux artistes, et je ne veux pas m'exposer à recevoir des pains de sucre au jour de l'an. Mais, lorsqu'un jeune homme aborde hardiment le genre le plus élevé, le plus difficile, le plus abandonné des peintres de notre époque; lorsqu'il déploie dans cette tentative audacieuse des qualités de premier ordre, il mérite assurément de n'être pas confondu dans la foule et d'obtenir une place à part.

On pourra critiquer ces deux immenses toiles qui représentent la Paix et la Guerre dans leurs traits les plus généraux. On dira, non sans quelque apparence de raison, que la deuxième est composée moins savamment que la première. On regrettera surtout que le modelé des figures ne soit pas poussé un peu plus avant; on surprendra même, çà et là, dans ce dessin libre et hardi, certains signes d'inexpérience. Mais il faudrait être aveugle pour dénier à M. de Chavannes le titre glorieux de décorateur.

Nous construisons des Louvres et des palais en tous genres. L'habitude de bâtir des églises ne s'est pas encore perdue. On élève dans toute la France des édifices de grandeur ou d'utilité publique, des écoles, des gares, des mairies, des bibliothèques, des maisons de réunion pour la finance et le commerce. Et nous n'avons pas dix peintres à qui l'on puisse confier la décoration intérieure d'un monument!

Les anciens étaient plus heureux, c'est-à-dire moins dépourvus. Non-seulement leurs palais et leurs temples, mais les maisons des moindres bourgeois se revêtaient de chefs-d'œuvre durables. Si jamais vous visitez les ruines de Pompéi, une sous-préfecture de dix mille âmes, vous envierez assurément les citoyens de cette bicoque, qui vivaient dans l'art comme les poissons dans l'eau, comme les Parisiens dans la dorure, le carton-pâte et le mauvais goût. Le moindre cabaret, le plus modeste lupanar était orné d'un petit bout de fresque; les rentiers se donnaient le luxe d'une mosaïque, décoration impérissable que nous retrouvons toute fraîche après dix-neuf cents ans.

On ne fait pas de mosaïque à Paris, et nous n'avons pas dans toute la France un homme qui sache peindre la fresque. D'où vient cela, je vous prie? Est-ce que les procédés sont perdus? Point du tout. Les grands artistes de la Renaissance les ont tous retrouvés. Michel-Ange, Raphaël, Jules Romain, Annibal Carrache et cent autres ont ressuscité non-seulement la perfection des moyens, mais la grandeur et la liberté des compositions antiques.

Un grand peintre du dix-septième siècle, Mignard, se souvenait encore de leurs leçons lorsqu'il peignit *la Gloire* du Val-de-Grâce. Relisez, à la fin des œuvres de Molière, les beaux vers dont il salua ce chef-d'œuvre. De quel cœur il célèbre les «mâles appas de la fresque,»

… dont la promptitude et les brusques fiertés

Veulent un grand génie à toucher ses beautés.

Avec quel dédain il traite la peinture à l'huile, qu'il appelle négligemment l'*autre*:

La paresse de l'huile, allant avec lenteur,

Du plus tardif génie attend la pesanteur;

Elle sait secourir, par le temps qu'elle donne,

Les faux pas que peut faire un pinceau qui tâtonne.

....

....

Mais la fresque est pressante, et veut, sans complaisance,

Qu'un peintre s'accommode à son impatience,

La traite à sa manière, et, d'un travail soudain,

Saisisse le moment qu'elle donne à sa main.

La sévère rigueur de ce moment qui passe

Aux erreurs du pinceau ne fait aucune grâce;

Avec elle il n'est point de retour à tenter,

Et tout, au premier coup, on doit exécuter.

....

C'est par là que la fresque, éclatante de gloire,

Sur les honneurs de l'autre emporte la victoire.

En attendant qu'il se forme des improvisateurs assez savants pour ressusciter la fresque, M. de Chavannes l'imite laborieusement sur ses grandes toiles. Il ne se contente pas de chercher les tons grisâtres, les contours cerclés et toutes ces ressemblances matérielles qu'un artiste vulgaire s'applique à reproduire; il entre dans l'esprit même de la fresque, et c'est en cela qu'il se montre décorateur.

Une grande idée exprimée clairement par de belles figures: voilà en trois mots, si je ne me trompe, la formule de la décoration. Elle diffère autant de la peinture de chevalet que les discours du forum diffèrent de la conversation des gens d'esprit. C'est un art qui parle au peuple: il n'y faut que des traits généraux, des beautés simples, de grands coups frappés juste. Les recherches ingénieuses du détail, les friandises de l'exécution, si goûtées dans les tableaux de galeries, n'ont rien à faire ici.

Tout l'esprit petillant de M. Meissonnier, toute la grâce intime et pénétrante de van Ostade, seraient du bien perdu dans une peinture décorative. Je dis plus: la suavité de *la Vierge à la Chaise*, la perfection de *la Sainte Famille*, y paraîtrait déplacée, ou du moins inutile. C'est pourquoi Raphaël, qui avait autant de bon sens que de génie, oubliait toutes les finesses de son art lorsqu'il couvrait les murs du Vatican. Michel-Ange, lorsqu'il décora la Sixtine, ne mit ses soins qu'à faire vivre les murailles, à faire parler les voûtes, à prêter une voix terrible à ce monument prophétique qui raconte, dans le style de Dante, les menaces du jugement dernier.

Nous voilà, direz-vous, bien loin de M. de Chavannes. Mais non, pas trop. Ce jeune homme est un écolier de bonne race qui marche assez fièrement dans la route où les maîtres ont passé. Il a le sentiment du beau, du grand, du simple. Ses deux compositions disent clairement ce qu'elles ont à dire. On en est frappé au premier abord; on en garde une impression bien nette. Je n'ai qu'à fermer les yeux pour revoir ce beau tableau de *la Paix*. Les guerriers nus se reposent à côté de leurs armes, les belles jeunes femmes distribuent des corbeilles de fruits. On trait les chèvres, on verse le vin dans les coupes, au bord d'un clair ruisseau, sous les lauriers-roses en fleur.

Dans le fond du paysage, au pied de quelques platanes puissants, les jeunes gens domptent des chevaux, ou se poursuivent à la course, ou contemplent, dans une douce quiétude, les plaisirs de leurs amis. Fénelon, le plus aimable des chrétiens, goûterait ce tableau de M. de Chavannes. Il le placerait avec joie, sinon dans son évêché, au moins dans son *Télémaque*. Il n'en ôterait rien, il n'y ajouterait rien, pas même des draperies, car M. de Chavannes fait la nudité chaste, comme tous les artistes qui ont le respect du beau.

La composition de *la Guerre* est moins satisfaisante dans son ensemble; mais on n'a pas besoin de l'étudier longtemps pour y trouver de grandes beautés. Les trois guerriers à cheval qui sonnent la victoire sont d'une tournure magnifique; la femme attachée au tronc de l'arbre est belle et touchante, les vieux parents qui pleurent sur le cadavre de leur fils représentent bien la violence et la simplicité des douleurs épiques. Le pillage, l'incendie, le viol, la destruction stupide de tous les biens, les arbres coupés, les bœufs assommés auprès de la charrue, remplissent le tableau et complètent l'expression de l'idée.

Je ne sais si M. de Chavannes obtiendra la faveur de couvrir un mur officiel, mais il est le seul artiste, dans la nouvelle génération, qui soit capable de le faire. Je voudrais qu'en attendant les grands travaux qui lui viendront peut-être, il pût voir ses deux compositions de cette année reproduites en tapisserie.

Les Gobelins n'ont pas souvent l'occasion de copier la peinture décorative. On les condamne presque toujours à reproduire de grands tableaux de chevalet et à lutter péniblement contre une tâche ingrate; car une toile de M. Horace Vernet, fût-elle admirable, ne fera jamais une décoration. Si les Gobelins ne veulent pas copier M. Pierre de Chavannes, je le recommande aux frères Braquenié et à tous les industriels qui conservent parmi nous l'art de la tapisserie.

Il y a quelques autres essais de décoration, mais moins heureux, au Salon de 1861. *La Jeunesse de l'Arétin*, grande toile de M. Feyen-Perrin, ne manque pas d'une certaine dose d'élégance et de simplicité; mais il est bien difficile d'inventer une fête italienne dans un atelier de Paris, devant des modèles empruntés au jardin Bullier. Ce qui sauve M. de Chavannes, c'est qu'il prend son point de départ dans la tradition des maîtres. On sent qu'il est nourri de bonnes gravures et qu'il ne prend modèle que pour donner un peu plus de corps à ses souvenirs. C'est une imagination érudite, qui se retrempe de temps en temps dans l'étude de la nature vivante.

M. Feyen-Perrin procède autrement, si je ne me trompe. Il part de la réalité, cette triste réalité de Paris, et il s'en va hardiment, en jeune homme aventureux, vers un certain idéal de beauté, de luxe, de splendeur, qui ne se laisse pas toujours atteindre.

Quant à M. Lévy, qui expose un plafond et une arcade pour montrer ses talents de décorateur, je me hâte de l'arrêter dès son début: il fait fausse route. Il est incroyable qu'un artiste de talent, qui revient de Rome, qui a vu la Sixtine et la Farnésine, comprenne si peu la décoration. Cet Olympe d'aztèques qui danse dans un plafond vide, c'est maigre, c'est pauvre, c'est faux, c'est triste.

Les figures de l'arcade, quoique grimaçantes et drapées de zinc, sont plus près de la vérité décorative. Mais M. Lévy, en homme incertain de sa voie, tombe d'un excès dans un autre. Les dieux de son plafond étaient des bambins dans l'âge ingrat; les bambins de son arcade nous montrent des jambes d'Hercule.

M. Monginot, peintre très-vivant de nature morte, a voulu, lui aussi, aborder la décoration. Sur une toile immense, il a semé des fleurs, des fruits, du gibier, des hommes, des femmes, des ânes. Tout cela est joli, spirituellement peint, et presque partout d'une couleur bien fine. Mais ce n'est pas une décoration, faute d'unité. La composition s'éparpille; chaque morceau pris à part vaut son prix: l'ensemble est inconsistant. Ce n'est qu'une grande quantité de choses semées au hasard sur un tapis.

III. DÉCORATION, HISTOIRE ET PORTRAIT
§ IER—M. PAUL BAUDRY.

Le ministre qui a attaché son nom à la construction du nouveau Louvre, le financier homme d'État qui a inauguré chez nous le système démocratique des emprunts directs, M. Achille Fould (on peut le louer sans pudeur, maintenant qu'il n'est plus aux affaires), avait un hôtel à décorer. Il s'était fait bâtir au faubourg Saint-Honoré, sur les plans de M. Lefuel, une maison un peu moins grande qu'un palais, un simple palazzino, comme on dit en Italie. Il avait trop de goût pour permettre aux doreurs et aux ornemanistes de décorer son salon dans un style de café. Cependant les dimensions de l'architecture moderne ne laissaient point de place à la grande fresque des Raphaël et des Michel-Ange. Que fit-il? Il chercha parmi les artistes contemporains le plus capable de créer une décoration élégante et savante, limitée dans ses dimensions, grande par le choix des sujets et la beauté des figures, antique par le goût, moderne par la grâce. Son choix, qu'un Médicis n'aurait point désapprouvé, s'arrêta sur un jeune peintre âgé de deux expositions, M. Paul Baudry.

Je regrette que les mœurs françaises ne permettent pas au grand public de pénétrer dans les salons des riches particuliers. Ce qui se fait tous les jours à Rome et à Londres n'est guère possible chez nous. Mais du moins le monde officiel a pu juger cette merveille de goût délicat, ce chef-d'œuvre de mythologie intime, distribué dans quatorze panneaux admirables. Le jour qui les éclaire est un jour intelligent et sage; ces tableaux baignent dans une douce lumière, ils ne sont pas noyés dans le soleil. La nuit même, et dans les fêtes les plus éblouissantes, l'éclat des lustres se tempère et s'éteint un peu afin de les respecter.

M. Théophile Gautier les a vus; il les a décrits ou plutôt gravés dans son feuilleton du *Moniteur*. J'aime mieux vous renvoyer à cette eau-forte de notre illustre maître que de vous donner ici une contre-épreuve effacée. Feuilletez la collection du journal officiel; vous retrouverez facilement la belle page où le Rembrandt de la critique moderne a esquissé d'un trait hardi la décoration de l'hôtel Fould. Pour le moment, nous sommes dans ce bazar qu'on appelle le Salon de 1861; ouvrons nos parasols, et restons-y.

C'est la troisième fois que M. Baudry soumet ses ouvrages à l'examen du public. Personne n'a oublié cette mémorable exposition de 1857, qui fut son début, ou, pour mieux dire, son avénement. Une grande toile d'histoire, le *Supplice d'une vestale*; trois magnifiques tableaux de genre, la *Fortune*, le *Saint Jean*, la *Léda*, un portrait de M. Beulé, qui devint célèbre en peu de temps, composaient le bagage du jeune artiste. Devant cet étalage, il n'y eut qu'une opinion, qu'une voix, qu'un cri. Tant de science unie à tant d'originalité! Un souvenir si pur des maîtres de la Renaissance! Un sentiment si vif de la nature telle qu'elle est!

Les critiques s'appliquèrent à formuler l'admiration publique. Ils donnèrent un corps à la pensée de tout le monde. Ils expliquèrent à la foule les impressions qu'elle avait reçues, et lui prouvèrent par A plus B qu'elle avait grandement raison de trouver cela beau. Les critiques sont ainsi faits dans notre cher pays de France: faciles à l'homme qui débute, terribles à l'homme qui a réussi. Le premier

tableau, le premier livre, le premier drame d'un inconnu les enflamment; la récidive du succès les éteint. Ils se servent volontiers
de nos œuvres de jeunesse pour écraser les ouvrages de notre ma-
turité. Ils nous conduisent par la main au temple de la Gloire; mais,
une fois entrés, ils ferment toutes les portes et nous assomment à
coups de bâton.

M. Baudry a vérifié à ses dépens cette loi de la nature, ou plutôt de
la civilisation parisienne. Sa seconde exposition était meilleure que
la première. On y voyait une *Madeleine* qui restera comme un des
plus beaux spécimens de l›art moderne, et une *Toilette de Vénus* que
les musées de l›Europe se disputeront quelque jour. Dans ces deux
pièces capitales, l›originalité de l›artiste se montrait à nu, dégagée
de tous les souvenirs de l›école. Le brillant pensionnaire de Rome
s›asseyait tranquillement dans la tribune des maîtres. Un portrait
de petite fille, désigné par le joli nom de *Guillemette,* rappelait encore un peu les infantes de Vélasquez; mais il y avait un *baron Jard
de Panvilliers* qui ne devait rien à personne. C›était la nature saisie
par la main vigoureuse de l›artiste, comme autrefois Lycas fut empoigné par Hercule. J›ai rencontré hier au Salon M. le baron Jard
de Panvilliers. Un gardien qui l›avait reconnu comme moi le sui-
vait d›un regard inquiet. La physionomie de ce brave homme disait
clairement: «Voilà un portrait de M. Baudry qui s›est échappé de
son cadre; s›il fait un pas de plus, je vas le réintégrer.» La critique
de 1859 fut sévère pour le jeune artiste qui avait exposé tant de
belles choses. On lui fit expier son succès de 1857. Le jury l›oublia
dans la distribution des récompenses; on ne songea pas même à
rappeler dans le procès-verbal la première médaille qu›il avait obtenue à l›Exposition précédente. On ne mit pas de ruban rouge à sa
boutonnière, et je tiens à vous dire qu›aujourd›hui même, en 1861,
ce décorateur charmant, qui travaille chez les ministres, n›est pas
encore décoré.[1] Les *éreinteurs* de profession s›avisèrent que son
talent était assez mûr et que le temps était venu de le décourager.

Il ne se découragea point, et vous en avez la preuve. Cette *Charlotte
Corday* que la foule environne du matin au soir, ce *Saint Jean,* ces
quatre portraits, ces deux esquisses de décoration mignonne, ne
sont que des échantillons du travail qu'il a fait en deux ans. Son
talent n'a pas faibli, non plus que son courage.

---

1   Il l'a été après l'Exposition de 1861.

La *Charlotte Corday* après le meurtre, est un tableau d›histoire composé avec la plus haute intelligence, exécuté avec la dernière perfection. Quels que soient les ravages causés par la lumière du Salon, cette toile reste entière, parce que le sujet est fortement construit. D›un côté, le Marat qui meurt dans sa baignoire; de l›autre, la criminelle héroïque, la nièce de Corneille, la parente d›Émilie, cette aimable furie que M. de Lamartine a appelée l›ange de l›assassinat. Elle s›est jetée dans un coin, pâle, frémissante, roide, crispée, tremblante, non de peur, mais de dégoût. Elle a fui aussi loin qu›elle a pu, non pour échapper à la Justice, qui monte l›escalier, mais pour éviter le contact du monstre. Entre Charlotte et Marat, dans ce cabinet grand comme la main, on voit un vide énorme rempli par la carte de France. C›est qu›en effet, entre la victime et le meurtrier, il y a la France. Le destin d›une grande nation vient de se jouer sur un seul coup.

Si l'artiste avait voulu spéculer sur l'horreur de son sujet, la chose était facile. Il n'avait qu'à créer un de ces effets de lumière auxquels la foule des expositions se laisse toujours prendre: noyer le Marat dans une ombre sinistre; éclairer d'une auréole la tête de Charlotte. M. Baudry a mieux aimé rester vrai. Il a placé son drame dans ce jour cru, brutal, uniforme, qui se répand dans les chambres de Paris à travers un rideau de percale. L'ombre qui enveloppe le cadavre de Marat est un voile transparent qui ne cache rien; tous les détails de l'action se montrent aux yeux du public comme ils ont dû apparaître aux yeux du commissaire. Le sujet n'est pas enveloppé de ces lueurs poétiques qui font le charme et le défaut du récit de M. de Lamartine; il s'étale à nu dans la lumière de l'histoire.

Delaroche le vrai, Delaroche le dramatique, s'il pouvait revivre un instant, apprécierait sans doute l'œuvre de M. Baudry. Il louerait la puissante simplicité de la conception, la beauté de la figure, la recherche du détail vrai, le choix et le rendu des moindres accessoires. Pas de violence inutile, pas de sang prodigué, pas de désordre voulu: le drame sans mélodrame. J'ai entendu quelques amateurs critiquer la perfection exagérée de certaines parties. «C'est trop bien fait, disaient-ils. Cet encrier, ce journal, ce chapeau, cette chaise renversée, cette eau répandue, tous ces admirables trompe-l'œil détournent notre attention du sujet principal. Nous ne voudrions voir que la Charlotte.»—Eh! bonnes gens, regardez-la! elle en vaut la peine. Dites-moi si toute l'exaltation du fanatisme, si toute la résolution du meurtre, si toute l'horreur du sang versé, si le combat de mille passions contraires ne se reflète pas dans ce beau visage? On pourrait supprimer les accessoires et le cadavre lui-même. Rien qu'à la voir ainsi, acculée dans son coin, vous diriez: «Voilà celle qui vient de tuer Marat.» Mais, comme le tableau n'est pas fait pour être regardé en passant, comme il doit se placer tôt ou tard dans quelque musée, dans quelque galerie où l'on viendra le revoir et le revoir encore, le peintre a ramassé sur sa toile une collection de faits, d'observations, de détails exacts, afin que cette œuvre fût complète et qu'on y découvrît encore, après dix ans, de nouveaux traits de vérité.

Puisque j'ai prononcé le nom de Paul Delaroche, je puis passer, sans autre transition, au portrait de M. Guizot. Delaroche en a fait un, qui est célèbre; M. Baudry en expose un autre, qui est excellent. Je les vois d'ici tous les deux, et je les compare aisément, sans un grand effort de mémoire.

Delaroche a peint l'homme dans son plein; le ministre triom-phant et plus roi que le roi, l'orateur qui écrasait l'opposition de tout le poids de son mépris, le doctrinaire qui improvisait pour les besoins du moment des théories cyclopéennes. Ce portrait semble dire à la multitude, du haut de la tribune souveraine: «Agitez-vous, criez, accusez, réclamez des droits imaginaires! Je suis sûr de mes principes et de ma majorité; je protége les intérêts, et les intérêts m'appuient. La bourgeoisie est derrière moi, l'exemple de l'Angle-terre est devant moi, l'autorité de la vertu est en moi.»

C'est un beau portrait, cet ouvrage de Paul Delaroche; médiocre-ment peint, mais d'une ressemblance superbe.

Que les temps sont changés! Voici le portrait de M. Baudry. Les déceptions et les malheurs, plus encore que les années, ont ridé cette noble tête, creusé ce front olympien. Ces yeux ont vu tomber un trône qu'on croyait fondé solidement sur la justice et la vérité. Ces oreilles ont entendu les lamentations de l'exil; elles ont appris des morts aussi terribles qu'imprévues. Les foudres de l'adversité sont tombées comme une grêle de feu sur ces rares cheveux gris. Ces mains puissantes ont laissé échapper le sceptre qu'elles pen-saient tenir jusqu'à la mort. Les petites misères, quelquefois plus insupportables que les grandes, ont essayé d'achever ce vieillard.

Il a vu le marteau des démolisseurs s'abattre sur la maison où il avait élevé ses enfants. Le boulevard Malesherbes a rasé le petit jardin où il préparait ses discours et construisait le plan de ses livres. Triste, triste vieillesse! encore verte pourtant et bien vivante. Le corps paraît un peu cassé, mais les morceaux en sont bons, Dieu merci! L'œil est vif et profond, la main ferme et nerveuse; le cœur est toujours vaillant dans l'amitié et dans la haine. Le cerveau pense, raisonne, et veut.

M. Guizot n'est plus un homme d'État en activité de service; mais il est encore, il sera longtemps un historien, un publiciste, un mécontent, un chef de parti, un drapeau. A-t-il renoncé à la politique? Il renoncerait plutôt à la vie. Nous le reverrons sans doute à la tribune dès que la tribune sera relevée. En attendant, il s'amuse à l'Académie comme Charles-Quint à Saint-Just: il remonte de vieilles horloges et s'applique à les faire marcher ensemble. A quoi songe-t-il, dans ce fauteuil où M. Baudry l'a voulu peindre? Est-ce qu'il médite son traité d'alliance avec le dominicain Lacordaire? est-ce qu'il prépare un discours aux protestants en faveur du pouvoir temporel? Songe-t-il à flétrir la corruption électorale, ou à réclamer pour nous cette liberté de la presse qu'il ne nous a jamais donnée? En tout cas, soyez certains qu'il n'a rien oublié, rien abdiqué, et que ces admirables mains, si elles ressaisissaient le pouvoir, nous conduiraient encore sans trembler jusqu'au fond de l'abîme.

Mais nous ne sommes pas ici pour nous amuser à la politique, et c'est de peinture qu'il s'agit. Il ne m'est pas permis de laisser sans réponse une critique que j'ai entendu faire devant le portrait de M. Guizot. On prétendait, sans parti pris de dénigrement, et tout en rendant justice au talent du jeune maître, que la tête était appliquée sur le fond comme une découpure; que les détails de l'exécution étaient exquis, mais que l'ouvrage manquait de masses et de plans. Je ne relèverais pas cette observation, si elle n'était fondée sur quelque apparence. Il est certain que les portraits de M. Charles Dupin et du jeune M. de Caumont se soutiennent mieux au Salon que celui de M. Guizot. C'est un fait incontestable; il ne s'agit que de l'expliquer. Lorsque toutes ces toiles étaient ensemble dans l'atelier du peintre, éclairées par le jour qui leur convient, et non par ce soleil d'Austerlitz qui brille à l'Exposition, le Guizot primait tout le reste. On prévoyait qu'il serait dans l'œuvre de M. Baudry ce que le Bertin est dans l'œuvre de M. Ingres, ce que le prince Napoléon sera désormais dans l'œuvre de M. Flandrin.

Tout le reste pâlissait devant cette admirable peinture. La grâce, la coquetterie, la suavité de la belle Madeleine nous laissait presque indifférents; on oubliait de regarder ce curieux portrait de M. Charles Dupin, tout pétillant de finesse à travers le demi-sommeil ruminant de la statistique. A peine si l'on donnait cinq minutes d'attention au portrait de ce jeune homme si libre d'allure, si *gentlemanlike*, si heureux de vivre, de monter à cheval, d'être joli garçon et bien mis. M. Guizot faisait tort à tous ses voisins, sans excepter Charlotte et Marat; il tirait à lui toute la couverture. Personne alors ne songeait à dire qu'il était découpé sur le fond, ni surtout qu'il manquait de plans et de masses. On trouvait en revanche, et non sans quelque raison, que le portrait de M. de Caumont était encore un peu enveloppé dans les limbes de l'ébauche. La lumière absurde du Salon a renversé la proposition; elle a détruit l'ensemble et la grande harmonie du portrait de M. Guizot, elle a caché ce qu'il y avait d'inachevé dans les autres.

Cette Exposition est comme les tremblements de terre, qui culbutent les temples parfaits et respectent les maisons en construction.

§ II.—MM. HIPPOLYTE FLANDRIN, HÉBERT, CABANEL, BOUGUEREAU, CLÉMENT, GIACOMOTTI, G. R. BOULANGER.

L'héritier présomptif du roi des dessinateurs modernes, le Jules Romain de M. Ingres, M. Hippolyte Flandrin, pour tout dire en un mot, n'a exposé que des portraits cette année. Mais ces portraits sont des chefs-d'œuvre en leur genre, un surtout, qui a dès aujourd'hui sa place marquée parmi les monuments du génie français.

Le public de Paris court volontiers à ce qui brille. Il va brûler ses ailes aux chandelles allumées par le pinceau de M. Riedel, et il passe auprès de la perfection sans retourner la tête. Pour cette fois cependant, la foule a rendu prompte justice au portrait du prince Napoléon. Les critiques n'ont pas eu besoin de lui dire: «Allez là, et admirez!» Elle n'a pas même attendu le jugement des artistes qui décernent par avance, et avec plus d'impartialité qu'on ne croit, le prix du concours. Dès l'ouverture du Salon, le public s'entassait autour du chef-d'œuvre, comme la limaille de fer autour d'un aimant.

C'est que les grandes qualités de M. Flandrin, un peu discrètes et voilées dans la plupart de ses ouvrages, ont pris une vigueur et un éclat singuliers au contact de ce modèle. Lorsque M. Flandrin entreprend le portrait de M. G. ou de madame X, il se préoccupe uniquement de rendre l'ensemble de la personne, l'habitude du corps, la construction d'une charpente humaine, le modelé des chairs et cet admirable jeu de la lumière à travers les plans, les méplats, les saillies et tout ce qui constitue la forme d'un individu. Peu soucieux des friandises de la couleur, il laisse à part les qualités si diverses de la lumière et ne craint pas d'envelopper son admirable dessin d'une atmosphère grise et cendrée. Au contraire de ces cuisiniers qui sauvent la médiocrité des viandes par la succulence du ragoût, il dédaigne de parer sa marchandise et nous sert la forme pure, telle qu'il la voit. Il suit de là que ses portraits, quelle que soit la perfection du modelé, restent toujours un peu en deçà de la nature vivante et colorée.

On n'adressera point ce reproche au portrait du prince Napoléon. Non que M. Flandrin ait emprunté pour un jour la palette de Rubens ou de Delacroix; non qu'il ait oublié de répandre çà et là sur ce merveilleux dessin quelques légères pincées de cendre, mais parce que la splendeur d'une grande chose aveugle la critique elle-même sur les manques et les imperfections du détail. Le spectateur, entraîné par l'admiration, franchit les défauts sans les voir, comme un soldat courant à la victoire enjambe les fossés qui coupent la route.

Ce portrait n'est pas seulement un beau dessin, c'est une grande œuvre, l'étude d'un esprit supérieur, le fruit d'une haute intelligence. Si tous les documents de l'histoire contemporaine venaient à périr, la postérité retrouverait dans ce cadre le prince Napoléon tout entier. Le voilà bien, ce César déclassé, que la nature a jeté dans le moule des empereurs romains, et que la fortune a condamné à se croiser les bras sur les marches d'un trône: fier du nom qu'il porte et des talents qu'il a révélés, mais atteint au fond du cœur d'une blessure invisible, et révolté secrètement contre la fatalité qui pèse sur lui; aristocrate par éducation, démocrate par instinct, fils légitime et non bâtard de la révolution française; né pour l'action, condamné, peut-être pour toujours, à l'agitation sans but et au mouvement stérile; affamé de gloire, dédaigneux de la popularité vulgaire, sans souci du qu'en dira-t-on, trop haut de cœur pour faire sa cour au peuple ou à la bourgeoisie, suivant la vieille tradition du Palais-Royal.

C'est bien lui qui sollicitait l'honneur de conduire les colonnes d'assaut au siége de Sébastopol, et qui est revenu à Paris en haussant les épaules, parce que la lenteur d'un siége lui paraissait stupide. C'est lui qui, par curiosité, par désœuvrement, pour éteindre un peu les ardeurs d'une âme active, est allé se promener, les mains dans les poches, au milieu des banquises du pôle Nord, où sir John Franklin avait perdu la vie. C'est lui qui a pris d'un bras vigoureux le gouvernement de l'Algérie, et qui l'a rejeté avec dégoût, parce que ses mouvements n'étaient pas tout à fait libres. C'est lui qui, hier encore, au Sénat, s'est placé d'un seul bond au rang de nos orateurs les plus illustres, écrasant la papauté comme un lion du Sahel écrase d'un coup de griffe une vieille chèvre tremblante, puis tournant les talons et revenant à sa villa de la rue Montaigne, où l'on respire la fraîcheur la plus exquise de l'élégante antiquité.

Si M. Flandrin a laissé dans l'ombre un côté de cette noble et singulière figure, c'est le côté artistique, délicat, fin, florentin, par où le prince se rapproche des Médicis. On pouvait, si je ne me trompe, indiquer par quelque trait les grâces de cet esprit puissant, délicat et mobile qui étonne, attire, inquiète, séduit sans chercher à séduire, et enchaîne les dévouements autour de lui sans rien faire pour les retenir.

Le portrait de Son Altesse Impériale madame la princesse Clotilde n'a point de succès, et le public, si juste aujourd'hui pour M. Flandrin, est presque brutal avec M. Hébert. Quel mauvais maître tu fais, ô public, animal à trente-six millions de têtes! Et combien les écrivains et les artistes de Paris sont malheureux à ton service! Tu nous gâtes à nos débuts, tu exagères nos qualités, tu fermes les yeux sur nos défauts; puis la girouette tourne, et tu nous prends en grippe. Nos défauts grossissent comme des monstres, et toutes nos qualités sont mises en oubli. On dirait, Dieu me pardonne! que tu prends de la jalousie contre ceux qui t'ont forcé à l'admiration, et que tu te venges sur eux de tout le plaisir qu'ils t'ont donné.

Hébert n'a exposé que deux portraits de femme et un petit paysage de Cervara, qui est une merveille, un bijou d'Italie, un vrai bijou de Castellani. Il n'a pu faire davantage, étant malade et fiévreux la moitié de l'année. Ses deux portraits sont malades aussi, ou, pour mieux dire, la morbidesse qu'on admirait tant autrefois dans ce célèbre tableau de *la Mal'aria* s'est aggravée sensiblement. Mais s'ensuit-il de là qu'Hébert soit devenu un mauvais peintre ou même un artiste médiocre? A-t-il perdu la place qu'il s'est faite depuis dix ans parmi les jeunes maîtres? Point du tout. Il compose, il peint, il dessine toujours en maître. Son défaut s'est aggravé, nous en sommes convenus; mais aucune de ses qualités n'a péri. Peut-être ne se serait-il pas laissé entraîner à ces excès de pâleur et de transparence, si les expositions de peinture étaient un peu plus rapprochées l'une de l'autre. En comparant ses œuvres aux œuvres de ses rivaux, il eût mesuré le chemin qu'il faisait hors de la vérité et de la santé. Peut-être aussi un ou deux critiques de bon conseil lui auraient mis le doigt sur la plaie. On l'eût averti que l'éclat de ses ciels et l'exécution trop brillante de certains accessoires sacrifiait un peu les figures. Ces enseignements lui ont manqué; c'est un malheur. Disons, si vous voulez, que c'est un crime, et qu'Hébert a pris sa place au nombre des scélérats; mais ne contestez pas son talent, qui est immense.

Les grands peintres sans défaut sont très-rares; on les compte. Michel-Ange était excessif, le Pérugin était sec, le Corrége était mou, Rubens était rouge, Jordaens était vulgaire. Que penseriez-vous d'un critique qui ne verrait que la vulgarité de Jordaens, que la mollesse du Corrége, que la sécheresse du Pérugin, que la truculence de Michel-Ange et la grosse santé des nourrices de Rubens?

Le devoir de la critique, lorsqu'elle s'adresse aux artistes vivants, est de les taquiner sur leurs défauts, afin qu'ils s'en corrigent. C'est surtout lorsqu'ils sont les favoris du public, et qu'ils seraient tentés de se croire parfaits, que nous devons mettre de l'eau dans leur vin et leur montrer par où ils sont hommes… Mais, le jour où le public est tenté de nier les qualités d'un homme de talent, nous devons monter sur les toits et crier à la foule qu'elle est injuste, absurde et cruelle.

Je vous assure que, dans deux cents ans, lorsque les tableaux de M.

Hébert et ses portraits seront au Louvre, on parlera de lui comme d'un maître français qui avait exagéré la morbidesse, mais personne ne lui contestera le titre de maître.

En ce temps-là, il ne sera plus question de M. Bouguereau.

Est-ce donc que l'énormité de ses défauts l'aura fait proscrire de nos musées? A Dieu ne plaise! M. Bouguereau est un artiste sans défaut, correct comme une tragédie de M. Viennet. Élève de M. Picot, continuateur de M. Blondel, M. Bouguereau a sa place marquée à l'Institut, à la gauche de M. Signol.

Et pourtant il expose un portrait de femme qui n'est pas sans intérêt. C'est apparemment qu'il s'était arraché à la contemplation de ses maîtres pour regarder la nature une fois par hasard.

M. Cabanel a failli tomber dans le Bouguereau. Ses deux dernières expositions nous ont donné à tous de sérieuses inquiétudes. Mais il se relève aujourd'hui par un vigoureux effort. Décidément, c'est un artiste de race: l'Académie et la banalité ne prévaudront point contre lui.

Ses deux portraits de femme sont vraiment bien, surtout le portrait de madame W. R... Sa petite composition florentine est empreinte d'un goût pur et d'un sentiment élevé; enfin on ne peut nier que ce grand tableau d'une *Nymphe enlevée par un Faune* ne soit une des œuvres capitales de l'Exposition.

Le demi-dieu mâtiné de bouc a saisi gaillardement la belle créature blanche. Prendra-t-il le temps de l'emporter dans son antre tapissé de lierre, où la mousse s'étend en lit voluptueux? Je croirais plus volontiers qu'il va, séance tenante, ajouter un chapitre aux poésies d'Ovide. Tout son être est tendu par la passion; chaque muscle de son corps exprime la brutalité du désir; il épate son nez dans un de ces baisers fougueux qui mordent. La nymphe, domptée par ces deux bras irrésistibles, cède mollement et s'abandonne; ses yeux languissants et sa bouche entr'ouverte la montrent demi-morte de fatigue, de peur, et qui sait? de quelque avant-goût du plaisir. Elle est jolie et bien faite, cette victime consolable. Quant à lui, le chasseur de chevelures blondes, la nature l'a taillé pour ce courre et cet hallali. C'est le neveu du faune de Perraud, le cousin germain du faune de Crauk. Les dentelés sont superbes et les articulations fines, dans cette robuste famille.

Puisque M. Cabanel est rentré si vaillamment dans la bonne voie, qu'il y fasse un pas de plus. Qu'il donne plus de corps à ses figures, qu'il se défasse d'un dernier reste de mollesse et d'afféterie. Ce n'est pas du sang, mais de l'ambroisie, qui coule dans les veines de son faune. Ce père Archange des bois est modelé dans la perfection, et pourtant on ne devine pas assez la réalité de ses chairs et la solidité de ses os. Quelques larmes de sirop, quelques parcelles de pommade sont encore tombées sur la palette du peintre.

Le sirop a sa douceur et la pommade a son charme. Je n'ai jamais contesté le talent souple et varié de M. Arsène Houssaye, ni les mérites poétiques de M. Louis Énault. Mais lisez Lucrèce, mon cher Cabanel, lisez le grand, l'immortel Lucrèce, ce mâle génie qui ne mit dans ses vers ni sirop, ni pommade, ni eau bénite, ni encens, ni aucune des drogues qui affadissent le cœur de l'homme.

Je ne veux pas parler de la *Madeleine*, ni du portrait de M. Rouher, non que ces deux toiles soient dépourvues de mérite; mais la *Madeleine* est peinte et dessinée dans cette manière molle que M. Cabanel doit abandonner pour toujours. Quant au portrait du ministre de l›agriculture, il ne me paraît ni bien compris, ni parfaitement composé. La première fois que j›y ai jeté les yeux, je n›ai pas vu M. Rouher, je n›ai pas vu un homme d›État, un administrateur, un orateur: j›ai vu, et quand je ferme les yeux je vois encore… un ventre! M. Rouher n›est pourtant pas un ventre, que diable! c›est un des cerveaux les mieux organisés de notre temps. M. Cobden vous le dira, et le traité de commerce vous le prouvera.

Un nouveau débarqué de l'École de Rome, M. Giacomotti a exposé l'inévitable *Martyre* de la cinquième année: je n›en veux dire ni bien ni mal.

Savez-vous ce qu'on gagne à faire des martyrs? Je vais vous l'apprendre en quatre mots.

Le paganisme a fait des martyrs, et il a hâté la victoire du christianisme.

Le catholicisme a fait des martyrs, et il a engendré le protestantisme.

Le despotisme a fait des martyrs, et il a produit la Révolution.

La Révolution a fait des martyrs, et elle a donné naissance à l'Empire français.

Les pensionnaires de Rome font des martyrs, et ils nous ennuient.

Mais le talent de M. Giacomotti n'est pas ennuyeux dans son tableau de *la Nymphe et le Satyre*. Ne craignez pas de vous y arrêter longtemps, même après avoir vu la belle toile de M. Cabanel. C'est quelque chose de moins savant, de moins achevé, de moins complet. Mais n'importe, c'est quelque chose. La touche est bonne, le dessin nerveux, la couleur surtout est charmante. M. Giacomotti a dans les veines quelques gouttes du sang de Corrége et de Baudry.

Un jeune pensionnaire, qui est encore à l'Académie, M. Clément, nous a envoyé deux tableaux. Je ne dis pas deux études, mais deux vrais tableaux, et qui ne sentent pas trop l'école.

Le premier, qu'on ne voit guère, parce qu'il est trop mal placé, représente un *Dénicheur d'oiseaux*. Il y a un vrai goût de nature dans ce bambin nu comme un ver.

C'est le second enfant de M. Clément, si j'ai bonne mémoire. L'aîné eut un grand succès à Rome en 1858, et fut adopté par M. de Gramont. Il charbonnait gravement sur un mur la silhouette d'un âne. Le cadet n'est pas un sot non plus, et il est dessiné d'une main plus sûre.

Quant à la *Femme romaine endormie*, c'est une des toiles les plus remarquées à cette Exposition. Peut-être le choix du sujet et le réalisme de certains détails a-t-il contribué à la vogue; mais cette belle et puissante nudité n'est pas seulement un appât offert à la convoitise des vieillards, c'est une excellente figure, comme l'Académie de Rome, voire l'Académie de Paris, n'en produit pas tous les jours.

Est-ce à dire que M. Clément ait le tempérament d'un grand peintre? Je ne sais. A coup sûr, il n'est pas coloriste; à coup sûr, il n'est pas paysagiste, et je regrette bien qu'il ait gâté son tableau par ce vieux fond de vieux arbres d'occasion. Mais il est jeune, il dessine bien, il ne peint pas mal, il a déjà beaucoup d'acquis, et il se fera une place très-honorable, s'il étudie la nature en face, sans loucher du côté de M. Bouguereau.

Je demande qu'avant d'abroger pour toujours la loi de sûreté générale, le gouvernement français déporte à Lambessa mon excellent ami Gustave-Rodolphe Boulanger.

Si vous êtes curieux de savoir pourquoi, je vous conduirai devant ce déplorable tableau d'*Hercule aux pieds d'Omphale*, qui a coûté tant de travail à un artiste jeune, bien doué, savant, sain d'esprit et de corps.

Nous admirerons ensuite un merveilleux petit *Arabe*, bien dessiné, bien campé sur ses jambes, vrai, fin, charmant, excellent, d'une couleur tout à fait louable, et que le peintre a fait en se jouant.

Et l'on comprendra que, si je demande pour mon ami la faveur de quelques mois d'exil, c'est afin qu'il nous donne beaucoup d'Arabes comme celui-ci, et qu'il ne nous confectionne plus d'Hercules comme celui-là.

IV. SCULPTURE
MM. PERRAUD, GUILLAUME, CAVELIER, CLÉSINGER, CRAUK, JULES THOMAS, CABET, GASTON GUITTON, AIZELIN, MAILLET, LOISON, CHABAUD, MANIGLIER, MARCELLIN.

Mon cher lecteur, il vous est arrivé, je suppose, de descendre au rez-de-chaussée de l'Exposition et de regarder les sculptures en fumant une cigarette. C'est ce que nous ferons aujourd'hui, s'il vous plaît, sauf à remonter demain vers les salles où la peinture cuit au soleil.

Une aimable fraîcheur emplit ce beau jardin où les *begonias* étalent leurs feuilles métalliques en concurrence avec les bronzes de Crauk et de Cordier. Nous ne nous y trouverions pas très-bien si nous étions statue, car les détails du modelé sont toujours un peu noyés dans la lumière. Mais, pour de simples promeneurs comme nous, il faut avouer que l'Exposition de sculpture est un paradis charmant.

Il faut reconnaître aussi que les sculpteurs de notre temps cheminent d'un pas plus décidé et dans une meilleure voie que les peintres. Les œuvres excellentes et les artistes de talent sont plus nombreux, proportion gardée, au rez-de-chaussée qu'au premier étage. Il y a de belles choses là-haut, pour tous les goûts et dans tous les genres; mais le chef-d'œuvre du Salon est une sculpture que vous n'avez peut-être pas regardée parce qu'elle est en plâtre: c'est le *Poëte assis* de M. Perraud.

Ahi! null'altro che pianto al mondo dura!

Hélas! rien ne dure en ce monde que la douleur et les larmes!

133

Ce vers mélancolique de Pétrarque est le seul commentaire qui explique, dans le livret, la statue de M. Perraud. Mais l'explication était-elle bien nécessaire? Le plâtre vit, il pense, il souffre, il pleure. Ce beau corps s'affaisse comme s'il portait à lui seul tout le fardeau des douleurs humaines. Jamais la mélancolie moderne, cette fièvre lente des grandes âmes, ne s'est incarnée dans une forme si pure. Tout est beau, tout est noble, tout est parfait dans cette admirable figure, et, si vous en brisiez un morceau pour le cacher dans la terre, ceux qui le trouveraient dans cent ans reconnaîtraient un fragment de chef-d'œuvre.

Que vous dirai-je de plus? La perfection ne s'analyse point. Les premiers ouvrages de M. Perraud offraient quelque prise à la critique; on pouvait donc en parler longuement. Ce magnifique *Adam*, un envoi de Rome qui obtint une première médaille en 1855, était une œuvre discutable. Il y avait dans la musculature un je ne sais quoi d'excessif, une imprudente imitation, ou du moins un souvenir dangereux du *Moïse* de Michel-Ange.

Le *Faune* de 1857, qui mérita la croix au jeune artiste, ne fut pas non plus admiré sans restriction. Le modelé offrait çà et là quelque chose de sautillant; l'art de subordonner les détails à la masse laissait encore à désirer. Entre ces deux ouvrages et le *Larmoyeur* de 1861, la distance est aussi grande qu'entre une page de *la Pharsale* et une page de *l'Énéide*. M. Perraud a commencé par la manière de Lucain; il s'est élevé par degrés jusqu'au style de Virgile. Je ne lui conseille pas de chercher mieux.

Puisque David, Rudde et Pradier sont morts, puisque MM. Duret, Dumont et Jouffroy se tiennent à l'écart, personne ne saurait contester à M. Perraud la première place. Après lui, on peut ranger hardiment, et sans ordre déterminé, sept ou huit sculpteurs de noble race, sortis presque tous de cette école de Rome qui décidément a du bon. Il est plus facile de la décrire que de la vaincre; les expositions et les concours nous le prouvent surabondamment. Tandis qu'elle donnait Baudry, Cabanel, Pils, Hébert et tant d'autres beaux noms à la peinture, elle formait Perraud, Guillaume, Cavelier, Crauk, Thomas et Maillet; elle achevait l'éducation de notre excellent ami Charles Garnier, l'architecte du nouvel Opéra, qui vient d'obtenir, sans brigue, le succès le plus moral qu'on ait vu depuis longtemps.

Entre le *Napoléon Ier* de M. Guillaume et celui de M. Cavelier, deux figures excellentes, on pourrait hésiter longtemps sans décerner le prix. Les deux artistes possèdent à un degré éminent tous les secrets de leur art; ils excellent l'un et l'autre dans la composition d'une statue, dans le modelé des nus, dans la disposition simple et grande des draperies. Peut-être y a-t-il une finesse plus exquise dans l'œuvre de M. Guillaume; mais, en revanche, il y a plus d'ampleur dans celle de M. Cavelier. La première paraît un peu plus petite que nature, quoique mesurée très-exactement sur les proportions du modèle. Cela tient à une loi d'optique que les physiciens n'ont pas encore expliquée.

Pourquoi la figure humaine nous paraît-elle rapetissée par le sculpteur lorsqu'elle n'est pas un peu colossale? Le *Napoléon* de M. Cavelier est plus puissant, plus vigoureux, mais, par cela même, un peu court. M. Guillaume a ressuscité avec beaucoup de goût et de succès la draperie polychrome; M. Cavelier, avec un succès égal, s'est réduit aux ressources ordinaires. Ses draperies de marbre nu ont la coquetterie de leur simplicité.

On se rappelle ces beaux *Gracques* à mi-corps qui ont commencé la réputation de M. Guillaume. M. Cavelier expose cette année un fort beau groupe de *Cornélie entre ses deux enfants*. Travail excellent, heureux de tout point, non-seulement dans les détails, mais, ce qui était plus difficile, dans l'ensemble. Êtes-vous curieux de savoir au juste à quoi sert l'Académie de Rome? Comparez la *Cornélie* de M. Cavelier à la *Cornélie* de M. Clésinger. Le premier groupe est un, compacte, solide; le second groupe a ce défaut capital de n'être pas un groupe, mais la réunion de trois figures. Je ne parle pas de la malheureuse inspiration qui a couronné d'une sorte de diadème la *Cornélie* de M. Clésinger. Elle n'a pas l'air de montrer ses enfants comme des bijoux, mais de montrer ses bijoux à ses enfants. L'auteur de ce contre-sens est, malgré tout, un véritable artiste. Son éducation classique laisse beaucoup à désirer, mais il se sauve par le tempérament, par la fougue, par une certaine puissance qui est assez proche parente du génie. Sa *Diane au repos* est une œuvre de grande valeur. Le livret nous apprend qu'elle est vendue; je regrette que ce ne soit pas à l'État.

M. Crauk, avant de partir pour l'Académie de Rome, était un des élèves favoris de Pradier. Son premier envoi d'Italie fut, si j'ai bonne mémoire, un bas-relief destiné au tombeau de son maître. Cet acte de piété filiale a porté bonheur au jeune artiste. Le voilà qui prend la grosse part dans la succession paternelle. Son *Faune ivre* est un des meilleurs morceaux que l'art moderne ait produits depuis vingt ans. Acquis par l'empereur à la veille de l'Exposition, il va se loger provisoirement dans quelque palais; mais sa place est marquée au Louvre.

Un des principaux mérites de M. Crauk, c'est l'observation scrupuleuse de la nature. Au lieu de s'essouffler à la poursuite de l'idéal, il copie le modèle, mais il le choisit bien. Ce *Faune* si élégant, si svelte, si fin, si nerveux, n'est pas un être de convention, fait de pièces et de morceaux d'après un type rêvé: c'est un homme vivant, copié de main de maître. Pourquoi ne trouverait-on pas des faunes à Paris? On y trouve bien des singes.

Quatre beaux bustes complètent l'exposition de M. Crauk: le maréchal Niel, le maréchal Mac-Mahon, madame la maréchale Niel et madame la duchesse de Malakoff. Depuis un célèbre portrait du maréchal Pélissier, M. Crauk semble être devenu, sans titre officiel, le sculpteur des maréchaux de France. Il attaque vaillamment ces têtes martiales; son ébauchoir se joue dans les moustaches les plus redoutées du Russe et de l'Autrichien. Mais il sait aussi caresser les fins méplats d'un jeune et doux visage, et arrondir les contours d'une poitrine appétissante. C'est une part qu'il n'a pas oublié de prendre dans l'héritage de Pradier.

Nous n'avons pas fini avec les précoces talents de l'école académique. Voici le *Virgile* de M. Jules Thomas, un des plus grands et des plus légitimes succès de cette année. Je ne sais pas si Virgile était ainsi; mais c'est ainsi que je l'ai toujours vu en imagination, ce Marcellus de la poésie qui mourut jeune, comme tous ceux qui sont aimés des dieux. Exacte ou non, je voudrais qu'il pût voir cette statue; il l'aimerait.

La plus belle figure de femme qu'on ait exposée en 1861 est la *Suzanne au bain* de M. Cabet. M. Cabet est digne de continuer la tradition de Rude, comme M. Crauk celle de Pradier. Peut-être n'a-t-il pas cette puissance du génie qui a sculpté *la Marseillaise* sur l'Arc de l'Étoile; mais cette Suzanne si jeune, si élégante et si chaste pourrait affronter le voisinage de l'*Amour dominateur* et de l'*Hébé*.

M. Gaston Guitton, autre élève de ce grand homme de bien, a exposé trois statues: un marbre et deux bronzes. Il y a vraiment bien du travail, et du courage, et du talent, dans notre école de statuaire. Ces trois figures de M. Guitton sont excellentes toutes les trois. La jeune fille de marbre est parfaite, sauf la tête, qui me paraît un peu trop petite et moins heureuse que le corps. L'enfant qui personnifie le printemps est plein de grâce et de naïveté. Le passant qui cause avec la colombe d'Anacréon, sans être une œuvre de premier ordre, ne déparerait pas une collection de bronzes antiques.

Et la *Nyssia* de M. Aizelin! Encore une œuvre charmante. Je n'ai pas la prétention de la classer; je ne la mets ni avant ni après les figures de M. Guitton; j'en suis ravi, tout bêtement.

L'*Agrippine* de M. Maillet est parfaitement drapée. C'est une figure irréprochable, et qui atteste un vrai talent. Il est à regretter que l'artiste se soit donné la satisfaction puérile de draper le visage même et de le laisser voir au travers d'un voile transparent: de tels enfantillages du ciseau transportent en admiration le public du dimanche; mais il conviendrait d'abandonner aux praticiens de Milan ces trop faciles succès. M. Maillet peut beaucoup mieux; il l'a prouvé en 1853, en 1855, en 1857, et cette année même par un joli petit groupe intitulé *la Réprimande*.

Je ne dirai rien aujourd'hui de M. Loison, sinon qu'il se laisse aller trop complaisamment sur la pente où roule M. Bouguereau. M. Chabaud, qui a renoncé à la gravure en médaille pour la grande sculpture, a exposé une bonne statue de *la Chasse*, commandée par le ministre d'État.

Ne jugez pas M. Maniglier sur son *Pêcheur*, qui n'est pas *ensemble*. Ce jeune artiste n'a pas encore terminé ses études à l'Académie de Rome, et pourtant il a déjà fait beaucoup mieux que ce plâtre.

Voilà beaucoup de sculptures pour une fois, et je ne suis qu'à la moitié de ma besogne. Nous nous arrêterons ce soir à M. Marcellin, qui a fait pour la cour du Louvre une statue de *la Douceur*, très-belle et vraiment décorative. Je goûte moins son groupe de *la Jeunesse captivant l'Amour*. C'est joli, mais trop joli. M. Marcellin est encouragé par ses succès mêmes à efféminer la beauté de la femme. «C'est porter des chouettes à Athènes,» comme on disait au temps de Phidias.

V. SCULPTURE (SUITE)

MM. ROCHET, ÉTEX, CORDIER, ISELIN, MILLET, OLIVA, DESPREY, BARRIAS, CARRIER, DANTAN JEUNE, MADEMOISELLE DUBOIS-DAVESNES, MM. FRANCESCHI, CLÈRE, GODIN, POITEVIN, PROUHA, VALETTE, TEXIER, MATHURIN MOREAU, FRATIN, CAIN, FRÉMIET, TINANT, DEVERS, VECHTE.

Une masse imposante et franchement décorative s'élève au milieu de l'Exposition de sculpture: c'est le monument de don Pèdre Ier, par M. Louis Rochet.

M. Rochet est élève de l'immortel artiste et du grand citoyen qui s'appelait David (d'Angers). Il a profité aussi des exemples d'un autre maître: il doit beaucoup, et c'est une chose qu'il avoue modestement lui-même, à l'illustre Rauch, de Berlin. Je ne le blâme pas d'avoir étudié le monument de Frédéric II, qui est et qui restera longtemps le plus admirable modèle en ce genre. Le conquérant de la Silésie chevauche en habit militaire sur un piédestal gigantesque; le fondateur de la dynastie brésilienne caracole, dans un costume éblouissant, au sommet d'une montagne de bronze. Autour de Frédéric, les soldats de son armée; à ses pieds, ses victoires. Aux pieds de Pèdre Ier, M. Rochet a symbolisé les quatre grands fleuves du Brésil, entourés des produits les plus marquants de cette contrée miraculeuse. On devine, au premier coup d'œil, les ressources inépuisables de cette terre vierge que la liberté et la civilisation commencent à mettre en valeur.

Lorsqu'il s'est agi de représenter les quatre fleuves du Brésil, l'artiste s'est vu arrêté un instant par une objection toute locale. Pouvait-il placer aux pieds de dom Pèdre quatre fleuves antiques, avec cette longue barbe limoneuse que les sculpteurs romains donnaient au Tibre et au Danube? Mais la barbe est un ornement inconnu chez les peuplades indigènes du Brésil. Les tribus riveraines de l'Amazone et du Parana sont plus glabres que nos lycéens de douze ans. M. Rochet a esquivé la difficulté, en représentant chaque fleuve par une famille sauvage choisie sur ses bords. Reste à savoir jusqu'à quel point un sauvage rond comme un œuf peut exprimer l'idée d'un fleuve. Ce n'était pas sans quelque raison que les sculpteurs anciens avaient choisi des vieillards à longue barbe pour représenter les grands cours d'eau. L'imagination du peuple reconnaissait, au premier coup d'œil, ces vieux bienfaiteurs du genre humain penchant leur barbe de roseaux sur leurs urnes inépuisables; et les petits enfants eux-mêmes, devant ces figures vénérées, apprenaient l'amour et le respect des forces bienfaisantes de la nature. Je serais bien étonné si les sauvages eux-mêmes éprouvaient quelque sentiment du même genre devant les groupes de M. Rochet. Ajoutez que les types qu'il a dû choisir ne brillent ni par la beauté ni par la variété. Ces hommes bouffis, lippus et modelés en boudin sont assurément très-vrais; mais pourquoi la vérité de ces pays-là n'est-elle pas plus belle?

Malgré tout, je me figure que le monument de dom Pèdre, lorsqu'il s'élèvera sur une place de Rio-de-Janeiro, fera un assez grand effet et honorera la sculpture française. Le tas est bon, la masse est imposante, les proportions sont justes et nobles. M. Rochet a entrepris une œuvre difficile, et l'on ne peut pas dire qu'il ait manqué son but.

M. Étex a été beaucoup moins heureux dans son projet de fontaine monumentale, et je ne désire pas vivre assez longtemps pour voir ce chef-d'œuvre à l'entrée du bois de Boulogne. Au demeurant, l'architecture, la sculpture et la peinture de cet artiste fécond me laissent sous une impression malheureusement uniforme. Je me demande quelquefois comment un homme qui a fait, en 1833, un des groupes les plus remarquables de notre siècle a pu tomber si fort au-dessous de lui-même. Un incontestable talent, une noble ambition, un travail héroïque devaient le conduire plus haut et plus loin. Peut-être le sort a-t-il pris plaisir à constater par cette décadence un axiome de la sagesse des nations: «Qui trop embrasse, mal étreint.»

M. Cordier embrasse beaucoup sans sortir de la sculpture, mais il étreint vigoureusement. Son chef-d'œuvre n'est pas le *Triomphe d'Amphitrite*, qui pèche par la proportion, ni même la belle *Gallinara*, ou gardeuse de poulets, où la dépense du marbre est trop grande pour l'importance du sujet. Dix kilogrammes de bronze suffiraient amplement. Mais le buste de madame la baronne de R... est très-fin et bien digne de la beauté aristocratique du modèle. Quant au buste de *la Négresse*, c'est un bijou du plus haut prix, non-seulement par l'arrangement des métaux, l'harmonie des couleurs et le goût de l'ajustement, mais par le modelé de la tête. On n'a rien fait de plus frais, de plus friand, de plus croquant dans ce genre. Je recommande à ceux de mes lecteurs qui ont lu *la Grèce contemporaine* le portrait d'Hadji-Petros. C'est une fort belle tête de pallicare, exécutée avec le plus grand soin d'après ce vieux héros de l'amour et de la guerre. La couleur même du bronze est nouvelle et intéressante: vous diriez une scorie humaine retrouvée sous les débris d'une acropole incendiée.

Il y a, dans cette exposition de sculpture, toute une collection de bustes excellents, presque un musée.

Nous avons déjà parlé des maréchaux et des maréchales de M. Crauk; nous ne dirons rien du Béranger de M. Perraud, qui n'est pas une de ses œuvres les plus excellentes; mais je voudrais avoir une heure à passer en votre compagnie devant deux bustes de M. Iselin: le professeur Bugnet et le président Boileau. Ces deux portraits suffiraient à fonder la réputation d'un artiste. M. Iselin était connu depuis longtemps; s'il n'est pas célèbre à dater d'aujourd'hui, la fortune aura commis une injustice. Je goûte beaucoup moins le portrait un peu rond de M. le comte de Morny. Il est à regretter que l'art n'ait rien su faire de mieux pour un homme auquel il doit tant.

Le buste du maréchal Magnan, par M. Millet, vaut les meilleurs de M. Iselin. Je regrette seulement que ce jeune et vaillant artiste n'ait pu nous montrer ici les statues qu'il a exécutées dans les monuments publics.

M. Oliva tient ce qu'il a promis. Son buste du grand Arago est magnifique; celui du docteur Cazalas et du lithographe Engelmann sont vivants; il nous a ressuscité M. Étienne avec le jabot, la coiffure, les accessoires, la couleur de l'époque. Ce n'est pas seulement M. Étienne qui revit sur ce piédestal, c'est son temps.

Un jeune homme, M. Desprey, débute aujourd'hui comme autrefois M. Oliva. J'espère qu'il suivra le même chemin. Ce portrait de l'évêque de Troyes est plein de promesses.

Un autre débutant, M. Barrias, a fait deux bustes bien fouillés, bien gras, bien vivants. J'ai couru au livret pour m'informer si M. Barrias n'était pas élève de Caffieri. Qui sait s'il ne sera pas le Caffieri de l'avenir? C'est un beau rêve.

Quel homme que ce M. Carrier! La glaise se modèle spontanément sous ses doigts comme la prose se scandait en vers sous le stylet du poëte Ovide. Il rencontre un empereur, un philosophe, un abbé, une comédienne: il court au baquet de terre glaise, et voilà un buste de plus! Ses portraits sont vivants et ressemblants, quelquefois un peu plus laids que la nature; mais je ne serais pas humilié de me voir laid de cette laideur-là. Il se peut que je me trompe, mais j'ai foi dans l'avenir de M. Carrier. Son buste de M. Renan, qui est ici; son portrait de notre admirable madame Viardot, qui est au boulevard des Italiens, annoncent un talent vigoureux, quoique un peu déréglé. Il prendra une belle place dans l'art moderne, s'il apprend à travailler difficilement.

Au milieu de ces débutants, j'ai failli oublier M. Dantan jeune et sa réputation, consolidée par une longue série de succès. Mais je ne veux point passer sous silence le buste de Béranger, par mademoiselle Dubois-Davesnes. C'est le vieillard à ses derniers jours, bien cassé, bien las, bien abattu par les années et les douleurs de la vie, et déjà penché vers l'éternel repos, mais toujours bon, toujours grand, toujours épris de ces rêves immortels qu'on appelle la patrie et la liberté. Ses lèvres, qui ont chanté la gloire, sifflé la superstition et baisé le joli museau de Lisette, sont un peu molles et pendantes; mais elles s'ouvriront jusqu'à la dernière heure pour laisser tomber de nobles enseignements sur la génération qui grandit. Ses yeux, demi-clos, sourient mélancoliquement à la race ingrate des hommes, comme si le vieillard avait prévu qu'une demi-douzaine de journalistes parisiens se réuniraient sur sa tombe dans une petite orgie de dénigrement.

Nous en avons fini avec les bustes, mais non pas avec les jeunes sculpteurs. Voici encore un bon nombre de statues qui promettent; et d'abord le *Jeune Soldat* de M. Franceschi. Il était difficile, presque impossible de faire un monument avec cette donnée: un jeune homme en costume de fantassin mourant sur le champ de bataille. L'artiste a résolu le problème: le monument est fait; il est simple, bien dessiné sur tous les profils, et touchant. Ainsi sera conservée la mémoire de ce pauvre enfant polonais, ce Kamienski de vingt ans, qui se fit tuer à Magenta dans les rangs de l'armée française, comme s'il avait compris que la guerre d'Italie n'était que le prologue d'une délivrance européenne.

L'*Histrion* de M. Clère est une figure bien construite et exécutée librement.

L'Enfant aux canards, de M. Godin, est devenu finalement une très-bonne chose. Nous placerons en pendant les *Joueurs de toupie* de M. Poitevin; mais ôtez-moi ce buste de madame B...! Il est mou, effacé, et presque indigne du talent ferme et nerveux de ce jeune artiste. La *Vérité vengeresse,* de M. Prouha, jolie figure dans le style de la Renaissance; la *Ménade* de M. Valette, modelée avec un talent presque mûr, et le *David* de M. Texier, qui mérite un encouragement.

Je ne voulais oublier personne, et je m'aperçois que j'ai omis, dans mon précédent article, la charmante *Fileuse* de M. Mathurin Moreau.

M. Barye n'a rien exposé, malheureusement. Mais ce n'est pas une raison pour omettre les sculpteurs d'animaux, M. Cain, M. Frémiet et son *Chat de deux mois,* un chef-d'œuvre d'esprit, de grâce et de naturel. On peut discuter le *Centaure,* et, pour ma part, j'y trouve presque autant de défauts que de qualités; mais ce chat! je voudrais être Égyptien pour qu'il me fût permis de l'adorer sans compromettre le salut de mon âme.

Mais voici encore une bien jolie petite jument, *Géologie,* par M. Tinant. J'ai vu courir *Géologie,* et c'est une admirable bête; mais je ne savais pas qu'elle fût bête de goût, et qu'elle employât ses loisirs à poser chez les bons artistes. Ah! si tous les chevaux qui ont gagné des prix se faisaient sculpter sur leurs économies, les statuaires ne se plaindraient pas de la rigueur des temps.

Nous terminerons, s'il vous plaît, par les remarquables bas-reliefs de M. Devers, le dernier imitateur de Luca della Robbia, et par le beau vase d'argent de M. Vechte, le dernier et le plus digne élève de Benvenuto Cellini. Tout est beau dans l'œuvre de M. Vechte: le galbe du vase, la composition des sujets, le modelé des figures. Je voudrais seulement le profil des anses plus net et moins haché par les accessoires.

VI. PEINTURE

MM. BONNAT, CERMAK, LÉON GLAIZE, LEGROS, MANET, BRACQUEMOND, FANTIN, FAGNANI, BOURSON, BRONGNIART, GUILLEMET, BROWN, FRANÇOIS REYNAUD, BREST, TISSOT, MOULINET, BLAISE DESGOFFE,

CHARLES MARCHAL.

Ma critique est passablement attardée: le Salon ferme dans deux jours, et je serai peut-être obligé de passer sous silence plus d'une belle œuvre et plus d'un vrai talent. Cette injustice involontaire ne causera pas grand dommage aux artistes qui ont leur réputation assise; elle serait plus coupable si elle tombait sur des jeunes gens qui commencent et qui ont besoin, pour attirer l'attention publique, du petit bruit que nous faisons.

Je veux donc me mettre en règle avec ma conscience, en nommant aujourd'hui quelques peintres d'histoire et de genre qui n'ont pas encore obtenu même une troisième médaille, et qui pourtant méritent d'être connus.

M. Bonnat est un des premiers qui m'ont frappé. Son tableau d'*Adam et Ève* en présence du cadavre d'Abel est sans doute une œuvre de jeunesse et d'inexpérience: elle vous arrête cependant par un certain aspect magistral. La composition est simple, forte, touchante. Le dessin des trois figures présente des défauts énormes et de très-belles qualités. La couleur est quelquefois sale, et pourtant il règne dans tout l'ouvrage un vif sentiment de la couleur. Je serais bien étonné si M. Bonnat ne prenait pas un jour, dans la peinture d'histoire, une place importante. Il a des qualités qui ne s'acquièrent pas à l'école, ce qui est rare par le temps qui court.

M. Cermak a de la facilité, de la verve, de l'audace. Sa *Razzia de bachi-bouzouks* rappelle certaines compositions et certaines qualités de M. Horace Vernet. Le groupe est vigoureusement construit, le mouvement de la femme me paraît bien jeté. Peut-être la couleur est-elle un peu banale et le dessin du corps un peu vide. On pouvait entrer plus avant dans le modelé sans nuire à l'effet puissant de l'ensemble.

Le *Samson* de M. Léon Glaize est l'œuvre d'un artiste moins avancé; mais il ne faut pas mépriser ces fruits verts d'une imagination de vingt ans. Il y a, dans ce tableau mal fait, dans cette composition bizarre, dans cette façon de carnaval héroïque, l'empreinte d'un talent réel et personnel.

L'*Ex-Voto* de M. Legros rappelle un peu, mais sans plagiat, les débuts de M. Courbet. La naïveté du sujet, la vérité un peu grimaçante des figures, je ne sais quoi de solide et de vivant, une excellente qualité de peinture, voilà ce qui vous frappe à la première vue. J›espère que M. Legros suivra l›exemple du peintre d›Ornans, qui, après s›être annoncé comme le grand prêtre du laid, est devenu modestement un des premiers paysagistes de notre siècle.

La laideur a son charme et sa friandise, et plus d'un peintre de talent s'y laisse prendre dans la jeunesse. Voyez plutôt M. Édouard Manet, un coloriste hardi, fougueux, proche parent de Goya par la vigueur et l'audace de la touche. Il a fait une excellente chose, et vraiment originale: c'est un *Espagnol jouant de la guitare*. Mais la laideur de ce singe l'a mis en goût, et, lorsqu'un honnête ménage de bons bourgeois lui commande son portrait, les modèles sont fort à plaindre.

Un des meilleurs portraits de l'Exposition est celui de M. H. de M…, par Félix Bracquemond. Si ce pastel était au musée de Bâle, au lieu d'être enseveli dans les catacombes où la commission de placement a caché les dessins, on l'attribuerait à l'école d'Holbein, sinon au maître lui-même. M. Bracquemond a l'étoffe d'un grand, grand, très-grand dessinateur, et je ne sais pas en vérité ce qui manque à son talent, si ce n'est peut-être les commandes.

M. Fantin a trois portraits, désignés modestement par le nom d'études d'après nature. Il est certain que ces toiles ne sont pas finies comme *la Réconciliation* ou *le Marché* de M. de Braekeleer; mais elles sont assez faites pour montrer que M. Fantin a le tempérament d›un peintre. Ébauches si l›on veut! tout le monde ne fait pas des ébauches aussi larges de dessin et aussi justes de ton.

On me permettra peut-être de citer ici quelques portraits de mérite inégal, mais tous intéressants à divers titres. C'est le portrait de Garibaldi, par M. Fagnani; le portrait de Proudhon, par M. Amédée Bourson; le portrait de M. Empis, par M. Brongniart; le portrait de Claude Bernard, par M. Guillemet.

M. Fagnani n'a voulu représenter ni le conquérant désintéressé des Deux-Siciles, ni l'illustre et malheureux défenseur de la liberté romaine, ni le sublime aventurier de Montevideo. Le Garibaldi qu'il nous montre n'est pas le héros en action, bruni par le soleil, amaigri et littéralement *entraîné* par les fatigues et les privations de la guerre, dévoré par le feu du génie et de la passion; c›est le grand homme au repos, le blond laboureur de Caprera, qui sourit avec bonhomie à la délivrance de son pays en attendant l›heure glorieuse où l›on parcourra les dernières étapes de la liberté: Rome et Venise, Pesth et Varsovie.

Le portrait de Proudhon, par M. Bourson, est inscrit au livret dans la forme suivante: «392, *Portrait d'homme.*» Que le portrait de M. Proudhon soit le portrait d'un homme, dans le sens le plus noble et le plus élevé du mot, c'est ce que personne ne peut contester; mais le petit recueil officiel pouvait préciser davantage. J'espère que ce n'est pas la commission des beaux-arts qui a prescrit à l'artiste une formule si générale. Le nom de ce philosophe, de cet économiste, de ce publiciste, de cet homme de bien, ne pouvait qu'honorer une page du livret.

M. Brongniart, un jeune peintre qui fera bien d'oublier les leçons de M. Picot, expose les portraits de M. Robert David (d'Angers), fils de notre immortel sculpteur, et de M. Empis, un bien excellent homme d'esprit, franc comme l'osier, et qui a laissé de justes regrets à la Comédie-Française.

M. Guillemet, digne élève de M. Hippolyte Flandrin, a fixé sur la toile la belle et glorieuse figure de M. Claude Bernard. C'est un assez bon portrait; mais je voudrais que M. Flandrin ou M. Ingres lui-même le refît quelque jour à l'usage de la postérité. M. Claude Bernard, que le peuple connaît à peine par son nom, est un des plus grands hommes de la science. Ce cerveau puissant réunit au plus haut degré deux qualités qui, jusqu'à nos jours, avaient paru s'exclure: l'esprit d'observation et l'esprit de méthode. Nous avons eu des expérimentateurs aussi habiles, des observateurs aussi exacts; mais tous, après avoir noté ou provoqué un phénomène, se sont tenus à la constatation des faits, comme Magendie, ou se sont hâtés d'en tirer des conclusions aventureuses, comme Bichat.

Pour Bernard, le résultat d'une expérience est le point de départ d'une expérience nouvelle. Il use largement de l'hypothèse, mais l'hypothèse n'est pour lui qu'un instrument, un moyen de poser les questions. Ses découvertes se font par enfilades; il n'en est pas une qui ne lui en ait suggéré beaucoup d'autres. Chaque jour lui fournit de nouveaux problèmes qu'il résout successivement. Esprit profondément méthodique (il a refait pour son usage le *Novum Organum*), il s'appuie sur les obstacles mêmes pour avancer plus loin. Les anomalies que les expérimentateurs vulgaires considèrent comme des accidents sont pour lui le point de départ de nouvelles recherches et de nouvelles découvertes. Ses travaux les plus connus et qui ont le plus étonné les académies sont relatifs à la nutrition; mais il a embrassé toutes les parties de la physiologie, et ses études sur le système nerveux sont peut-être les plus révolutionnaires et celles qui exerceront la plus grande influence sur l'avenir de la médecine. Peut-être un jour la médecine scientifique datera-t-elle du Français Claude Bernard comme la médecine d'observation date du Grec Hippocrate.

Mais revenons aux jeunes talents qui se sont produits ou développés brillamment cette année. M. John Brown, un débutant de 1859, a fait des progrès rapides. Il peint bien, il ne manque ni de savoir, ni de verve, ni de finesse, ni d'esprit. Un certain penchant semble l'entraîner vers les études de sport. Il a tout ce qu'il faut pour remplacer avantageusement ce pauvre Alfred Dedreux, le favori du Jockey-Club.

M. François Reynaud a fait trois bons tableaux, dont un vraiment très-remarquable: je veux parler de ces deux filles des Abruzzes qui descendent en chantant, par un soleil de juillet, dans un chemin poudreux. Toute l'Italie du Midi est dans cette charmante peinture: le ciel, le paysage, les étoffes, les types, tout est vrai, vivant, heureux. Bravo! jeune homme. Suivez ces deux petites filles aussi loin qu'elles vous conduiront! La route est bonne: Marilhat, Léopold Robert et Decamps y ont passé à votre âge.

«Élève de MM. Aubert et Loubon,» dit le livret. Je passe à M. Brest, un des jeunes maîtres qui se sont révélés en 1861, et je m'aperçois qu'il est, lui aussi, un élève de M. Loubon. Mes compliments bien sincères à l'excellent professeur du musée de Marseille. M. Brest ira loin, ou, pour mieux dire, il est arrivé. Bien peu d'hommes avant lui ont rendu les aspects de l'Orient avec cette finesse. La place de l'*Al-Meidan et la Pointe du sérail* sont dignes de figurer dans les meilleures galeries; le *Missir-Charsi*, tableau d'intérieur, est peut-être plus merveilleux encore. Lorsque M. Brest rencontrera M. Fromentin et M. Belly, il pourra leur donner la main.

Je passe indifférent devant les pastiches de M. Tissot, faibles hommages rendus par l'ambition d'un jeune homme au génie de M. Leys. Je découvre dans un coin une petite *Savonneuse* signée du nom de M. Moulinet. Il y a là dedans l'étoffe d'un fin coloriste; mais il faudra que M. Moulinet apprenne ce que c'est que les plans.

M. Blaise Desgoffe n'est plus un inconnu, quoiqu'il n'ait encore obtenu aucune récompense. Le public s'attroupe volontiers devant ses onyx, ses métaux, ses vases précieux rendus avec une vérité plus que flamande. Il est très-puissant en son art, et le temps n'est pas loin où les amateurs rechercheront ses toiles pour les couvrir d'or. Un progrès lui reste à faire, s'il veut être complet. Chacun des objets qu'il représente est excellemment peint, et souvent même fort bien dessiné. Mais la collection de ces admirables pièces ne forme pas un tableau, parce que les choses ne sont pas toujours à leur plan, et surtout parce qu'il oublie de les lier ensemble par les reflets. Qu'il se hâte de combler cette lacune, et la critique s'empressera de lui signer son diplôme de maître.

Cette liste ne serait pas complète si j'omettais le nom d'un jeune peintre connu et aimé depuis longtemps dans le monde des arts et de la critique, d'un homme à qui tout le monde reconnaissait beaucoup d'esprit et souhaitait beaucoup de talent, mais qui a attendu jusqu'à cette année pour donner entière satisfaction à ses amis, en produisant une belle œuvre. Je veux parler de M. Charles Marchal et de cet *Intérieur de cabaret*, qui n'est plus la promesse, mais la réalité d'un vrai talent.

Ses premiers ouvrages, dont quelques-uns tiennent leur rang dans les musées de province, n'étaient guère autre chose que des idées peintes. Idées ingénieuses, sans contredit, et quelquefois touchantes; compositions spirituelles, mais exécutées tant bien que mal, sans parti pris, à la bonne franquette. Ce n'était ni mauvais, ni excellent, ni médiocre: ce genre de peinture n'était pas du ressort de la critique, mais plutôt de la sympathie et de l'amitié.

Il y a tantôt deux ans, ce peintre, qui vendait ses tableaux, qui n'était pas maltraité dans nos gazettes, et qui vivait en paix avec tout le monde, excepté peut-être avec lui-même, se met en tête de devenir un artiste sérieux. Il dit adieu à Paris, il va se confiner au fond de l'Alsace, dans l'excellente petite ville de Bouxviller, où il ne connaissait personne. Il y demeure dix-huit mois, travaillant sans relâche, étudiant la nature vivante, fatiguant ses modèles sans se lasser lui-même, et il rapporte deux tableaux à Paris. Je ne vous parle pas de l'hospitalité cordiale qu'il a reçue là-bas, de l'empressement des bons Alsaciens autour de cet étranger: celui-ci lui amenant des modèles, celui-là lui offrant des ateliers, le juge de paix finissant par lui donner la salle d'audience, parce que le jour y était plus franc que partout ailleurs. Toute la population s'intéressait au sort de ces deux toiles; on vint les voir de plusieurs lieues à la ronde lorsqu'elles furent achevées.

Tout cela ne prouvait pas que M. Marchal fût devenu un grand peintre, ni même que son talent eût fait aucun progrès. S'il avait produit deux croûtes en dix-huit mois, la fortune aurait été une injuste et la nature une ingrate; mais la nature et la fortune ont fait souvent de ces coups-là. Rassurez-vous: le premier de ces tableaux, et le moins complet, est exposé au boulevard des Italiens. M. Martinet l'a publié dans *l'Album*, photographie des chefs-d'œuvre de l'art contemporain. Ce n'est pas précisément un chef-d'œuvre, mais c'est une excellente chose, bien supérieure à tout ce que l'artiste avait produit jusque-là.

Quant à l'*Intérieur de cabaret*, qui est exposé au palais de l'Industrie, c'est un progrès dans le progrès. Nous ne sommes plus réduits, cette fois, à louer l'idée, qui est ingénieuse, ni même la composition, qui est excellente. On peut parler hardiment du dessin, du modelé, de la couleur franche et saine, du ton des chairs, de la disposition des draperies. On peut s'arrêter longtemps à chaque figure, et même s'épanouir avec ce groupe si blond, si fin, si charmant qui rit derrière le garde champêtre en uniforme.

La critique, si indulgente autrefois pour M. Marchal, n'a plus besoin de mettre des gants. Elle ne craint plus de lui reprocher la disproportion de telle figure, la roideur de telle draperie, la crudité parfois un peu vive de la couleur. Elle ose le chicaner sur les incorrections les plus légères de la perspective, et lui dire ce mot que j'ai entendu de la propre bouche de M. Meissonnier: «Il y a dans le tableau de Marchal des enfantillages d'écolier avec des qualités de maître.»

CES COQUINS D'AGENTS DE CHANGE

I

J'ai lu dans un vieux dictionnaire français la définition suivante:

«Coquin.—Homme qui ne craint pas de violer habituellement les lois de son pays.»

Si les articles d'un dictionnaire étaient des articles de foi, les plus grands coquins de France seraient les agents de change de Paris. Il n'en est pas un seul qui ne viole au moins cinquante fois par jour ces lois augustes et sacrées que Mandrin, Cartouche et Lacenaire oubliaient tout au plus deux fois par semaine.

Mais, s'il était démontré que nous avons dans le Code des lois surannées, absurdes, monstrueuses; si les magistrats eux-mêmes reconnaissaient quatre-vingt-dix-neuf fois sur cent que l'équité doit lier les mains à la justice; si, en un mot, ces coquins étaient les plus honnêtes gens du monde, les plus utiles, les plus nécessaires à la prospérité publique, ne conviendrait-il pas de réformer la loi qu'ils violent habituellement et innocemment?

II

La fondation de leur Compagnie remonte à Philippe le Bel. C'est ce roi, dur au pape, qui, le premier, s'occupa des agents de change. Après lui, Charles IX et Henri IV publièrent quelques règlements sur la matière, et il faut que ces princes aient trouvé la perfection du premier coup; car l'arrêté de prairial an X et le code de commerce, dans les treize articles qu'il consacre aux agents de change, n'ont trouvé rien de mieux que de reproduire les anciens édits. Le seul changement qui se soit fait dans nos lois depuis l'an 1304, c'est qu'au lieu de se tenir sur le grand Pont, du côté de la Grève, entre la grande arche et l'église de Saint-Leufroy, les agents se réunissent sur la place de la Bourse, autour d'une corbeille, dans un temple corinthien où l'on entre pour vingt sous.

Peut-être cependant, avec un peu de réflexion, aurait-on trouvé à faire quelque chose de plus actuel; car enfin, sous Philippe le Bel, sous Charles IX et même sous Henri IV, on ne connaissait ni le 3, ni le 4½ pour 100, ni la Banque de France, ni les chemins de fer, ni le Crédit mobilier, ni les télégraphes électriques, ni l'emprunt ottoman, ni rien de ce qui se fait aujourd'hui dans le temple corinthien qui paye tribut à M. Haussmann. La ville de Paris possédait huit agents de change et non soixante. On les appelait courtiers de change et de deniers.

Puisqu'ils ne faisaient pas de primes de deux sous, et que M. Mirès n'était pas à Mazas, ils avaient dû chercher des occupations conformes aux mœurs de l'époque. Ils étaient chargés d'abord du change et des deniers, ensuite de la vente «des draps de soye, laines, toiles, cuirs, vins, bleds, chevaux et tout autre bestial.» On voit qu'entre les agents de change de 1304 et les agents de change de 1861 il y a une nuance. On pourrait donc, sans trop d'absurdité, modifier les lois qui pèsent sur eux.

Depuis Philippe le Bel jusqu'à la révolution de 89, si les rois s'occupèrent des agents de change, ce fut surtout pour leur imposer de plus gros cautionnements. Les charges, qui s'élevèrent graduellement jusqu'au nombre de soixante, étaient héréditaires. Pour les remplir, il suffisait de n'être pas juif[1] et d'avoir *la finance*. Le ministère des agents consistait à certifier le change d'une ville à une autre, le cours des matières métalliques, la signature des souscripteurs de lettres de change, etc. La négociation des effets publics et des effets royaux, qui est aujourd'hui leur unique affaire, n'était alors qu'un accident.

Law est le premier qui ait fait fleurir cette branche de leur industrie. Encore voyons-nous, par les édits sur la rue Quincampoix, qu'on n'allait pas chercher un agent de change lorsqu'on voulait vendre ou acheter dix actions de la Compagnie des Indes.

III

La révolution française supprima les offices des perruquiers-barbiers-baigneurs-étuvistes et ceux des agents de change (loi du 17 mars 1791). Ces deux industries, et beaucoup d'autres encore, furent accessibles à tous les citoyens, moyennant patente. Le régime de la liberté illimitée amena de grands désordres, sinon dans les établissements de bains, du moins à la Bourse de Paris.

Il fallut que le premier consul rétablît la Compagnie des agents. Le régime des offices héréditaires était aboli; la France avait obtenu le droit glorieux d'être gouvernée par des fonctionnaires. Napoléon nomma soixante fonctionnaires qui furent agents de change comme on était préfet, inspecteur des finances ou receveur particulier. La loi du 1er thermidor an IX, la loi de prairial an X, le Code de commerce de 1807 réorganisèrent l'institution, sans toutefois abroger les ordonnances de Philippe le Bel et consorts.

---

1 Les agents de change en ont appelé.

IV

Mais, en 1816, le gouvernement des Bourbons, qui avait besoin d'argent pour remplumer ses marquis, vint dire aux agents de change: «Permettez-moi d'augmenter votre cautionnement, et j'accorde à chacun de vous le droit de présenter son successeur. Une charge transmissible moyennant finance devient une véritable propriété: donc, vous cesserez d'être fonctionnaires pour devenir propriétaires.» C'est la loi du 28 avril 1816.[1] Elle a modifié une fois de plus, et radicalement, le caractère des charges d'agent de change; mais elle n'a pas effacé du Code les articles qui traitaient les agents comme de simples fonctionnaires. Les deux textes coexistent en 1861, et ils sont contradictoires. C'est qu'il est plus facile d'empiler les lois que de les concilier.

V

Les fonctionnaires institués par Napoléon sous le nom d'agents de change étaient chargés de vendre et d'acheter les titres de rente et autres valeurs mobilières pour le compte des particuliers: le tout au comptant; car la loi n'admet pas la validité des marchés à terme, et les assimile à des opérations de jeu. Il est interdit aux agents de vendre sans avoir les titres, ou d'acheter sans avoir l'argent; il leur est interdit d'ouvrir un compte courant à un client; il leur est interdit de se rendre garants des opérations dont ils sont chargés; il leur est interdit de spéculer pour leur propre compte.

Le code de commerce, pour la moindre infraction aux lois susdites, prononce la destitution du fonctionnaire. Il fait plus: considérant que la destitution n'est qu'un châtiment administratif, et qu'il faut infliger au coupable une peine réelle, il frappe l'agent de change d'une amende dont le maximum s'élève jusqu'à trois mille francs.

Mais le législateur de l'Empire ne prévoyait pas qu'en 1816 les charges d'agents de change deviendraient de véritables proprié-

---

1 *Loi du 28 avril 1816.*

Art. 90. Il sera fait par le gouvernement une nouvelle fixation des cautionnements d‹agents de change.

Art. 91. ... Ils pourront présenter à l›agrément de Sa Majesté des successeurs, pourvu qu›ils réunissent les qualités exigées par les lois.

tés; qu'elles vaudraient un million sous Charles X, sept ou huit cent mille francs sous Louis-Philippe, trois cent mille francs en 1848, deux millions en 1858 et 1859, dix-sept cent mille francs aujourd'hui. Il ne pouvait pas deviner qu'au prix énorme de l'office s'ajouterait encore un capital de cinq à six cent mille francs pour le cautionnement au Trésor, la réserve à la caisse commune de la Compagnie, et le fonds de roulement. Lorsqu'il frappait de destitution un fonctionnaire imprudent, il ne songeait pas à spolier un propriétaire. Il ne soupçonnait pas qu'en vertu de la loi de 1807 les magistrats de 1860 pourraient prononcer une peine principale de trois mille francs et une peine accessoire de deux millions cinq cent mille francs par la destitution de l'agent de change!

Ni Philippe le Bel, ni même le législateur de 1807 ne pouvaient deviner que les marchés à terme passeraient dans les mœurs de la nation et dans les nécessités de la finance; que les marchés au comptant n'entreraient plus que pour un centième dans les opérations de l'agent de change; qu'on négocierait à la Bourse trois cent mille francs de rente à terme contre trois mille à peine au comptant; que *le Moniteur* officiel de l'empire français publierait tous les jours, à la barbe du vieux code commercial, la cote des marchés à terme, et que l'État lui-même négocierait des emprunts payables par dixièmes, de mois en mois, véritables marchés à terme!

Quel n'eût pas été l'étonnement de Napoléon Ier, si on lui avait dit: «Ces spéculations de Bourse que vous flétrissez feront un jour la prospérité, la force et la grandeur de la France! Elles donneront le branle aux capitaux les plus timides; elles fourniront des milliards aux travaux de la paix et de la guerre; elles mettront au jour la supériorité de la France sur toutes les nations de l'Europe, et, si nous prenons jamais la revanche de nos malheurs, ce sera moins encore sur les champs de bataille que sur le tapis vert de la spéculation.» Le fait est que la Russie et l'Autriche ont été battues par nos emprunts autant que par nos généraux.

VI

Mais le Code de commerce est toujours là. Il tient bon, le Code de commerce!

Pendant la guerre d'Italie, le gouvernement ouvrit un emprunt de cinq cents millions. La Compagnie des agents de change de Paris, en son nom et pour sa clientèle, souscrivit à elle seule trente-cinq millions de rente, c'est-à-dire dix millions de rente de plus que la totalité de l'emprunt demandé. Le fait avait une certaine importance. Il n'était pas besoin de prendre des lunettes pour y voir une preuve de confiance, sinon de dévouement.

Les plus augustes têtes de l'État se tournèrent avec amitié vers la Compagnie des agents de change. On la félicita de sa belle conduite; peut-être même reçut-elle de haut lieu quelques remercîments. Mais un jeune substitut qui avait le zèle de la loi dit à quelqu'un de ma connaissance: «Si j'étais procureur général, je ferais destituer tous les agents de change, attendu que l'article 85 du Code de commerce leur défend de faire des opérations pour leur compte.»

Eh! sans doute, l'article 85 le leur défend, comme l'article 86 leur défend de garantir l'exécution des marchés où ils s'entremettent, comme l'article 13 de la loi de prairial leur défend de vendre ou d'acheter sans avoir reçu les titres ou l'argent. Ils violent l'article 85, et l'article 86, et l'article 13 de la loi de l'an X, parce qu'il leur est impossible de faire autrement.

VII

Lorsqu'un agent de change voit tous ses clients à la hausse, lorsque le plus léger mouvement de panique peut les ruiner tous, et lui aussi, le sens commun, la prudence et cet instinct de conservation qui n'abandonne pas même les animaux lui commandent de prendre une prime d'assurance contre la baisse: il opère pour son compte, et se place sous le coup de l'article 85.

Qui pourrait blâmer le délit quotidien, permanent, régulier, qui se commet obstinément contre l'article 86? Oui, les agents de change garantissent l'exécution des marchés où ils s'entremettent. Si, par malheur pour eux, le perdant refuse de payer ses différences, ils payent. Outre les ressources personnelles de chaque agent, on a fait en commun, pour les cas imprévus, un fonds de réserve de sept millions cinq cent mille francs affecté à cet objet. Ce n'est pas tout: ils se frappent eux-mêmes d'un impôt d'environ dix millions par an au profit de la caisse commune, afin que toutes les opérations soient garanties et que personne ne puisse être volé, excepté eux. Que deviendrait la sécurité des clients, le jour où les agents de change reprendraient leur fonds de réserve et liquideraient la caisse commune, par respect pour l'article 86?

VIII

Et que deviendrait le marché de Paris, si l'on se mettait à respecter l'article 13 de la loi de prairial? Les ordres d'achat et de vente arrivent de la France et de l'étranger sur les ailes du télégraphe électrique. Il en vient de Lyon, de Marseille, de Vienne, de Londres, de Berlin. Faut-il ajourner l'exécution d'un ordre jusqu'à ce que l'argent ou les titres soient arrivés à Paris? Nous ferions de belles affaires! Mieux vaut encore violer la loi, en attendant qu'on la réforme.

IX

Les magistrats ferment les yeux. Ils savent que la législation commerciale est appropriée aux besoins de notre temps comme la police des coches aux chemins de fer. La tolérance éclairée du parquet semble dire aux agents de change: «Vous êtes, malheureusement pour vous, hors la loi. Nous n'essayerons pas de vous y faire rentrer; elle est trop étroite. Promenez-vous donc tout autour, et ne vous en écartez pas trop, si vous pouvez.»

Voilà qui est fort bien. Grâce à cette petite concession, la Compagnie peut vivre en paix avec l'État, et lui rendre impunément les plus immenses services; mais elle est livrée sans défense au premier escroc qui trouvera plaisant d'invoquer la loi contre elle. Un magistrat peut s'abstenir de poursuivre un honnête homme quand il n'y est sollicité que par un texte du Code; mais, lorsqu'un tiers vient réclamer l'application de la loi, il n'y a plus à reculer, il faut sévir. L'indulgence, en pareil cas, deviendrait un déni de justice.

Et voici ce qui arrive:

Le premier fripon venu, pour peu qu'il ait de crédit, donne un ordre à son agent de change. Si l'affaire tourne mal, il dit à l'agent: «Vous allez payer mon créancier, parce que vous êtes assez naïf pour garantir les opérations. Quant à moi, je ne vous dois rien. J'invoque l'exception de jeu; la loi ne reconnaît pas les marchés à terme: serviteur!»

L'agent commence par payer. Il a tort. Il s'expose à la destitution et à l'amende: deux millions cinq cent trois mille francs! Mais il paye. Il prend ensuite son débiteur au collet, et le conduit devant les juges.

Le fripon se présente le front haut: «Messieurs, dit-il, j'ai fait vendre dix mille francs de rente, mais je n'avais pas le titre; donc, c'était un simple jeu. Or les opérations de jeu ne sont pas reconnues par la loi; donc, je ne dois rien.»

Si j'étais tribunal, je répondrais à ce drôle: «Tu as trompé l'agent de change en lui donnant à vendre ce que tu ne possédais pas: c'est un délit d'escroquerie prévu par la loi; va coucher en prison.»

Eh bien, voici ce qui arrive en pareille occasion. Un agent de Paris, M. Bagieu, poursuit un individu qui lui devait trente mille francs. L'autre oppose l'exception de jeu. Le tribunal déboute l'agent et le condamne à dix mille francs d'amende et à quinze jours de prison pour s'être rendu complice d'une opération de jeu.

Un procès de ce genre est pendant au Havre.

X

Ce qui m'a toujours un peu surpris, je l'avoue, c'est l'assimilation des créances d'agent de change aux créances de jeu. Quand un joueur perd et ne paye pas, son adversaire manque à gagner: en tout cas, il le risque, puisqu'il devait avoir le profit. Mais ce n'est pas l'agent de change qui joue: il n'est pas l'adversaire du perdant, il n'est que l'intermédiaire. S'il achète trois mille francs de rente pour un capital de soixante et dix mille francs, il a droit à un courtage de quarante francs pour tout profit, que l'affaire soit bonne ou mauvaise. Moyennant ces quarante francs, qu'il n'a pas touchés, l'honneur le condamne à payer les dettes de son client, et la loi ne lui permet pas de le poursuivre. C'est merveilleux!

XI

Nous avons parlé du Code de commerce; mais nous n'avons encore rien dit du Code pénal. Cherchons le titre des *Banqueroutes et Escroqueries*. Le voici. Arrivons au paragraphe 3: *Contraventions aux règlements sur les maisons de jeu, les loteries et les maisons de prêt sur gage*. Nous y sommes. C'est bien ici que la loi a daigné faire un sort à ces coquins d‹agents de change:

«Art. 419.—Tous ceux…, etc… seront punis d'un emprisonnement d'un mois au moins, d'un an au plus, et d'une amende de cinq cents francs à dix mille francs. Les coupables pourront, de plus, être mis, par l'arrêt ou le jugement, sous la surveillance de la haute police pendant deux ans au moins et cinq ans au plus.»

Est-il possible qu'une loi si rigoureuse et si humiliante s'adresse aux coquins dont nous parlons ici?

Oui, monsieur, et non-seulement à eux, mais d'abord à vous-même, pour peu que vous ayez vendu cent francs de rente fin courant; auquel cas vous êtes le coupable; votre agent de change est le complice. Si la chose vous paraît invraisemblable, lisez l'article 421; il est formel:

«Art. 421.—Les paris qui auront été faits sur la hausse ou la baisse des effets publics seront punis des peines portées par l'article 419.»

La disproportion de la peine avec le délit qu'elle prétend réprimer est évidente. On croit lire une loi de colère, et l'on ne se trompe qu'à moitié. Rappelez-vous la date de la promulgation: 1810! En ce temps-là, les politiques de la réaction commençaient à pressentir la chute de l'Empire. La guerre avec l'Autriche et la Prusse était terminée; nos forces étaient engagées en Espagne; la légitimité organisait sa coalition contre l'empereur et nous recrutait partout des ennemis. Les boursiers de Paris, patriotes plus que douteux, escomptaient déjà notre ruine. Malgré tous les efforts du gouvernement, les fonds baissaient avec une obstination agaçante. Le Trésor avait employé des sommes énormes à soutenir la rente, et n'y avait point réussi. Le mauvais vouloir des spéculateurs à la baisse irritait profondément la nation et le législateur lui-même. C'est ce qui explique la rigueur des articles 419 et 421.

Telle était la préoccupation du législateur, que, lorsqu'il voulut définir les paris de Bourse, il parla uniquement des paris à la baisse, les seuls qu'il eût à redouter. Lisez plutôt l'article 422, qui vient développer et interpréter l'article 421:

«Sera réputé pari de ce genre toute convention de vendre ou de livrer des effets publics qui ne seront pas prouvés par le vendeur avoir existé à sa disposition au temps de la convention, ou avoir dû s›y trouver au temps de la livraison.»

Singulier effet d'une idée dominante! L'article 421 parle des paris qui auront été faits sur la hausse et la baisse; l'article 442 semble acquitter les spéculateurs de la hausse et faire tomber toute la rigueur de la loi sur la tête du baissier.

Il semble donc qu'en matière correctionnelle, l'interprétation n'étant pas permise, les paris à la baisse soient seuls coupables.

Dès que le client est coupable, son agent de change est complice; il a aidé et préparé la consommation du délit. Les dix mille francs d'amende et les quinze jours de prison infligés à M. Bagieu sont une application de la loi. Le spéculateur est assimilé à un escroc; l'agent de change, à un receleur.

XII

Depuis qu'il faut deux millions et demi pour constituer une charge d'agent, toutes les charges sont en commandite. Vous pensez bien qu'il n'y aurait pas un Français assez naïf pour se donner le tracas et la responsabilité des affaires, s'il possédait en propre deux millions et demi. On forme donc une société où chacun apporte une part qui varie entre trois et six cent mille francs. L'agent de change en titre remplit les fonctions de gérant. L'acte de société est soumis au ministre des finances, qui l'examine et l'approuve. On en publie un extrait dans *le Moniteur*.

Ce genre d'association, n'étant pas interdit par le Code, a longtemps été toléré. Mais, un beau jour, il se produit une nouvelle théorie, et la jurisprudence déclare que les associations pour l'exploitation d'une charge d'agent de change sont nulles aux yeux de la loi. Qu'arrive-t-il? Un homme s'est associé dans une charge en 1850, lorsqu'elle valait quatre cent mille francs; en six ans, il a quintuplé son capital, il a touché 50, 70 pour 100 de sa mise. En 1858 ou 1859, il a renouvelé sa société avec l'agent de change sur le pied de deux millions. En 1861, les charges ont baissé de trois cent mille francs: les affaires ne vont plus, les dividendes sont faibles. L'associé vient trouver l'agent de change, et le somme de lui restituer sa mise sur le pied de deux millions, attendu que l'acte de société est nul. Trois procès de ce genre sont pendants aujourd'hui devant le tribunal de première instance. Inutile de vous dire que, si les affaires reprenaient, si les charges remontaient, les réclamants s'empresseraient de retirer leurs demandes, et les agents seraient forcés de reprendre ces équitables associés.

XIII

Est-il bon qu'un agent de change puisse avoir des associés?

La Cour de Paris, le 11 mai 1860, sous la présidence de M. Devienne, s'est prononcée pour la négative.

«Considérant, dit l'arrêt, que l'augmentation du prix des charges a été causée en partie par l'usage de les mettre en société; que la nécessité de réunir le capital d'acquisition sans avoir recours à des associés a pesé sur le prix lui-même…,» etc.

Il ne m'appartient pas de réfuter un raisonnement émané de si haut. Je crois, au demeurant, qu'il se réfute tout seul.

Mais il est bien certain que la moralité des agents de change ne saurait être mieux garantie que par le principe de l'association. Un capitaliste isolé, sans surveillance, pressé de doubler sa fortune pour revendre la charge et mettre ses fonds en sûreté, pourra céder à certaines tentations et tromper la confiance des clients. Rien à craindre d'un agent de change incessamment contrôlé par ses copropriétaires. S'il faisait tort de cinq centimes au public, un associé diligent viendrait lui dire à l'oreille: «Donnez-moi cent mille francs, ou je vous dénonce!» Telle est la morale de notre temps.

Le prix élevé des charges, qui a été la cause et non l'effet de l'association, est une garantie pour le public. Lorsque le mouvement des affaires de bourse eut quintuplé la valeur des charges dans un espace de quatre ans (elles avaient monté de quatre cent mille francs à deux millions entre 1851 et 1855), le ministre des finances, M. Magne, s'émut d'une hausse si rapide. Il adressa un rapport à l'empereur en 1857, et demanda s'il ne conviendrait pas de ramener cette plus value à des proportions modestes.

L'empereur écrivit de sa main, en marge du rapport, une note qui peut se résumer ainsi: «Il serait à souhaiter que les charges valussent quatre millions: le public trouverait là une garantie de plus pour les fonds et les valeurs qu'il confie aux agents de change. Les intérêts particuliers remis aux mains de ces officiers ministériels sont d'une telle importance, que le cautionnement de cent vingt-cinq mille francs, exigé en 1816, serait ridicule aujourd'hui, si le prix de la charge ne répondait du reste.»

En effet, soixante cautionnements de cent vingt-cinq mille francs, représentant un total de sept millions et demi, seraient une garantie dérisoire dans un temps où la Compagnie des agents de change, à chaque liquidation mensuelle, lève ou livre en moyenne pour cent millions de titres. Les cent vingt millions représentés par la valeur des soixante charges sont un gage solide, inaltérable, qu'on ne peut ni dénaturer ni emporter en Amérique. Supposez qu'à la veille de la prochaine liquidation ces soixante coquins, syndic en tête, prennent le bateau de New-York avec les cent millions que nous leur avons confiés: ils laisseront à Paris un gage de cent vingt millions, représenté par leurs charges.

Et cependant la jurisprudence actuelle, dans le silence de la loi, prononce la nullité des associations!

XIV

La question des commis n'est guère plus résolue que celle des associés.

L'agent de change ou le courtier de commerce (la loi est une pour les deux) a-t-il le droit de s'adjoindre un commis principal? Lui est-il permis de se faire aider, représenter, sans encourir la destitution?

Oui, répond le conseil d'État, en 1786, arrêt du 10 septembre.

Oui, dit l'arrêté du 27 prairial an X, articles 27 et 28.

«ART. 27.—Chaque agent pourra, dans le délai d'un mois, faire choix d'un commis principal…

«ART. 28.—Ces commis opéreront pour, au nom et sous la signature de l'agent de change.»

Oui, dit encore un arrêté ministériel rendu en décembre 1859.

Non, dit le Code de commerce.

«ART. 76.—Les agents de change ont *seuls* le droit de faire la négociation des effets publics et autres susceptibles d›être cotés… Ils ont *seuls* le droit d›en constater le cours.»

Ce mot *seuls*, que je souligne à dessein, est un mot à deux tranchants. Les agents de change l'opposent aux coulissiers. «Vous ne ferez pas d'affaires, leur disent-ils, car nous seuls avons le droit d›en faire.» Mais *seuls* en dit plus qu›il n›est gros. Un spéculateur de mauvaise foi peut dire à l›agent de change: «Je perds cinquante mille francs à la dernière liquidation; mais j›avais donné mes ordres à un simple commis qui n›a pas le droit d›acheter ni de vendre. C›est un droit qui n›appartient qu›à vous *seul*.»

Le raisonnement paraît absurde au premier coup d'œil. Mais, si je vous disais qu'en 1823 M. Longchamp fut destitué pour avoir contrevenu à l'article 76 du Code de commerce! Il s'était fait assister par un commis principal, au lieu de travailler *seul*.

L'arrêté de décembre 1859 est intervenu depuis ce temps-là; mais un arrêté n'est pas une loi. Qu'a répondu la Cour de Paris, dans l'affaire des associés, lorsqu'on invoquait une sorte de possession d'État résultant de l'autorisation du gouvernement?

«Considérant que les tribunaux n›ont pas pour mission de soumettre la loi aux exigences des faits, mais au contraire de ramener les faits sous la volonté et l›exécution des lois;

«Considérant que, si la tolérance administrative et l›usage publiquement établi doivent être pris souvent en grave considération, *ils ne peuvent prescrire contre le droit...*,» etc.

C'est beau, le droit; mais il faut prendre soin de le définir. Rien n'est plus respectable, plus auguste, plus sacré que la loi; mais l'obéissance hésite, le respect sourit, la religion s'ébranle, en présence d'un amas de lois contradictoires.

XV

Le nom même de ces coquins d'agents de change est un non-sens aujourd'hui. Je ne parle pas du mot coquin, puisque nous l'avons justifié, mais du mot agent de change. Ils ont fait le change autrefois; ils ne le font plus, ils le dédaignent; ils l'abandonnent généreusement à l'industrie spéciale des courtiers de papier. Non que ce commerce soit plus ingrat qu'un autre. Je pourrais citer des maisons qui gagnent jusqu'à cent cinquante mille francs par an *à faire le papier*; mais les soixante habitants de la corbeille ont si bien perdu de vue le point de départ de leur institution et le sens primitif de leur nom, qu'ils n'ont jamais songé à poursuivre les seuls agents qui fassent le change.

Ils ont fait un procès aux coulissiers, qui braconnaient réellement sur leurs terres, et les coulissiers leur ont répondu par l'organe de M. Berryer: «De quoi vous plaignez-vous? Nous ne faisons que les marchés à terme, qui vous sont interdits, et nous nous portons garants de nos opérations, ce qui vous est défendu.»

Le raisonnement est si juste et si frappant, que je me demande encore comment les agents de change ont pu gagner leur procès, dans l'état actuel de nos lois.

<h1 style="text-align:center">XVI</h1>

Le Code de commerce, lorsqu'il daigna consacrer treize articles à la Compagnie des agents de change, se doutait bien qu'il n'avait fait qu'ébaucher la matière.

Aussi son article 90 est-il ainsi conçu:

«Il sera pourvu, par des règlements d'administration publique, à tout ce qui est relatif à la négociation et transmission de propriété des effets publics.»

Ce règlement, promis en 1807, nos agents de change sont encore à l'attendre. Ce n'est pas, comme bien vous pensez, faute de l'avoir demandé; ce n'est non plus qu'on ait refusé de le leur promettre. En 1843, M. Lacave-Laplagne, ministre des finances, a nommé une commission pour l'examen de la question. Cette commission a nommé une sous-commission, qui a déposé son rapport, et il n'a plus été question de la question.

La sous-commission était composée de MM. Laplagne-Barris, président à la Cour de cassation; Devinck; Bailly, directeur de la dette publique; Courpon, syndic des agents, et Mollot, avocat.

Depuis 1851, tous les ministres des finances, MM. Fould, Baroche, Magne, Forcade de la Roquette, ont promis de remettre à l'étude ce règlement tant désiré.

La magistrature française l'attend avec impatience. C'est une justice à rendre à nos tribunaux: ils craignent la responsabilité des actes arbitraires, et ils vont au-devant des entraves de la loi.

L'arrêt de la Cour de Paris, que j'ai déjà cité, cet arrêt, qui fut rendu le 11 mai 1860, sous la présidence de M. Devienne et sur le réquisitoire de Mᵉ Chaix-d'Est-Ange, proclamait hautement:

«Qu'une réglementation en matière de sociétés d'agents de

change, comme en plusieurs autres qui touchent au mouvement des valeurs mobilières, est chose désirable;

«Que ce n›est pas au magistrat qu›il est possible d›y suppléer par l›admission d›usages contraires aux principes généraux de la législation;

«Qu›il arriverait ainsi à remplacer le législateur et à mettre ses arbitraires appréciations à la place de la loi.»

Il y a un an que la Cour de Paris adressait au gouvernement cet appel si noble et si sincère. Cependant rien ne s'est fait. D'où vient l'opposition? Il n'y a pas d'opposition: tout le monde est d'accord. On étudie de bonne foi, mais sans se presser, à la française. La question n'est pas neuve; il y a cinquante-quatre ans qu'on l'étudie un peu tous les jours, et l'étude pourrait en continuer jusqu'à l'heure du jugement dernier, si personne ne cassait les vitres.

XVII

Lorsque j'étais petit garçon, à la pension Jauffret, j'étais assis dans la salle d'étude à côté d'un carreau fêlé. C'était un mauvais voisinage, surtout en hiver. Le vent se faufilait par là en petites lames tranchantes pour me rougir le nez et me roidir les doigts. Je me plaignis deux ans aux divers maîtres d'étude, qui me promirent tous de faire un rapport sur la question. Mais, un beau matin de janvier, je perdis patience: je lançai une grosse pierre dans mon carreau. On me tira les oreilles, et l'on fit venir le vitrier.

Au commencement de décembre 1861, je quittai pour un an mes amis de l›Opinion nationale, après avoir attiré sur leur tête un procès et plusieurs communiqués. M. le docteur Véron, qui dirigeait la politique et la littérature du Constitutionnel, m'invita à écrire un Courrier de Paris dans le feuilleton de son journal, promettant que j'y serais tout à fait libre, et qu'on ne me demanderait pas le sacrifice d'une seule de mes idées. Il tint parole, et me laissa publier, sans rature, les quatre articles suivants:

I. OU L'AUTEUR PREND LA LIBERTÉ GRANDE DE SE RECOMMANDER LUI-MÊME.

Ami lecteur, qui ne m'avez peut-être jamais lu, voulez-vous

qu'avant d'aller plus loin nous fassions un peu connaissance? Nous allons nous voir très-souvent, et cela durera pour le moins une année. Or, si l'on vous annonçait qu'un étranger doit venir chez vous tous les dimanches, à l'heure du déjeuner, s'installer sans façon au milieu de la famille, et raconter à votre femme et à vos enfants tout ce qui lui passera par la tête, vous vous hâteriez de courir aux renseignements, et vous feriez bien. Vous voudriez savoir ce qu'il est, ce qu'il pense, d'où il vient, où il va, quels sont ses antécédents, et la conduite qu'il a tenue dans les maisons qui l'ont accueilli. Votre curiosité, monsieur, serait de la prudence.

Eh bien, renseignez-vous sur moi; mais je vous conseille, dans mon intérêt, de ne demander des renseignements qu'à moi-même.

Un assez bon moyen de me connaître à fond serait d'envoyer prendre chez un libraire les quatorze ou quinze volumes que j'ai publiés en huit ans, depuis *la Grèce contemporaine*, imprimée en 1854, jusqu'à *l'Homme à l'oreille cassée*, qui vient de paraître avant-hier. Si tous les abonnés du *Constitutionnel* adoptaient cette ligne de conduite, ils feraient grand plaisir à mon ami M. Hachette, un bien intelligent et bien honorable éditeur. Mais je ne prétends imposer à personne une démarche si coûteuse, et qui élèverait outre mesure le prix de votre abonnement. Rassurez-vous, mon cher lecteur, je sais ce que la discrétion commande.

D'un autre côté, l'instinct de la conservation personnelle me conseille de vous mettre en garde contre les dires de mes ennemis. J'en ai de grands et de petits, et même de gros, comme M. Louis Ulbach, ancien poëte légitimiste, aujourd'hui républicain au *Courrier du Dimanche*. J'en ai d'inviolables, comme M. Keller, député au Corps législatif; j'en ai de mitrés, comme M. Dupanloup, évêque d'Orléans. Si vous croyez que tous les mandements sont paroles d'Évangile, je suis un homme perdu. M. Dupanloup, de l'Académie française, vous dira que j'ai vomi…—Quoi! vomi?—Oui, vomi de lâches calomnies contre l'innocent cardinal Antonelli. Il vous apprendra que j'ai assassiné la Grèce, que j'adore, parce que j'ai pris la défense du peuple grec contre un déplorable gouvernement. M. Keller vous en dira bien d'autres, si vous l'écoutez aussi patiemment qu'on l'écoutait naguère à la Chambre! Quant à M. Veuillot, toutes les fois qu'on prononce mon nom devant lui, il vide sa hotte et me voilà sali pour quinze jours. A la suite de ce grand homme, les petits jeunes gens du parti clérical vont répétant deux ou trois vieilles calomnies bien usées, mais qui leur font autant de profit que si elles étaient neuves: comment j'ai payé de la plus noire ingratitude un roi et une reine qui m'avaient admis dans leur intimité (je n'ai pas échangé vingt paroles en deux ans avec le roi et la reine de Grèce); comment j'ai volé le roman de *Tolla* à un célèbre auteur italien que personne n›a pu connaître; et comment j›ai été logé aux frais du pape dans la villa Médicis, qui appartient au peuple français. Ces agréables imaginations et vingt autres non moins ingénieuses s›étalaient encore le mois dernier dans le feuilleton du *Monde* sous la signature de je ne sais quel débutant.

Les journaux étrangers ne sont pas moins inventifs que les nôtres. J'ai vu des caricatures allemandes où l'on me représentait écrivant sous la dictée de Sa Majesté l'empereur Napoléon, à qui je n'ai jamais eu l'honneur d'être présenté. La presse anglaise répète de temps à autre que je sers de secrétaire à Son Altesse impériale le prince Napoléon, que je n'ai pas vu en face depuis tantôt dix-huit mois. On me dépeint ici comme un salarié du pouvoir, là comme un démagogue de la pire espèce, plus loin comme un ambitieux qui aspire au conseil municipal de Saverne, pour devenir adjoint de la commune et lieutenant de la compagnie de pompiers. Pauvre moi!

La critique littéraire ne m'a pas beaucoup plus choyé que la presse politique. Interrogez l'école du bon sens, ou la horde malsaine des réalistes, ou le joyeux essaim des fantaisistes, ces messieurs sont unanimes sur un seul point. Un Athénien de Thèbes la Gaillarde, M. Armand de Pontmartin m'a fait l'honneur d'écrire que mes romans étaient destinés à garnir le fond des malles. Le dernier numéro de la *Revue fantaisiste*, qu'on a eu l'attention délicate de m'envoyer à domicile, me comparait élégamment à un ouistiti. Un jeune réaliste de grand avenir, M. Durandy ou Duranty, me dépeignait autrefois sous les traits d'une souris qui trotte partout, touche à tout, et fait partout ses petites… (Décidément, le dernier mot de la phrase était par trop réaliste.)

Quand les honnêtes gens de certains journaux ne savent plus par où me prendre, devinez un peu ce qu'ils imaginent? Ils fabriquent une lettre bien grossière adressée à une personne que son sexe et son rang devraient mettre à l'abri de toutes les injures, et ils accolent mon nom à leur petit travail. Huit jours après, sur les réclamations énergiques de vingt personnes, ils se décident à dire en deux lignes que personne ne lit: «Nous nous étions trompés, M. About n'a pas fait d'impertinence à madame X…»

Je vous assure, ami lecteur, que ces petits désagréments ne m'ont rendu ni triste ni misanthrope; d'ailleurs, vous le verrez bien. Si je vous répète tous les méchants bruits qu'on a fait courir sur mon compte, ce n'est point par rancune, mais tout uniment pour vous mettre en garde contre la calomnie et démentir les faussetés qui pourraient être arrivées jusqu'à vous. Quant à moi, ni la sévérité des critiques, ni la haine des partis, ni même la bassesse de ces gens qui vendent leurs diffamations au petit tas, n'a pu altérer ma bonne humeur.

C'est sans doute parce que je me porte bien. Je suis pauvre et je le serai probablement toujours; mais je gagne facilement ma vie par un travail qui me plaît. J'ai une famille que j'adore et d'excellents amis, dont quelques-uns datent déjà de plus de vingt ans. J'aime les plaisirs de la ville et les plaisirs de la campagne, la promenade en voiture au bois de Boulogne et les longues courses à pied dans les Vosges, le spectacle d'un beau coucher de soleil et le lever de rideau de l'*Étoile de Messine*. On me mettrait dans un grand embarras le 14 décembre, si l'on me donnait à choisir entre le bal de notre ami Strauss à l'Opéra et une belle chasse au sanglier dans la neige éblouissante.

Sans viser à la réputation de jardinier, comme ce grand ambitieux d'Alphonse Karr, je cultive mon jardin et je mange quelquefois des légumes que j'ai fait planter, suivant le précepte de Candide. Je hais le dandysme de Brummel et de M. Barbey-d'Aurevilly; mais j'aime à me laver les mains de temps à autre et à mettre quelquefois, avant le dîner, une chemise blanche. Lorsqu'il m'arrive de faire des dettes, ce n'est aucunement par gloire, mais faute d'argent pour payer mes fournisseurs. Ce que j'en dis, cher lecteur, n'est point pour m'insinuer dans votre confiance et obtenir la main de mademoiselle votre fille: je suis du bois dont on fait les vieux garçons.

L'agriculture est un art que j'estime et que j'aime; sous prétexte de cultiver quelques arpents, j'ai appris la théorie du drainage et des irrigations; je fais tous les ans dix voitures de foin, souvent douze; j'achète du guano; je sais distinguer le blé de l'avoine, M. Victor

Hugo de M. de Laprade; j'ai trois vaches à l'étable, peut-être quatre, et dans l'écurie un vieux cheval de dix-sept ans qui nous mène tous en forêt quand les routes ne sont pas trop défoncées.

Mon père, un bien digne homme que j'ai perdu trop tôt, était petit marchand dans une ville de quatre mille âmes. C'est pourquoi le commerce m'a toujours intéressé passionnément. Je n'en fais pas, oh! non; mais j'étudie à mes moments perdus les grandes questions d'où dépend la prospérité des États modernes. Je compte bien vous étonner un jour par la spécialité de mes connaissances en matière de marchandise. Dans tous les cas, vous ne serez pas fâché d'apprendre qu'à mes yeux, un négociant honnête et capable est au moins l'égal d'un sous-préfet.

La petite ville où je suis né tire sa prospérité d'une saline très-célèbre et d'une grande fabrique de produits chimiques. J'ai donc étudié l'industrie dans la mesure de mes moyens. Partout où j'ai voyagé, je me suis appliqué à observer le travail de l'homme dans ses produits les plus curieux, la filature des soies à Smyrne, le tissage des étoffes à Lyon, les huiles et les savons à Marseille, la quincaillerie à Saverne, l'impression des étoffes à Mulhouse, la conservation des sardines en Bretagne, la pisciculture dans deux petits étangs qui embellissent mon jardin, l'exploitation de la naïveté humaine à Rome, à Corps-la-Salette et à Loreto.

Un digne homme, qui n'existe plus, M. Jauffret, m'a donné gratis quelques rudiments d'éducation classique. En ce temps-là, je suivais les cours du collége Charlemagne, sous des professeurs admirables comme M. Franck, le philosophe, et ce pauvre H. Rigault, qui est mort de ne pouvoir plus enseigner. A la fin de mes études, j'entrai à l'École normale, comme mon ami Grenier, ici présent au *Constitutionnel*, comme Weiss, Taine et Prévost-Paradol, qui sont aux *Débats*, comme Francisque Sarcey, qui reste sans moi à *l'Opinion nationale*. Si la plupart de nos camarades se sont enfuis de l'Université pour échapper aux mauvais traitements de MM. de Falloux, de Crouseilhes et Fortoul, je n'ai pas eu la même excuse. J'avoue qu'en entrant à l'École mon intention était de n'enseigner jamais. Je passais par là pour aller plus loin, et avec le ferme propos de ne point m'arrêter à mi-route. Ce parti pris de voyager me permit de voir Rome, Athènes et Constantinople, tandis que le pauvre Sarcey, par exemple, faisait la rhétorique à six Bretons en sabots, au village de Lesneven, moyennant un traitement de quatre cents écus, style du pays, sur lesquels on retenait 5 pour 100 pour la retraite!

Je revins en France au bout de deux ans, avec sept cents francs de capital, huit cents francs de dettes et une famille à nourrir. Vous avouerez, monsieur, que j'étais dans les meilleures conditions du monde pour entrer dans la littérature. Aussi n'hésitai-je pas un instant. Je fis mon chemin assez vite, grâce aux bontés d'un protecteur très-juste et très-généreux. Il a trente-six millions de têtes et s'appelle le public.

Il m'a gâté quelquefois, c'est une justice à lui rendre; quelquefois aussi, il m'a traité durement. Vous l'auriez trouvé juste, mais un peu sévère, si vous l'aviez entendu siffler *Guillery* à la Comédie-Française. Il s'est montré trop doux pour les *Mariages de Paris*, un volume de nouvelles fort médiocres et que je n'écrirais plus si c'était à refaire. En revanche, il n'a peut-être pas assez goûté *le Roi des montagnes*, qui, sans être un chef-d'œuvre, est assurément ce que j'ai publié de mieux. Puisse-t-il être plus indulgent pour *l'Homme à l'oreille cassée*, mon dernier né, mon Benjamin!

Pardonnez-moi, cher lecteur, de vous entretenir si longtemps du même sujet, et d'un assez mauvais sujet. Je n'ignore pas que le *moi* est haïssable; mais, si j'épuise aujourd'hui cette matière, c'est pour n'y plus revenir jusqu'à la fin de 1862. Nous sommes ici, ce matin, pour faire connaissance; vous me connaîtrez tout à fait quand je vous aurai dit un mot de mes opinions religieuses, politiques et littéraires.

J'ai la religion de Stendhal, de M. Littré et de M. Prosper Mérimée. Toutefois, croyez bien que je ne suis ni fanatique ni intolérant. J'apprécie la foi qui a construit le dôme de Saint-Pierre et inspiré tant de chefs-d'œuvre aux artistes de la Renaissance. J'admire le génie du libre examen qui a fondé la grandeur de l'Angleterre et la liberté de la Hollande, tandis qu'il affranchissait les esprits en Suisse, en Suède, et dans la meilleure moitié de l'Allemagne. J'estime que le mahométisme avait du bon en son temps, et qu'il a fait du bien sur la terre; mais on ne peut pas être et avoir été, comme dit le père Passaglia. Je révère et je plains sincèrement le peuple d'Israël, qui a conservé la foi de ses ancêtres au milieu des persécutions les plus atroces. Je ne suis intolérant que pour l'intolérance, et j'entre en fureur, quand je vois la faiblesse arrogante de quelques hommes s'insurger contre un gouvernement qui les soutient. Ah! si j'étais le maître ici pendant vingt-quatre heures!... Mais, pardon, ce n'est point de cela qu'il s'agit.

En politique, j'aime la paix, comme vous, monsieur; mais nous n'accepterions ni l'un ni l'autre ce que l'on appelait autrefois la paix à tout prix. La paix sera fondée solidement en Europe et l'on pourra licencier toutes les armées lorsqu'il n'y aura ni une nation opprimée par une autre, ni un souverain odieux à la majorité de ses sujets.

J'espère donc, et de toute mon âme, qu'avant dix ans, toutes les nations seront chez elles et qu'elles se gouverneront elles-mêmes par le suffrage universel. Le vif intérêt que je porte à quelques peuples opprimés ne me fera jamais oublier nos propres affaires. Si le monde ne pouvait être libre qu'au prix de la servitude du peuple français, j'abandonnerais le monde à son malheureux sort. Mais nous n'en sommes pas là, Dieu merci! A mesure que tous les opprimés de l'Europe, qui sont nos alliés naturels, se rapprochent de l'indépendance, la France se rapproche de la liberté. Nous ne touchons pas au but, mais nous l'apercevons, et c'est quelque chose. Encore deux ou trois coups d'État en novembre, et le gouvernement impérial ne nous laissera plus rien à désirer. Lorsque j'étais petit garçon, je regrettais que tous les jours de la semaine ne fussent pas des dimanches. Il ne faudrait que la volonté d'un homme, pour que tous les mois de l'année fussent des mois de novembre, et l'homme à qui nous avons mis nos destinées en main est intéressé à notre résurrection autant que nous-mêmes.

En littérature, monsieur, j'ai le goût le plus ridicule, mais vous aussi; et cela me réconcilie avec moi-même. J'aime tout ce qui me plaît, et je me soucie des règles d'Aristote ou de Laharpe comme d'un feuilleton du petit M. Édouard Fournier. Après une oraison funèbre de Bossuet, qui m'a fait dresser les cheveux sur la tête, je me gaudis en lisant l'oraison funèbre de Gicquel, par Mgr l'évêque de Poitiers. J'admire le génie de madame Sand; j'adore le style de Mérimée et de Gautier, qui est la perfection même; j'ai pleuré sur les vers de M. de Lamartine, la poésie de M. Hugo m'a donné des éblouissements comme vous en avez eu sans doute en regardant le soleil. M. Ponsard me rend froid, comme Dieu fit l'homme à son image; et cependant il y a un acte de *Charlotte Corday* qui m›a rappelé le génie de Corneille. Émile Augier me ravit; c›est un des Français les plus français qui aient émerveillé la France. Mais comment oserai-je vous avouer que j›aime beaucoup son grand-père Pigault-Lebrun, et que je ne méprise aucunement le gros rire de M. Paul de Kock? Je range *Madame Bovary* parmi les chefs-d›œuvre de l›art contemporain. Vous le dirai-je? Les livres de notre temps que je goûte le moins sont ceux qui portent mon nom. Ils m›enchantent lorsque je les écris et m›attristent quand j›essaye de les relire. Et cependant j›entre en fureur quand je les vois déchirer à belles dents par des critiques qui ne me valent pas. N›allez pas croire au moins que je haïsse la critique en général! Les Sainte-Beuve et les Janin sont placés au plus haut de mon estime, et je vous ai dit quelle place Sarcey occupe dans mon cœur. Il y a trente écrivains à Paris qui jugent les œuvres d›imagination avec infiniment de goût et de droiture; ceux-là seront mes amis, quoi qu›ils disent pour ou contre moi.

Il est heureux que je n'aie jamais à vous entretenir de musique. Je serais forcé d'écrire ici que je préfère Mozart à M. X… et Rossini à M. Z.: ce qui me mettrait mal avec au moins deux personnes. Mais nous parlerons souvent des autres arts. Je vous décrirai les théâtres de la place du Châtelet, et le nouvel Opéra, que mon ami Charles Garnier construit dans un style beaucoup plus agréable. Toutes les fois qu'on exposera un tableau, une statue, soit dans un monument public, soit au boulevard des Italiens, je vous en donnerai mon avis, en amateur plus passionné que compétent, mais toujours sincère; car j'ai oublié de vous dire que j'étais fanatique de peinture et que je me ferais couper en morceaux plutôt que de laisser transformer les toiles de Rubens en toiles à matelas.

Maintenant, cher lecteur, vous me connaissez comme si j'avais déjeuné chez vous ce matin et bavardé à tort et à travers, selon mon habitude. Si je ne vous ai pas fait l'effet d'un méchant homme, vous me lirez dimanche prochain, et ainsi de suite durant toute une année. Et je m'engage à ne plus vous parler de moi.

II. DE LA QUESTION FINANCIÈRE ET DE QUELQUES AUTRES

Voici tout juste un mois qu'une auguste volonté a inscrit à l'ordre du jour, en trois mots pleins de promesses: *Équilibre du budget.* Le soin de rétablir nos finances est confié à un homme hardi, fécond en ressources, célèbre à juste titre par les services qu'il a rendus. Au seul bruit de son avénement, le crédit public est ressuscité comme Lazare.

Bientôt le premier élan s'est ralenti; on a compris que l'équilibre d'un budget ne se prenait point d'assaut comme la tour Malakoff; les esprits sont entrés dans une période de réflexion. Personne ne doute du résultat définitif: la France sait qu'avant peu elle sera tirée d'affaire; mais les esprits curieux se demandent comment.

Il n'y a que deux moyens d'égaler les recettes aux dépenses. Le premier consiste dans la réduction des dépenses; le deuxième, dans l'augmentation des recettes. Mais les impôts existants sont déjà d'un certain poids. Il y a des patentes bien lourdes; je ne sais pas s'il serait possible d'aggraver les droits de mutation; le décime de guerre, qui fut voté durant l'expédition de Crimée, se perçoit encore aujourd'hui sur tous les chemins de fer; le tabac vient d'être augmenté de 25 pour 100. C'est bien; mais c'est assez, et qui voudrait faire plus ferait peut-être un peu trop.

On a parlé de nouveaux impôts à créer; soit. Va pour les pianos et les allumettes chimiques! La taxe des pianos contribuerait sans doute à la tranquillité publique, comme la taxe des chiens. L'une a fait disparaître quelques milliers d'animaux errants, galeux, braillards, ou même hydrophobes; l'autre supprimerait un nombre égal de clavecins aigris et d'épinettes à la voix acide. J'aime à croire que le Trésor exempterait de tout droit le piano du pauvre comme le chien de l'aveugle. Les anciens prix de Rome, qui composent des opéras-comiques *in partibus infidelium*, faute de trente mille francs pour se faire représenter, seraient admis à tapoter gratis. En revanche, je recommanderais à toute la sévérité de M. le percepteur ma voisine du deuxième étage, qui m'étourdit du matin au soir, et qui ne joue pas en mesure. Mais combien la France possède-t-elle de pianos? Quatre cent mille, suivant les uns; six cent mille, suivant les autres. Mettons six cent mille. A combien taxera-t-on ces contribuables à queue ou sans queue? Il me semble que dix francs sont un impôt raisonnable. Total, six millions au maximum. Hélas! qu'est-ce que six millions dans le budget de la France? Nos paysans de Lorraine vous répondraient en leur langage pittoresque: «Une fraise dans la gueule d'un loup!»

Il y aurait gros à gagner sur les allumettes chimiques. J'ai lu, je ne sais où, que chaque citoyen français en usait huit par jour. Ce chiffre ne peut qu'aller croissant, si la nation adopte les allumettes au phosphore amorphe. Elles ne sont pas positivement incombustibles, mais on en casse au moins dix avant d'en allumer une. Cela tient-il à la maladresse du consommateur? Est-ce tout simplement parce que nous commettons la faute de les frotter sur une espèce de carton rougi? Elles s'enflamment volontiers sur le verre, sur la faïence, sur le marbre, sur le papier blanc; beaucoup plus difficilement sur les plaques préparées et vendues par l'inventeur.

Si vos allumettes miraculeuses sont destinées, comme on l'assure, à remplacer toutes les autres, et si l'État, par surcroît de précaution, les frappe d'un impôt, les chances d'incendie deviendront presque nulles dans les petits ménages. Mais on inventera de nouveau les vieilles allumettes de chanvre trempé dans le soufre, ou même l'art de faire du feu comme les Cherokees, en frottant deux bâtons l'un contre l'autre.

Décidément, mieux vaut réduire nos dépenses que de chercher dans les petits moyens un accroissement de recettes. Appliquons-nous à simplifier la perception des impôts. Elle coûte 14 pour 100 en France, et 8 pour 100 en Angleterre. Faisons de notre mieux pour égaler en cela le peuple anglais. On parle de supprimer les receveurs généraux: c'est peut-être une idée en l'air; peut-être même, depuis ce matin, est-ce une idée par terre. Cependant il me semble que l'État, grâce aux chemins de fer et au télégraphe électrique, pourrait économiser certains ressorts coûteux.

C'est le budget de l'armée qui a bon dos! Toutes les fois que la France éprouve un embarras d'argent, les sages de s'écrier: «Réduisez donc l'armée! Ayez cent mille hommes de moins, vous aurez cent millions de plus!» Le compte est exact, ou peu s'en faut; mais, entre nous, le moment serait-il bien choisi pour licencier une partie de nos troupes? Nous sommes en paix, je l'avoue, et nous n'avons rien à craindre de personne; mais la physionomie de l'Europe et de l'Amérique n'a rien de très-rassurant. Il se peut que, dans une dizaine d'années, tous les soldats européens soient rendus à la vie civile. Quand un ordre logique et durable sera fondé autour de nous; quand toutes les nations vivront chez elles; quand le suffrage universel aura dit son mot en tout pays; quand les deux principes qui sont en guerre depuis 1789 auront livré leur dernière bataille, la France réalisera sans danger une économie annuelle de cinq cents millions. Jusque-là, contentons-nous de supprimer quelques dépenses inutiles et de rappeler quelques régiments dont l'exil prolongé ne nous rapporte ni gloire ni profit.

Les ouvriers cordonniers de Paris viennent de terminer les bottes à l'écuyère qu'ils ont offertes au général Garibaldi. Ils les ont même exposées en public durant trois ou quatre jours; mais j'ai été averti trop tard, et je ne les ai pas vues. J'espère, mes bons amis, que vous n'avez pas oublié les éperons, une paire d'éperons solides! La traite est longue à faire, le cavalier est infatigable, il ne faut pas que sa monture le laisse en chemin.

Est-ce Garibaldi qui nous a envoyé cette admirable et singulière cargaison qu'on voit au pont des Saints-Pères? J'en doute. Figurez-vous une centaine de beaux grands bénitiers naturels, faits d'une seule coquille nacrée. Le mollusque prédestiné qui tire de son propre fond cette richesse calcaire ne doit pas habiter les côtes de Caprera; il se briserait aux rochers du voisinage, comme la poésie de M. de Laprade s'écorne au contact brutal de la loyauté populaire.

La nation sous-marine des mollusques est plaisante au dernier point. Je me figure qu'on doit rire à valve déployée dans le royaume verdâtre de la blonde Amphitrite. La naïveté des huîtres, l'ampleur majestueuse des bénitiers, l'agilité maligne des nautiles, l'innocence paradoxale de la *concha veneris*, la rondeur béate des coquilles de Saint-Jacques, chères au pèlerin… Mais pardon! je me garde de la fantaisie; c'est le plus périlleux de tous les arts. *Orphée aux Enfers* est à mes yeux un chef-d'œuvre de fantaisie grotesque, et pourtant mon illustre ami, M. Jules Janin, homme de goût s'il en fut, et fantaisiste au premier chef, l'a écrasé d'une chiquenaude. Rabelais et Shakspeare, ces dieux de la fantaisie, n'ont pas trouvé grâce devant l'auteur de *Micromégas*. L'art de dérider les hommes par l'absurde et l'exclusif navigue entre mille écueils et s'y brise au moindre souffle.

La France possède aujourd'hui un de ces fantaisistes qui suffisent à la gloire d'un siècle: c'est mon camarade et mon ami Gustave Doré. Depuis son interprétation de Rabelais, qu'il crayonnait en maître au sortir du collége, il a touché à tout avec une baguette de fée. Il a ressuscité la légende du Juif errant, et ce chef-d'œuvre de *maestria* élégant a provoqué un éclat de rire homérique. Il fera revivre Homère un de ces jours, et la Bible, et la légende de don Quichotte, qui est déjà chez le graveur. En attendant, il donne un corps aux visions funèbres du Dante et ranime le vieux bourreau catholique et satirique de Florence. Il brode les arabesques les plus jeunes et les plus folâtres sur le canevas immortel du bon Perrault. Quel artiste! quel poëte! quel homme! Les contemporains de Dédale auraient dit: «Quel dieu!» Hier encore, dans une heure de récréation, il se plaisait à illustrer *le Capitaine Castagnette*, une joyeuseté du jour de l'an, qui durera cent ans et plus. C'est l'épopée comique du grand Empire, l'histoire bouffonne d'un de ces argonautes grognards qui laissaient un membre de leur corps à tous les écueils de la gloire. Le livre est assaisonné de vin et de larmes, comme ces mets indiens où l'on mélange avec art le sucre et le piment. Les bras, les jambes, les têtes, les boulets, les calembours, voltigent dans l'air, pêle-mêle, avec les hirondelles.

On y voit la retraite de Russie, et l'aigle dorée du drapeau impérial escarbouillant à coups de serre les corbeaux qui suivaient la grande armée. Le collaborateur de Gustave Doré, l'homme qui a écrit ce livre étrange, n'a pas signé son œuvre de son nom: c'est le jeune et charmant secrétaire d'un musicien de beaucoup d'esprit, d'un auteur de fantaisies fleuries et chou-fleuries, qui préside, à ses moments perdus, un des grands corps de l'État.

Notre siècle est encore un peu gourmé; les hommes d'imagination cachent leur talent comme un vice. On signe avec orgueil un mémoire insignifiant, un rapport de commission, une étude sur le drainage; mais il faut presque de l'audace pour avouer un vaudeville, un drame, un roman. A qui la faute? Sans doute aux doctrinaires qui ont régné avant nous. Je crois pourtant que l'heure approche où chacun, sans fausse honte, couvrira ses œuvres de son nom. M. Mocquart, après avoir signé *Jessie*, avouera le drame qui va sortir de son roman.

Si, par la suite, il aventure sur le boulevard quelque *Tireuse de cartes* ou quelque *Fausse Adultère*, il n'aura plus aucune raison de faire le modeste et de se cacher à l'ombre d'un collaborateur. Son exemple sera suivi, j'aime à le supposer, et le public, qui dédaigne, sans savoir pourquoi, les simples gens de lettres, reconnaîtra qu'un homme en place ne déroge pas en se faisant jouer ou imprimer, mais s'élève.

L'Académie française, auguste représentante d'un passé qui s'en va, s'est fait longtemps tirer l'oreille avant d'ouvrir sa porte aux romanciers. Passe pour les grands seigneurs, les orateurs, les historiens, les auteurs tragiques ou comiques; mais Jules Sandeau lui-même n'a pas été admis sans débats, et l'on ne parle ni de Dumas, ni de Gozlan, ni de Gautier. Cependant il y a deux places vacantes, puisque le père Lacordaire est allé rejoindre Scribe au pays où les dominicains et les vaudevillistes s'habillent du même drap. Scribe (on rendra bientôt justice à cet aimable génie) a laissé un grand vide à l'Académie comme au théâtre. L'opinion publique désigne, dès aujourd'hui, son successeur au théâtre; mais M. Sardou est trop jeune pour se présenter à l'Institut.

Il y viendra, n'en doutez point, et j'ose dire qu'il fera honneur à l'illustre compagnie. En attendant, le mieux serait, je pense, de nommer M. Octave Feuillet, un galant homme et un joli poëte, plein d'esprit et de grâce,—tout capitonné d'idées fines et de sentiments délicats. Il est aimé de toutes les femmes (en tout bien tout honneur) et estimé de tous les hommes; l'Académie serait une grande bégueule, si elle demandait quelque chose de plus. Je le propose en première ligne, parce que Janin ne s'est pas mis sur les rangs; mais Janin ne veut pas faire le voyage de Passy à l'Institut. Janin est en littérature ce que Pons est en escrime: une Académie à lui tout seul. Et quelle compagnie! Horace lui a prêté son fauteuil aux pieds d'ivoire; Diderot lui a passé sa robe de chambre, la fameuse! Et tous les écrivains de bonne famille, en costume de veau doré, s'étalent en cercle autour de lui dans son admirable chalet.

Le révérend père Lacordaire, qui fut éloquent et libéral à ses heures, mérite un successeur éloquent et libéral. On a pensé à M. Dufaure, et je crois qu'on ne pouvait mieux choisir. Si M. Victor de Laprade, qui cumule la gloire des académiciens et la *turpitude* des fonctionnaires, jugeait à propos de donner sa démission, nous avons un nouveau candidat, M. Baudelaire, génie très-inégal et parfois limoneux, mais plus grand poëte assurément que le satirique lyonnais, et pur de tout salaire du gouvernement.

On m'assure que l'Académie française, ou du moins un des partis qui l'agitent, songe à nommer un galant homme étranger à la littérature, mais honorablement connu pour ses idées rétrogrades. A Dieu ne plaise que je conteste la légitimité d'un tel choix! Mais on me permettra de dire qu'il n'est pas des plus opportuns; car enfin les idées rétrogrades ne manquent pas de représentants à l'Académie, et le passé y occupe une place assez importante, sinon trop!

Si toutes les classes de l'Institut étaient sœurs, les quarante immortels prendraient exemple sur leurs confrères de l'Académie des beaux-arts. Cette illustre et intelligente compagnie s'est rajeunie de cent ans, en élisant M. Meissonier, le plus jeune de nos grands peintres. Ce faisant, elle a donné satisfaction au goût du siècle, et sacrifié une hécatombe de trois ou quatre vieilles victimes sur l'autel du progrès. Elle a expié l'élection de M. Signol, et fermé la porte à toutes les nullités pédantes et gourmées. Désormais les jeunes peuvent venir; je vois poindre à l'horizon Baudry, Gérôme et Cabanel.

Pourquoi donc ces élections, qui passionnaient tout le monde il y a vingt ans, n'intéressent-elles plus qu'un petit nombre de *dilettanti*? Je me rappelle le jour où M. Flourens fut élu par-dessus la tête de M. Victor Hugo: une moitié de Paris voulait égorger l'autre. Aujourd'hui, on va voir à Saint-Sulpice la chapelle de M. Delacroix, puis à Saint-Germain-des-Prés la décoration de M. Flandrin, avec plus de curiosité que de fureur. L'âpreté des jugements est tempérée par une sorte de résignation voisine de l'indifférence. Un grand artiste inconnu vient de produire une œuvre importante au boulevard des Italiens: c'est M. Justin Mathieu, pauvre, presque aveugle, et puissant comme Doré lui-même par l'audace et l'originalité de ses conceptions. Qui s'en émeut? qui en parle? Est-ce donc que la politique nous absorbe tout entiers? Mais nous sommes presque aussi indifférents en matière politique. Réveillons-nous! réveillons-nous! si nous ne voulons pas qu'on dise en Europe: «Les Français ne sont plus sensibles qu'au talent divin de madame Ferraris ou au tapage des bals de l'Opéra.»

C'est aujourd'hui que Strauss nous offre la primeur de ses quadrilles. Samedi dernier, on a sanctifié la salle, en y donnant un bal de charité. La municipalité du XIe arrondissement avait organisé la fête. On parle d›une recette de quarante mille francs et plus. Bravo! L›hiver n›est pas trop rude; mais il n›en est pas moins dur, car le pain ne se donne pas, cette année.

J'ai voulu assister à ce bal, où tant de personnes honorables avaient contribué pour une somme si ronde. J'y ai vu vingt jolies toilettes, quelques beaux diamants, deux ou trois officiers municipaux en uniforme, et une multitude de femmes de chambre, de cuisinières, de cochers, de concierges, sans compter les danseuses des bals publics, qui s'étalaient dans certaines loges. Il faut avouer, gens de Paris, que vous êtes des Athéniens bizarres. Vous croyez être généreux quand vous avez pris pour quarante francs de billets au profit des pauvres; et vous ne sentez pas combien il est impertinent d'envoyer vos domestiques danser un vis-à-vis avec les dames patronnesses! Vos amis sont là, en grande toilette; ils y ont amené leurs femmes et leurs filles, et vous ne craignez pas d'y faire aller vos laquais! Je comprends que ce bal vous ennuie, que vous préfériez le théâtre, ou le monde, ou le cercle, ou même votre lit; mais, s'il vous coûtait trop de payer de votre personne, ne pouviez-vous jeter les billets au feu? Vous auriez épargné une avanie à quelques personnes de votre monde, et à moi un dégoût qui me soulève encore le cœur.

III

Avez-vous remarqué cette phrase que le gouvernement anglais a publiée après la mort du prince Albert:

«On espère que, dans cette triste circonstance, tout le monde prendra un deuil convenable.»

Que de choses en quelques mots! Il y aurait tout un traité à faire là-dessus. La reine d'une grande nation vient de perdre son mari, et elle espère que, dans ses trois royaumes, tout le monde prendra un deuil convenable. Ce n'est ni un décret, ni une ordonnance, ni un ordre tombé d'en haut: c'est un appel à la sympathie publique en même temps que le rappel d'une obligation sociale. Il y a dans cette formule un mélange de hauteur, de confiance et de familiarité. Vous sentez, dès le premier mot, que la dynastie qui parle est dans les relations les plus courtoises, sinon les plus intimes, avec ses sujets; que personne ne discute ses droits; qu'elle n'a point d'ennemis déclarés dans la nation; qu'elle peut compter, en toute occasion, sur cette fidélité sans bassesse que les Anglais affichent avec une sorte de coquetterie. Vous devinez une reine qui règne et ne gouverne pas; un peuple qui fait ses affaires lui-même, et qui craint d'autant moins de paraître humble et soumis qu'il est sûr de rester libre; un pays de tradition, de décence et de convenance, gouverné par les mœurs plus encore que par les lois.

Nous sommes fiers d'être Français, voilà qui est convenu; mais il se passera bien des années avant que nos mœurs politiques s'élèvent à la hauteur des mœurs anglaises. Rien n'est plus inégal, plus capricieux, moins logique que nos rapports avec les hommes qui nous gouvernent. Le peuple français se conduit avec la monarchie comme avec une maîtresse: il l'embrasse, il la met à la porte, il retourne chez elle et se traîne à ses genoux. Hier, il en disait pis que pendre; il la flatte aujourd'hui, non sans rougir de sa bassesse actuelle et de ses violences passées. C'est une question de fougue et de tempérament. Nous avions adoré Louis XIV comme un dieu; nous avons éclaboussé son convoi funèbre. Tel bonhomme de roi à qui nous serrions la main des deux mains, pleins de respect pour sa coiffure et d'admiration pour son parapluie, a dû s'enfuir au milieu des huées, tout honnête homme qu'il était de sa personne. De quelles acclamations n'avons-nous pas étourdi Lamartine sur la place de l'Hôtel-de-Ville! Apollon, descendu sur terre pour nous apporter l'harmonie, n'aurait pas été mieux accueilli. Quatorze ans après ce beau triomphe, Apollon meurt de faim, et les généreux petits journaux le poursuivent de leurs cris les plus aigres.

J'ai déjà assisté à quelques ovations, politiques et autres. Ces scènes bruyantes me remplissent d'une profonde tristesse. Ce n'est pas jalousie, au moins! Non, je plains le bénéficiaire. J'aimerais mieux pour lui les témoignages d'une approbation convenable, comme on dit à Londres; il serait exposé à des revirements moins terribles.

Supposez que nos vieux ancêtres ne nous aient pas laissé la loi salique, et représentez-vous une reine de France, jeune et jolie, choisissant à l'étranger un mari qui ne sera pas roi. Quel beau rêve pour ce jeune prince! mais aussi quel réveil, après la lune de miel de la popularité! Quels pamphlets! quels couplets et quelles caricatures! De deux choses l'une: ou cet infortuné s'enfuirait honteusement, pour échapper à l'injustice populaire, ou il essayerait d'écraser notre mauvais vouloir et de renverser nos lois. Le prince Albert, pour qui l'on vient de demander et d'obtenir là-bas un deuil convenable, n'a jamais été placé dans cette dangereuse alternative. La nation l'avait accueilli poliment, non comme un étranger, mais comme un hôte: il a rendu aux Anglais courtoisie pour courtoisie. Il a donné à la couronne de beaux et nombreux héritiers, et créé une famille vraiment royale. Modeste et délicat, il s'est tenu discrètement en dehors de la politique; sa plus chère étude a été l'éducation de ses enfants. Dans les heures de loisir, il a encouragé les arts et l'industrie, si bien qu'après avoir vécu plus de vingt ans auprès du trône, sans avoir jamais été populaire dans le sens français de ce terrible mot, il meurt regretté et estimé d'un grand peuple, et son deuil est porté convenablement.

Ceci n'est point une satire de nos mœurs. Nous avons du bon, quoi qu'on dise, et peut-être que, dans une juste balance, la légèreté française serait de meilleur poids que toute la gravité des Anglais. Nous sommes plus ardents, plus généreux, plus vivants que nos voisins d'outre-Manche. Je relisais hier un petit livre amphigourique, mais plein d'idées: le Dandysme et Brummel, par M. Barbey d'Aurevilly. L'auteur compare deux célèbres dandys qui ont ébloui un instant l'Angleterre et la France: Brummel et d'Orsay. Absurdes et inutiles l'un et l'autre, je le veux bien, car le dandysme est la vanité la plus vaine de toutes; mais qui pourrait hésiter une minute entre le dandysme glacé, gourmé, compassé de Brummel et la folie capiteuse de ce beau d'Orsay, qui provoque un officier pour avoir parlé légèrement de la Vierge Marie? «Elle est femme, disait-il, et je ne permettrai jamais qu'on insulte une femme devant moi!» Il se battit pour elle comme un chevalier pour sa dame, et cela en plein XIXᵉ siècle; et il ne faudrait pas plus de deux traits de ce genre pour me réconcilier avec la folie française.

J'ai promis de vous raconter tous les événements, petits et grands, qui agitent le monde où l'on pense. Je ne peux donc oublier la réouverture de la galerie d'Apollon. Hâtez-vous d'y courir, si vous êtes amoureux de ces nobles plaisirs que l'homme perçoit par les yeux. Faites demain ce que j'ai fait hier; si vous n'êtes pas content, ami lecteur, je vous permets de m'écrire une de ces lettres anonymes et féroces que la poste jette souvent chez mon portier.

Dire que la galerie d'Apollon, au Louvre, est une merveille d'architecture; que M. Delacroix y a peint un plafond qui comptera parmi les chefs-d'œuvre du maître, bien avant la chapelle de Saint-Sulpice; que vingt artistes de second ordre, interprétés par l'industrie des Gobelins, y ont placé toute une collection de portraits fort estimables, c'est répéter une banalité. Je passe donc à cette exposition nouvelle et prodigieuse que M. de Nieuwerkerke, dans un moment de loisir, a bien voulu organiser là pour notre instruction et notre joie.

Les bijoux que possède le Louvre étaient ensevelis dans un cabinet obscur; les ivoires étaient logés de telle façon, qu'au mois de mai 1860 un amateur intelligent et délicat a pu acheter, vers la gare de Rouen, une demi-douzaine de chefs-d'œuvre appartenant à l'État, volés par un filou vulgaire, et mis en étalage à une devanture de boutique, sans que l'administration des musées en eût senti le vent. Si l'acquéreur de ces merveilles n'avait pas été aussi désintéressé que sagace, la France aurait perdu un trésor inestimable, et elle n'aurait guère entendu parler de la perte qu'elle avait faite.

Rien de pareil ne saurait plus arriver aujourd'hui. La galerie d'Apollon a mis en lumière, et sous scellés, la plus curieuse collection de notre trésor national. Curieuse est le mot: les biens qui sont logés là rentrent dans la catégorie de ce qu'on désigne, en vente publique, sous le nom de *curiosité*. Un rang de vitrines modestes, encastrées dans toutes les fenêtres, permet d'admirer les faïences irisées, les chefs-d'œuvre de Faenza, les merveilles nationales de Bernard Palissy, les laques de Chine, d'un goût et d'une légèreté incroyables. Quelques crédences, logées en face, renferment les émaux de Limoges, et notamment ce que l'illustre Léonard Limosin nous a laissé de plus beau.

Au milieu de la grande salle s'élèvent de vastes écrins, les dignes écrins d'un grand peuple. Sur des socles dorés, du plus beau style Louis XIV, chefs-d'œuvre d'un Boule contemporain qui s'appelle M. Rossigneux, on a construit de grandes cages de cristal et de cuivre. Le seul reproche qu'on ait à faire à ces beaux meubles, c'est un peu trop de nudité dans la partie haute, qui ne rappelle aucunement la riche décoration de la base. Un simple ornement doré, aux angles supérieurs, aurait achevé l'édifice. On peut reprendre aussi la couleur des tentures, qui est de ce bleu cru que les artistes et les bijoutiers eux-mêmes ont abandonné depuis longtemps aux perruquiers. Il était facile de trouver une nuance intermédiaire entre le bleu des coiffeurs et le bleu des émaux. Si madame de Léry ou mademoiselle Augustine Brohan, qui la personnifie si bien dans *le Caprice*, va visiter la galerie d'Apollon, elle pensera tout de suite à madame de Blainville. A part ce petit défaut, qui se peut corriger en quelques heures, la nouvelle exposition de nos bijoux et de nos ivoires ne laisse rien à désirer. J'y ai passé une heure dans l'éblouissement continu; faites comme moi, ami lecteur, c'est la grâce que je vous souhaite.

Vous irez ensuite faire un tour dans la grande galerie des maîtres français et étrangers. Vous fermerez les yeux pour ne pas voir le *Saint Michel* de Raphaël, la *Kermesse* de Rubens, et tous ces pauvres chefs-d'œuvre qui ont tant souffert depuis quelques années; mais Léonard de Vinci, le Corrége, le Titien, le Lorrain et tous les grands maîtres qui ont échappé au massacre des innocents, fourniront à votre admiration une riche matière. Si vous avez le temps de parcourir un peu les grands appartements de l'école française, je vous recommande Prudhon, ce Corrége français, et David, qui fut l'Ingres de son temps, et Géricault, le père de M. Delacroix, et Chardin, le dieu Chardin, que nos réalistes poursuivent en pataugeant et en éclaboussant, mais, hélas! sans le rejoindre.

Et, si vous n'avez pas une indigestion de bonne peinture, vous irez vous reposer à l'exposition du boulevard des Italiens, à moins qu'il ne vous soit plus agréable d'y venir en ma compagnie dimanche prochain.

Une bonne nouvelle, en attendant. M. Justin Mathieu, ce sculpteur que sa verve et sa puissance nous permettent de ranger parmi les précurseurs de Doré; ce grand artiste, pauvre, presque aveugle et peu connu, vient d'obtenir du ministère d'État une pension modeste mais honorable. Cela nous prouve qu'en dépit de l'envie, et même malgré quelques mécontentements officiels, cette petite exposition du boulevard des Italiens n'est pas inutile au vrai mérite. M. le préfet de police, qui va quelquefois se promener par là, s'est adjoint spontanément à la générosité du ministère; il a prié M. Justin Mathieu de vouloir bien accepter un témoignage de sa sympathie et de son admiration.

On me dit qu'un certain nombre de gens du monde, curieux de

compléter sur le tard leur éducation artistique, se donnent rendez-vous dans l'atelier de M. Bauderon, rue Vintimille, n° 16, pour assister à ses entretiens sur les beaux-arts. M. Bauderon est un peintre qui sait l'Italie comme M. Renan sait l'Orient ancien, comme Théophile Gautier sait l'Espagne moderne, comme Méry sait l'Inde anglaise, comme le général Daumas sait l'Algérie, comme Taine sait l'Angleterre, comme Louis Énault sait la Laponie, comme aucun gouvernement français n'a su la France. Il promet de nous parler Italie et peinture, et cela tous les samedis à trois heures et demie. M. Dumanoir et quelques autres dilettanti de première classe vont à ces entretiens avec joie et en parlent avec reconnaissance. J'y compte aller aussi, et je serais charmé de vous y rencontrer, ami lecteur; car c'est double plaisir que de s'instruire en bonne compagnie.

J'ai eu cette joie durant trois jours de la semaine, et sans quitter le coin de mon feu. Je lisais et relisais un savant rapport de l'honorable général Morin sur le chauffage et la ventilation des théâtres.

Voilà une grave question qui m'intéresse fort, et vous aussi. Que de fois vous avez maudit l'incommodité nauséabonde et malsaine de nos salles de spectacle! Combien de migraines vous avez rapportées à la maison, entre minuit et une heure du matin! Vous avez déploré, comme moi, que le théâtre ne pût être un instrument de plaisir sans devenir par surcroît un instrument de supplice. Ah! la commission des logements insalubres approuvera la démolition de ces grandes baraques asphyxiantes qui vont s'écrouler dans quelques mois le long du boulevard du Temple.

La ville de Paris s'applique à les remplacer par des monuments d'une élégance contestable, mais qui seront, s'il plaît à Dieu, plus commodes et plus sains. Tandis que l'architecte pétrissait dans la pierre de taille les deux pâtés majestueux qui décorent la place du Châtelet, une réunion de savants, choisis par M. le préfet de la Seine, cherchait le meilleur moyen de ventiler ces énormes édifices. S'il nous est donné, l'an prochain, d'écouter sans migraine la jolie musique de Massé, de Grisar et de Gounod; si nous ne mourons plus d'apoplexie aux beaux drames de M. d'Ennery, nous devrons des actions de grâces à la commission et à M. le général Morin.

Voilà bientôt trente ans que l'autorité municipale a posé ce problème. Est-il enfin résolu? Je n'ose l'affirmer encore; mais on peut dire, à la louange du savant rapporteur, qu'il l'a très-longuement et très-laborieusement débattu. Six mois de patientes et coûteuses études ont prouvé qu'en matière de salubrité publique la commission ne regardait ni au temps ni à la dépense. Si M. le général Morin et ses honorables collègues n'ont réussi qu'imparfaitement, leur bonne volonté ne sera pas mise en cause; il ne faudra nous en prendre qu'aux difficultés du sujet et à l'avarice de la nature, qui ne crée pas un homme de génie tous les jours.

Vous connaissez le mal: M. le général Morin vous l'explique par principes; il vous le fait toucher du doigt, en attendant qu'un autre soit assez heureux pour trouver le remède. Les hommes ne sont pas organisés pour s'entasser au nombre de deux ou trois mille dans une chambre bien close. Chacun d'eux, tout en pleurant sur les malheurs de Mimi, ou en éclatant de rire devant la figure spirituelle d'Arnal, dévore de l'oxygène, brûle du carbone, dégage de la chaleur, décompose l'air ambiant par la respiration pulmonaire et cutanée. Que la pièce soit bonne ou mauvaise, que la claque applaudisse ou que l'orchestre siffle, les phénomènes physiologiques vont leur train. Chacun des spectateurs est un foyer qui brûle du carbone, à raison de deux cent quarante grammes par jour; chaque paire de poumons est un calorifère assez puissant pour chauffer à soixante et quinze degrés trente-huit kilogrammes de glace fondante.

Au bout d'une heure de spectacle, deux mille *gentlemen*, fussent-ils les mieux élevés du monde, deux mille *ladies*, fussent-elles aussi jolies que la duchesse d'A... et aussi distinguées que la marquise de B..., ont répandu dans la salle une atmosphère à tuer les porteurs d'eau. Car l'homme n'est pas un pur esprit, quoiqu'il soit le plus spirituel des animaux après le singe.

Il s'agit d'expulser l'air méphitique et de le remplacer par un air pur. Mais comment faire? L'illustre Darcet, justement loué par M. le général Morin, a émis une idée qui était excellente il y a trente ans: évacuer le mauvais air par les combles, amener le bon par les caves, et créer ainsi un courant que M. Purgon appellerait détersif. Dans ce système, la chaleur effroyable du lustre établit un courant violent; une myriade de conduits débouchent en avant des loges et renouvellent de bas en haut l'atmosphère de la salle.

Le principal défaut de ce système est de renouveler incessamment l'air le moins vicié et de laisser en paix les petits miasmes de l'orchestre, du parterre et des loges. Il présente un autre inconvénient, surtout dans les théâtres lyriques. Le courant d'air interposé entre les chanteurs et les auditeurs emporte au grenier les plus belles notes de M. et madame Gueymard, ces notes précieuses qui coûtent un louis d'or le brin, comme les plumes du chapeau de Mascarille: si bien que le public de l'orchestre et des loges obtient peu de musique et aspire beaucoup de mauvais air.

Un architecte de grand talent que M. le général Morin a oublié de citer à l'ordre du jour, M. Charpentier, a singulièrement amélioré le plan de Darcet; mais les beaux travaux qu'il avait faits à l'Opéra-Comique ont été neutralisés par l'incurie de l'administration.

Dans l'état actuel des théâtres, les miasmes s'en vont comme ils peuvent par le trou circulaire ouvert au-dessus du lustre. L'air pur se répand en nappe glaciale par cette large ouverture que donne le lever du rideau. Il s'insinue aussi dans la salle par cette petite lucarne des loges qui vous glace la nuque et refroidit votre plaisir toutes les fois que vous oubliez de la fermer. C'est primitif et désagréable, et l'on pourrait trouver beaucoup mieux. Mais les commissions cherchent quelquefois sans trouver, fussent-elles dirigées par un mathématicien de l'Académie des sciences.

Un certain nombre de savants, qui n'appartiennent à aucune commission, à aucune académie, et que M. le général Morin a cru devoir passer sous silence, ont imaginé de ventiler les salles de spectacle jusque dans leurs derniers recoins, et à fond; d'évacuer les miasmes en contre-bas, à l'aide de cheminées d'appel; d'amener l'air pur de haut en bas, sans aucun mécanisme et sans aucune dépense, au moyen d'une simple ouverture pratiquée dans le fronton de la scène. Le rapport de la commission ne parle pas assez de ces excellents travaux, qui contiennent, selon moi, la solution du problème.

Il semble que l'illustre rapporteur ait un peu trop cédé au désir, légitime d'ailleurs, de mettre en lumière ses expériences personnelles. L'amour de la gloire, passion louable dans son principe, mais regrettable dans ses excès, l'a porté à honorer de son nom l'invention des rampes couvertes, que les *Annales d'hygiène* attribuent à un simple universitaire, M. Lissajoux.

Il est à regretter aussi que les travaux de la commission n'aient pas précédé la construction des théâtres, car on étudiait la ventilation au Conservatoire des arts et métiers, tandis que M. Davioud bâtissait à grands frais des conduits solides et provisoires en vue d'une *ventilation quelconque* (tels sont les termes du rapport). Si bien qu'il faudra démolir et rebâtir; et pourquoi? Pour établir dans deux théâtres neufs un système qui ne peut être définitif, car il est loin d'être parfait.

La préfecture de la Seine paraît être de mon avis sur le travail consciencieux mais incomplet de M. le général Morin. On m'assure qu'elle a admis les conclusions du rapport pour l'un des théâtres du Châtelet, et qu'elle les a rejetées pour l'autre.

IV. DE QUELQUES IMPOTS SINGULIERS: LE POURBOIRE, LES ÉTRENNES, ETC.

Le premier de mes devoirs aujourd'hui serait de vous décrire l'exposition de Barbedienne, ou les magasins de Lafontaine. Ces messieurs étalent, au jour de l'an, tout ce que l'art du bronzier a produit ou reproduit de plus artistique, et leurs collections méritent sans doute un coup d'œil. Je devrais aussi vous recommander quelques beaux livres d'étrennes, comme le *Perrault*, ou *le Savant du foyer*, de mon spirituel ami M. Louis Figuier, ou *la Comédie enfantine* de Louis Ratisbonne, ou les *Récréations instructives* de M. Jules Delbruch, ou l'*Histoire d'une bouchée de pain*, véritable chef-d'œuvre de M. Macé, ou même cette belle édition du *Roi des montagnes*, que Doré a illustrée avec tant de verve et tant d'esprit...; mais non. La perspective du jour de l'an me paralyse, et le seul nom des étrennes me fait horreur.

Je veux bien vous parler de Castellani, mais à une condition: c'est que vous n'irez point acheter des étrennes dans son musée. Décompléter une collection comme celle-là serait un crime. Heureusement, les chefs-d'œuvre qu'il expose ne sont pas de ceux qui plaisent au bon public de Paris; heureusement encore, on les vend cher, très-cher, absurdement cher. Bravo, Castellani! repoussez, chassez, découragez la bourgeoisie parisienne. Dites-lui clairement que vous n'êtes pas un industriel, mais un archéologue et un artiste; que vous ne travaillez pas pour la vente, mais pour la gloire. Et gardez votre collection au grand complet, pour la joie de quelques adeptes et l'admiration de quelques amis.

Ceci n'est point une plaisanterie. Tout le monde connaît l'histoire de ce fameux Cardillac qui assassinait ses clients en plein Paris, pour reprendre les bijoux qu'il leur avait vendus. Castellani ne pousse pas si loin la jalousie; mais je suis persuadé qu'il trouve cent fois plus de plaisir à garder ses ouvrages qu'à les vendre. J'ai surpris son secret dès notre première entrevue. C'était à Rome, il y a quatre ans. J'étais entré dans cette maison, dans ce musée, où l'on ressuscite, depuis trente ans et plus, tous les miracles de l'orfévrerie antique. Lorsque j'abordai Alexandre Castellani, il me prit pour un acheteur, et fronça légèrement le sourcil. Je le rassurai bien vite, en lui disant que j'étais un simple curieux, un amateur platonique. Alors il s'attacha gracieusement à moi, et me retint deux heures au milieu de ses merveilles. Il me montra, par le menu, tout ce qu'il possédait de plus beau en couronnes, en colliers, en bracelets, en épingles, anneaux et pendants d'oreilles; ses bijoux sacerdotaux, conjugaux, militaires, funéraires, religieux; la série grecque, la série étrusque, la série romaine, la série byzantine et le moyen âge jusqu'à la renaissance; il m'apprit à déchiffrer toutes ses inscriptions, me fit voir à la loupe toutes ses pierres gravées, et retourna tous ses scarabées sur le dos. C'était plaisir de voir avec quelle sensualité charmante il aspirait les parfums du passé! Lorsqu'il allait prendre au fond d'un tiroir quelqu'un de ses précieux modèles, une bulle de Cumes, un collier de Kertch ou un bracelet de Tarquinie, ses yeux s'allumaient d'une flamme sacrée et renvoyaient étincelle pour étincelle à chacun des petits granules d'or.

C'est qu'il est savant comme l'Académie des inscriptions, cet orfévre! Un des petits bonheurs de sa vie, c'est d'avoir retrouvé au fond d'un tombeau les boucles d'oreilles *triglene* qu›Homère avait décrites dans le portrait de Junon. Les procédés de soudure employés par les Étrusques semblaient perdus depuis longtemps. Il a eu l›idée de chercher jusqu›au fond des Apennins si la tradition ne les aurait pas conservés dans quelque bourgade; et il a découvert, à Sant›Angelo in Vado, des paysans qui soudaient l›or à la mode étrusque! N›est-ce pas prodigieux?

Il me fit remarquer que, dans les bijoux chrétiens de l'époque byzantine, on trouvait de tout, excepté des pendants d'oreilles:

les Pères de l'Église les avaient proscrits, comme des ornements païens.

—Le clergé d'aujourd'hui n'est plus si sévère, ajoutait-il; la madone de Loreto n'a-t-elle pas à chaque oreille une girandole de diamants?

Je me rappellerai toute ma vie cette longue et charmante conversation, qui m'initia pour la première fois aux mille petits secrets de l'art le plus délicat et le plus friand. Mais je n'oublierai pas non plus l'expression de reconnaissance qui se peignit sur le visage de l'artiste lorsque je pris congé de lui sans rien emporter de son trésor. Il me salua d'un regard qui semblait dire: «Vous étiez libre de tout prendre ici pour quelques centaines de mille francs. La société est si mal organisée, la loi si brutale, que j'aurais été sans défense contre une telle spoliation: vous renoncez généreusement à votre droit, merci!»

A quelque temps de là, je pris la liberté d'écrire au bas du *Moniteur* toute l'admiration que j'avais éprouvée chez Castellani. J'appris ensuite que le pauvre Alexandre avait été exilé de Rome par le ministère Antonelli. Chaque gouvernement encourage les arts à sa manière. L'orfévre romain avait commis un crime politique en ciselant la poignée d'une épée pour l'empereur Napoléon III. A Dieu ne plaise que je blâme la logique de Son Éminence le cardinal Antonelli! mais enfin l'empereur Napoléon III a besoin d'une épée, ne fût-ce que pour défendre le saint-siége et le saint-père.

Alexandre Castellani, chassé de Rome, vint à Paris. Il employa son temps à écrire des vers et à faire de la musique; car il est poëte et dilettante, et l'un des meilleurs amis de Rossini. Ce n'est guère que depuis un an qu'on l'a décidé à importer ici quelques bijoux de Rome. Il s'est fait un petit cabinet au rez-de-chaussée du n° 120, avenue des Champs-Élysées. Pas d'enseigne, pas d'annonces; la prudence d'un conspirateur! Il aurait volé ses bijoux, qu'il ne les cacherait pas mieux. Quelques amis, quelques savants, quelques clients, triés dans l'aristocratie européenne, connaissent seuls le chemin. Il faut sonner à la porte; il faut presque un mot de passe pour entrer. Entré, l'on ne voit rien que trois tables couvertes de velours. Mais, si votre figure inspire une certaine confiance; si vous ressemblez plus à un érudit qu'à un financier; si l'on peut espérer que vous ne ferez point une razzia de merveilles, on écarte les tapis de velours, et vous contemplez l'art antique face à face.

Peu de personnes ont pénétré dans cet intérieur: l'album où les empereurs et les gens de lettres écrivent leurs noms à la file est à peine à la quinzième page. Ah! je vous ai prévenu qu'on n'entrait pas là comme au moulin! La porte ne s'ouvre jamais avant midi; on ferme rigoureusement à quatre heures. Toutes les précautions ont été prises pour écarter la grosse foule. Quelques gens du monde, quelques académiciens, quelques princes, quelques lettrés, rien de plus. On veut rester entre soi, et l'on fait bien.

Je ne crois pas que le succès de Castellani puisse faire aucun tort à la bijouterie parisienne. L'illustre Romain est trop exclusif et trop cher; mais j'espère que ses petites expositions et la prochaine arrivée de la collection du musée Campana amèneront une sorte de révolution dans l'art français. Le premier Empire, après l'expédition d'Égypte et quelques études sommaires sur l'antiquité grecque et romaine, a produit, en sculpture, en architecture et en orfévrerie, une école un peu roide, un peu froide, et légèrement gourmée. C'est le faux antique; aujourd'hui, grâce à Dieu, à Castellani et à l'infortuné Campana, nous arriverons peut-être au vrai. On ne tardera guère à s'apercevoir que les anciens, nos maîtres en tous arts, ont travaillé avec une liberté très-légère et très-élégante. On abandonnera le *rococo* régnant, qui était magnifique dans les œuvres du Bernin, mais qui, réduit à des proportions mesquines, est tombé peu à peu dans la mollesse et la pommade. J'espère que les Lemonnier, les Mellerio, les Fontana, tous ces artistes de haute valeur qui font encore trop de concessions à une école décrépite, apprécieront, avant deux ans, les beaux modèles de l'antiquité. Déjà, à Londres, les Mortimer et les Hancock travaillent dans le solide et dans le grand, et la France, qui va se parer chez eux, leur pardonne un certain excès de robustesse pesante. Le temps approche où nos maîtres, retrempés aux sources pures de l'antiquité, deviendront, comme Achille, invulnérables à la concurrence. En avant, messieurs les orfévres! essayez dans votre art une de ces révolutions généreuses que les frères Ponon entreprennent avec tant de succès dans l'ameublement. J'ai rencontré deux visiteurs, en tout, chez mon ami Castellani. L'un était M. Beulé, de l'Institut, mon cher compagnon de l'école d'Athènes; il venait chercher un collier étrusque pour sa jeune femme. L'autre était un jeune

Valaque terriblement riche, et pourtant homme de goût, M. A…, qui vient de se meubler un appartement grec en plein cœur de Paris. Voilà des signes du temps, si je ne m›abuse. Si la science et la naissance se donnent rendez-vous au même rez-de-chaussée, ce n›est pas sans de bonnes raisons. *Amen!*

Mais je me rappelle un peu tard que j'avais trempé ma plume dans l'encrier pour foudroyer l'abominable institution des étrennes. Je les déteste autant que vous, et pour cause. Les étrennes sont un impôt progressif, qui pèse sur le pauvre bien plus lourdement que sur le riche.

Le pourboire, institution parisienne (car le *trinkgeld* des Allemands et la *buona mano* des Italiens ne sont que des jeux d›enfant), le pourboire, dis-je, est aussi un impôt progressif en sens inverse. Les riches, qui vont au bois de Boulogne dans leur voiture, qui dînent chez eux, prennent le café chez eux et se font raser par leur valet de chambre, ne connaissent que de réputation l›odieuse tyrannie du pourboire. Mais le pauvre diable qui dîne mal et cher au restaurant, et qui est condamné, par l›usage, à payer un sur-plus de cinq à dix pour cent aux garçons qui l›ont fait attendre; le malheureux qui paye dix sous une tasse de café de quarante cen-times, ajoute vingt pour cent au tarif normal de la consommation, et fournit ainsi, de sa grâce, cent ou cent vingt mille francs par an à la recette de quelques estaminets! Voilà un homme qu›il faut plaindre. Et personne ne le plaint! et, ce que j›admire par-dessus tout, il est tellement acoquiné à son mal, que l›infortuné oublie de se plaindre lui-même!

Les cochers de Paris recevaient, il y a dix ans, deux sous de pour-boire, et remerciaient le voyageur. Il y a cinq ans, on a pris l'habitu-de de leur donner vingt-cinq centimes par heure ou par course, et ils ont bien voulu dire merci. Aujourd'hui, je leur donne dix sous, et vous aussi, probablement, et ils ne nous remercient que pour la forme. Dans deux ans, si rien ne change, ils accableront d'injures le mal-appris qui ne leur donnera pas un franc. A qui la faute? A vous, à moi, à l'usage, à ce despote que les démocrates les plus purs n'ont pas encore mis hors la loi.

On pourrait s'affranchir de cette contribution; mais il faudrait d'abord être riche. Je connais un jeune homme qui donne aux co-chers de remise le prix du tarif, et rien de plus. Un jour qu'il avait devant moi payé deux francs pour une course, je ne pus me défendre de laisser voir un certain étonnement.

—Mon cher ami, me dit-il, les cochers oubliaient trop souvent de me dire merci, quand je leur mettais en main une aumône de dix sous. J'ai pris un grand parti, et supprimé le pourboire: mes moyens me le permettent, car j'ai quatre-vingt mille francs de rente. Vous n'oseriez jamais en faire autant, vous qui n'êtes qu'un ouvrier de la plume, et qui vivez de votre travail. On dirait: «Cet homme est pauvre; donc, il est mal payé; donc, il n'a point de talent.» Et vous ne vous consoleriez jamais de laisser une telle idée dans l'esprit d'un cocher qui ne sait pas votre nom et qui ne vous reverra probablement jamais. C'est la vanité qui donne pour boire aux êtres les moins intéressants de la société. Moins on a de quoi donner, plus on donne; car le plaisir de paraître est le luxe des pauvres, dans notre glorieux pays. Quant à moi, je n'ai pas besoin de paraître, puisque j'ai quatre-vingt mille francs de rente; c'est pourquoi je paye la course du cheval sans acheter l'estime du cocher.

—Mais si le cocher vous disait des injures?

—J'écrirais quatre mots à la préfecture de police, et l'on s'empresserait de faire droit à ma réclamation, puisque j'ai quatre-vingt mille francs de rente. Notez, d'ailleurs, que le pourboire, si quelques riches comme moi n'y mettaient bon ordre, deviendrait un abus trop abusif. Dans la plupart des hôtels, le service se paye à part, et le voyageur se soumet encore à l'obligation de donner pour boire aux gens de service. A la taverne britannique de la rue de Richelieu, le service est coté sur la carte payante; mais oubliez ensuite de donner pour boire au garçon, vous verrez s'il vous aide à passer les manches de votre paletot!

Mon ami riche avait raison, je suis forcé d'en convenir; et pourtant je n'oserai jamais faire comme lui, parce que je ne serai jamais aussi riche. Moins on a, plus on donne; c'est la devise du peuple français, le plus spirituel peuple du monde, comme dit le *Guide des Voyageurs*.

Le pire est qu'un malheureux, après s'être épuisé toute l'année en pourboires, est tenu de payer, au jour de l'an, un pourboire supplémentaire à tous ceux qui l'ont mal servi. En vérité, les riches sont bien heureux: d'abord, parce qu'ils ont de l'argent; ensuite, parce que nul n'a le droit de le leur prendre. Toutes les grandes familles de Paris demeurent à la campagne jusqu'au milieu du mois de janvier. Elles économisent sur leurs revenus, tandis que le rentier modeste ou le petit employé d'un ministère se laisse plumer sans résistance par les garçons de sa gargote, les clercs de son coiffeur, le facteur, qui lui fait acheter cinq francs un almanach de deux liards, et le commis du pâtissier voisin, et le porteur de pain, et le porteur du journal, et le porteur d'eau, et le conducteur de l'omnibus, et la laitière, et vingt autres! S'il avait au moins un domestique pour expulser tous ces importuns! Mais non: l'infortuné ouvre sa porte lui-même, et il reste désarmé, sans cuirasse, devant ces malfaiteurs privilégiés qui lui demandent la bourse ou la vie! Les Anglais ont inscrit dans la loi l'inviolabilité de la personne, l'*habeas corpus*. Ne pourrait-on y ajouter l'inviolabilité de la bourse, surtout pour ceux qui ont la bourse vide? Messieurs du Corps législatif, donnez-nous, pour nos étrennes de l'an prochain, un bon *habeas pecuniam*!

J'avoue que, pour les riches vraiment riches, pour les Sina, les Rothschild et les Péreire, le premier jour de l'année doit être un heureux moment. Il est si doux de faire des heureux, et surtout des heureuses! Avoir ses entrées au foyer de l'Opéra, et envoyer, le 31 décembre, deux parures de cent mille francs à mademoiselle Thibert et à mademoiselle Savel, c'est faire le métier d'un dieu sur la terre; c'est jouer le rôle de Jupiter dans l'incomparable féerie de *Danaé*! Mais porter soi-même, dans les poches d'un gros paletot, un kilogramme de bonbons à douze francs chez une jolie femme qui en a reçu deux cent cinquante, quelle pitié! quelle déception! quelle duperie! A quoi bon, juste ciel? A faire ressortir la misère du donateur et à frapper d'indigestion quelque femme de chambre au nez retroussé; car les bonbons durent huit jours, au maximum, et la dame la mieux constituée ne saurait en manger plus de cinq ou six kilogrammes dans la semaine.

Il est vrai que les kilogrammes de bonbons ne pèsent pas beaucoup plus de sept cents grammes. On n'a jamais su pourquoi. C'est encore une des friponneries du nouvel an, et celle-là s'abrite derrière les immunités les plus anciennes: la police n'y prend garde, ni les acheteurs non plus. Nous faisons condamner à quinze jours de prison et à cinquante francs d'amende un boulanger qui a triché de six grammes sur un pain de quatre livres; personne ne conduit au *poids public* les confiseurs, qui nous trompent d'un quart ou d'un cinquième sur la quantité de la marchandise livrée. Est-ce parce que le bénéfice des confiseurs est dix fois plus considérable que celui des boulangers? Non; c'est tout bêtement parce que les boulangers servent un besoin, et que les confiseurs à la mode exploitent une vanité.

Il y a encore un impôt progressif que je voudrais signaler au public. Celui-là se prélève toute l'année, non sur la vanité, mais sur la gloire. Qu'un homme fasse un beau trait, un beau livre, un beau drame, une comédie charmante, le lendemain du succès il a contre lui non-seulement ses confrères, par esprit de concurrence, et les critiques, par esprit de dénigrement, mais le public lui-même. On réagit contre son bonheur, on s'ennuie de l'entendre appeler brillant, comme les Athéniens se fâchaient contre Aristide le Juste. Ce phénomène ne s'est jamais vu que dans deux villes: Athènes et Paris. A Rome, les triomphateurs étaient insultés, mais bassement, et par des esclaves. A Paris, c'est l'homme libre qui veut montrer son indépendance en s'insurgeant contre sa propre admiration.

Je n'ai pas beaucoup voyagé, mais j'ai pu remarquer que la Grèce, l'Italie, l'Allemagne et l'Angleterre brûlaient des feux de Bengale autour de leurs enfants plus ou moins illustres. Nous avons un autre système: nous brûlons un feu de paille en l'honneur de nos jeunes talents, et nous les y précipitons le jour même, pour leur griller le poil.

Le lecteur impartial reconnaîtra que les pages précédentes ne sentent point l'apostasie. Mais une jeunesse soi-disant intelligente et lettrée en jugea autrement, sans avoir lu. Elle se laissa persuader que j'avais été enrôlé à prix d'or pour guerroyer contre la démocratie dans les colonnes du Constitutionnel. *Si bien que, le 3 janvier 1862, au nom de la justice et de la liberté, quelques centaines de petits messieurs très-spirituels empêchèrent la représentation d'une pièce en cinq actes que je pensais faire jouer à l'Odéon.*

Le lendemain de cet événement, j'envoyai au Constitutionnel *l'article que vous allez lire.*

V. LES ÉMOTIONS D'UN AUTEUR SIFFLÉ

M. Victor Hugo, dans un de ses plus beaux livres, analyse les sentiments et les idées d'un condamné à mort. Toutefois, il manque un chapitre à l'ouvrage. Le malheureux qu'on a mis en scène, et qui raconte ses impressions lui-même, ne peut pas nous dire la fin. Il laisse la curiosité du lecteur à moitié satisfaite; il nous fait tort de sa dernière émotion: on voudrait le ressusciter, pour entendre de sa bouche ce qu'il a souffert sous le couteau.

Les auteurs sifflés survivent généralement à la chute de leurs ouvrages; vous n'avez pas besoin de les ressusciter pour apprendre d'eux-mêmes ce qu'ils ont senti au bon moment. Êtes-vous désireux d'étudier cette question sur le vif? Écoutez, c'est le condamné qui raconte, comme dans le beau livre de M. Victor Hugo. La scène se passe le lendemain de l'exécution, je veux dire de la représentation.

«Ne me croyez pas meilleur que je ne suis. J'ai commis le crime. Oui, j'ai fait un drame avec préméditation et sans aucune circonstance atténuante. Rien au monde ne m'y obligeait; je pouvais rester innocent, il suffisait de me croiser les bras. Je pouvais passer le temps à boire de la bière et à fumer des pipes au fond d'une brasserie, et mériter ainsi l'estime et l'amitié de mes jeunes contemporains. Peut-être la nature m'avait-elle créé pour cette riante destinée: c'est la lecture des romanciers qui m'a perdu.

«Une jolie nouvelle de Charles de Bernard m'inspira la première idée. Quelques amis, quelques complices, si le mot vous paraît plus juste, m'aveuglèrent sur les dangers d'une telle action, et me poussèrent en avant. Je travaillai plusieurs mois de ce travail assidu, obstiné, opiniâtre, qui trouve toujours sa récompense, dit-on, et je finis par écrire cinq actes.

«Je les portai à la Comédie-Française, et le comité de lecture, moins lettré sans doute que les brasseries réalistes du quartier latin, eut la faiblesse de les recevoir. On trouva là-dedans quelques scènes hardies et nouvelles, et je persiste à croire aujourd'hui que ce drame aurait pu intéresser le public, si le public avait pu l'entendre.

«Heureux l›auteur qui fait admettre une pièce au Théâtre-Français! il est sur le chemin des honneurs et de la fortune. Qu›il soit habile, insinuant, protégé, bien en cour, il distancera tous ses rivaux en un rien de temps, et s›emparera de l›affiche. Je fus mis en répétition au bout de quatorze mois; on me répéta avec beaucoup de zèle et de talent. La pièce était admirablement montée: Geffroy, Got, Bressant, Monrose, Mirecour et cet excellent Barré; mademoiselle Favart, ce camée antique, et mademoiselle Riquier, ce pastel de Latour! Je retirai la pièce, après deux mois de répétitions.

«Mademoiselle Favart était tombée malade; à son défaut, je ne voyais plus dans le rôle que mademoiselle Thuillier. D›ailleurs, l›été approchait; la direction de la Comédie-Française, après m›avoir fait attendre un peu plus que de raison, annonçait la résolution de me jouer en pleine canicule. Je repris mon manuscrit, et je passai les ponts.

«Ce ne fut pas sans regretter amèrement les interprètes que je laissais en arrière. Je savais que la troupe de l›Odéon, à part quelques artistes de premier ordre, ne vaut pas celle du Théâtre-Français; mais je comptais (voyez un peu comme on s›abuse!) sur la sympathie d›un public jeune.

«Le public de la Comédie-Française est bien élevé, mais un peu froid, blasé et sceptique. Il ne se fâche pas pour un rien; mais, en revanche, il est difficile à émouvoir. Tout bien pesé, j›aimais mieux offrir ma pièce à la jeunesse des écoles. J›ai vécu par là dans mon temps; il y aura juste dix ans, le 15 de ce mois, que j›en suis sorti pour aller voir Athènes. J›ai fait, entre le Panthéon et la Sorbonne, une petite provision d›idées et de sentiments qui sont encore aujourd›hui le fond de mon être. J›ai applaudi aux cours de Jules Simon et donné quelques coups de poing dans l›amphithéâtre de Michelet. Que diable! le quartier latin serait bien changé, si je ne trouvais pas un peu de sympathie chez nos jeunes camarades! N›ai-je point bataillé sept ou huit ans pour cette pauvre Révolution que tous les jeunes gens aimaient en ce temps-là? Ai-je déserté nos anciens drapeaux, religieux ou politiques? Ai-je insulté les dieux de la littérature ou de l'art? Ai-je manqué une occasion de défendre Victor Hugo à Guernesey, David (d'Angers) dans l'exil ou dans la tombe? David, le grand David, m'embrassait comme un fils à son lit de mort, et je garde un médaillon de Rouget de l'Isle où il inscrivit mon nom de la main gauche, lorsqu'il était déjà paralysé du côté droit.

«Il est vrai que je n'ai sacrifié ni mon temps ni ma santé sur les autels de la bohème. Est-ce un crime? La rive droite dit non, la rive gauche dit oui. Pauvres enfants du quartier latin! Les brillants capitaines de la bohème ne sont plus, et vous obéissez au commandement des goujats de l'armée. Murger, que j'aimais comme un frère, et qui me le rendait bien, m'a dit encore l'an passé:

«—La bohème n'est pas une institution; c'est une maladie, et j'en meurs!

«Mais pardon, c'est de *Gaetana* qu'il s'agit pour le moment. Les artistes de l'Odéon l'ont répétée six ou sept semaines. Vous ne savez peut-être pas, ô travailleurs naïfs, qu'il y a près d'un an de labeur assidu dans l'œuvre que vous abattez d'un coup de sifflet! On ne vous a pas dit que la clef de votre chambre, appuyée contre vos lèvres, faisait tomber des murailles plus douloureusement bâties que les remparts de Jéricho!

«Si du moins les auteurs étaient vos seules victimes! Mais voici mademoiselle Thuillier, une grande comédienne, une âme intrépide dans un corps fragile, une pauvre Pythie inspirée et souffrante qui transforme les tréteaux en trépieds! Voilà Tisserant, l'honnête, le sincère, le courageux artiste; un des précepteurs de votre jeunesse, s'il vous plaît! car les belles vérités qui sont tombées dans vos oreilles depuis dix ans et plus avaient toutes passé par sa bouche! Et Ribes, si jeune et si fier! Et Thiron, qui est des vôtres, car c'est un véritable étudiant de la comédie, et le plus gai, le plus spirituel, le plus laborieux de vous tous! Vous avez sifflé ces gens-là comme des cabotins de banlieue! Vous leur avez lancé à la face cet outrage sanglant qui a tué, le mois dernier, une pauvre femme appelée madame Fougeras. Et pourquoi l'avez-vous fait? Pour suivre l'impulsion de quelques meneurs aux mains sales qui écriront peut-être les Mémoires du père Bullier, mais qui ne feront jamais ni un drame, ni une comédie, ni un livre, ni rien!

«Je ne suis pas contraire au sifflet, quoique je préfère assurément les formes polies de la critique. J'ai sifflé à ma façon, poliment, un certain nombre d'abus. Mais je ne comprends pas qu'on siffle une pièce avant de l'avoir entendue, et pour le plaisir stérile de se montrer ennemi de l'auteur. Je comprends encore moins qu'on siffle bêtement et sans comprendre les choses. L'un de vous, par exemple, a relevé énergiquement cette phrase: «Les jeunes gens de notre temps ne s'en vont jamais sur un baiser fraternel.» L'homme qui parlait ainsi sur la scène était un mari jaloux. Sa femme venait de lui dire: «Un jeune homme est amoureux de moi, il souffre, il est parti, il s'est engagé comme soldat dans l'armée de l'indépendance italienne. En lui disant adieu, je lui ai donné un baiser sur le front, le baiser d'une sœur à son frère.—Alors, ma chère,» répond le jaloux, votre amant n'est point parti. Les jeunes gens de notre temps ne s'en vont jamais sur un baiser fraternel!» Là-dessus, ô jeunes gens, un habitant du parterre s'est écrié:

«—N'insultez pas la jeunesse!

«Mais cet orateur était-il bien l'un de vous? Y a-t-il dans les écoles de Paris un futur médecin, un avocat de l'avenir assez naïf pour prendre ainsi la mouche? Le niveau des intelligences s'est-il abaissé à ce point depuis dix ans? Non, ce n'est pas un de vous, c'est plutôt quelqu'un de vos concierges qui s'est dit, dans son zèle excessif:

«—On insulte mes locataires!

«J'ai su, vers les dernières répétitions, qu'une forte cabale s'armait contre la pièce. Et, faut-il l'avouer? j'estime tant la jeunesse française, que j'ai souri au lieu de trembler. Quelques étudiants m'ont fait l'amitié de me mettre sur mes gardes; j'ai insisté pour que la police fût exclue de la représentation. On n'a pas voulu m'écouter; on a même arrêté une quinzaine de grands enfants qui avaient fait du bruit sans savoir pourquoi. A la première nouvelle de cet accident, j'ai couru les réclamer, comme s'ils avaient été de mes amis, et je les ai fait rendre à la liberté sur l'heure. Je ne les connais pas, ils me connaissent peu ou mal. Mais, si ces lignes tombent jamais sous leurs yeux, ils auront peut-être un instant de remords. Qu'ils songent à leur première thèse, à leur premier examen, à leur premier concours, à leur première plaidoirie. Qu'ils se figurent autour d'eux un auditoire comme celui qu'ils m'ont fait! Peut-être alors reconnaîtront-ils qu'il y a de l'injustice à siffler les gens sans les entendre.

«Une dernière observation. Elle ne s'adresse pas aux meneurs, que je n'aurais pas la prétention de convaincre, mais à la foule des jeunes gens honnêtes qui se laissent quelquefois mener. Il se trouve, heureusement pour eux, que l'auteur est un caractère robuste, qui rebondit contre la haine au lieu de s›y briser en éclats. Mais, si j›étais un de ces esprits craintifs qu›un rien dégoûte de la vie; si j›étais allé me jeter à la Seine, du haut d›un pont, au lieu d›aller conter cette chaude soirée à ma mère, avouez, messieurs, que vous auriez fait là une belle besogne! Ou si même j›étais dans un de ces embarras qui ne sont, hélas! que trop fréquents dans la vie des gens de lettres; si j›avais eu besoin du succès d›hier au soir pour déjeuner ce matin, vous auriez commis une cruauté gratuite et vous n›auriez pas eu l›excuse de la passion littéraire, car vous ne savez pas si la pièce est bonne ou mauvaise, bien ou mal écrite; vous avez toussé, sifflé et crié dès le commencement du premier acte!

«Je me hâte de vous affranchir d›un tel souci. Je me porte bien, j›ai dormi cette nuit, j›ai déjeuné tant bien que mal ce matin, et, si j›ai les nerfs un peu agacés, il n›y paraîtra plus dans une heure.

«Il y a mieux: j›espère que la pièce se relèvera d›elle-même après avoir lassé la cabale, et je ne la tiens pas pour morte.»

Ainsi parlait, ami lecteur, un dramaturge sifflé hier au soir.

Il prétend que sa pièce n'est pas morte; je lui ris au nez, et je répète ce mot d'un sergent qui ramassait les morts sur un champ de bataille:

—Si on les écoutait, ils diraient tous qu'ils ne sont que blessés!

Les jeunes amis de la liberté se firent un devoir de lacérer ou de souiller cet article dans tous les cafés de Paris. Cela se passait en 1862, je tiens à préciser la date, car personne n'y voudra croire dans dix ans. Les héros de cet exploit n'y croiront pas eux-mêmes, lorsqu'ils seront médecins, avocats ou substituts en province. Que serait-ce donc, si l'on disait qu'ils sont venus par centaines, au milieu de la nuit, hurler sous les fenêtres d'une femme âgée et mourante? Ils jureraient qu'on les calomnie, et qu'ils n'ont jamais été bêtes et cruels à ce point-là. Le fait est qu'ils étaient menés, et cela suffit.

Quelques jours après ces orages, M. le docteur Véron sortit du Constitutionnel; *j'eus peur d'y être moins libre sans lui, et je donnai ma démission.*

FIN

 ISBN : 978-3-98881-288-9